笭菁作品

苓菁作品

妖異魔學園

DEVIL ACADEMY : THE PLAGUE

終曲

笭菁 著

笭菁作品18

CONTENTS

楔子 006
第一章 010
第二章 029
第三章 051
第四章 075
第五章 098
第六章 121
第七章 141

妖異魔學園

DEVIL ACADEMY : THE SCHOOLHOUSES

第八章 175
第九章 188
第十章 211
第十一章 237
第十二章 254
尾聲 270
後記 282

楔子

夜闌人靜，城內一片靜寂，只剩防衛廳人員走在佛號之徑內巡邏時，腰間武器碰撞發出的金屬聲在迴盪著。

一棟三樓別墅頂樓，那斜角屋頂上頭開了扇窗，任銀色的月光流瀉而下，照耀在那白金色的頭髮上，少年人坐在紅木製的搖椅上，修長的指間夾著高腳杯，杯裡盛著紅色的液體，他正嗅聞著那芳香，啜飲入口。

啪嚓！屋頂傳來輕微的聲響，一旁圓潤可愛的男孩雙眼露出一抹兇光，瞬而起身。

「慢。」窗下的少年伸手示意男孩別輕舉妄動，「是舊識。」

餘音未落，一抹紅影倏地自窗戶落下，明明是一抹煙塵，卻在眨眼間立於少年身邊，露出嬌媚豔笑。

「我還以為看錯了，你居然到都城來了？」女人取下斗篷，笑望著他。

「來一陣子了，北區是我的。」少年將杯中物啜盡，唇上殘留著鮮豔的紅，「你們可別想染指。」

是，「現在」是他的，就大家之前所知，都城原本就有幾個吸血鬼佔據控管，只是遇到

Forêt，若是抵抗只怕現在不是已經消失，就是遁逃了。

杯子往旁一遞，男孩立刻上前接過。

「還在喝 Du Xian 為你收集的血？」女人一怔，「你還沒把牙取回來？」

少年瞬而睜眼一瞪，女人立刻噤聲，螓首低垂，貌似恭敬的屈身。

「都城不是你們該碰的地方，還是去別的地方狩獵吧！」少年淡淡地說著，舌尖舔著唇上殘餘的鮮血，這味道真是齒頰留香。

「我們打算離開這座島，好歹讓我們待一段時間？」女人像是打商量似的，「就跟之前在安林鎮一樣，您默許我們有節制的狩獵，我們……」

少年瞥了她一眼，「別逼我動手，丹妮絲，說實話。」

女人倒抽一口氣，窗外突又有黑影掠過，冷不防的銀光一閃，一把刀子倏地就自上對著少年的天靈蓋而下——少年從容地舉起右手，單用食指承接住了刀尖。

「我說過別動她。」這聲音低沉，倒是沒變。

「別以為有保鑣就有什麼不同，丹妮絲。」少年仰首，笑看著趴在窗外的男人，「我不喜歡殺同類的。」

站在一旁的小男孩戰戰兢兢地聽著樓下的動靜，拜託大家聲音放輕一點，可別吵醒了樓下的人類。

只是一閃神，房間裡又多了一個男人。

「都城氣數已盡，你沒感覺到嗎？」男人倒是大方，「讓我們獵食也可以保護那女孩啊！」

少年聞言蹙眉，「不只你們過來了嗎？」

「不只，我們是第一批到的，只要你首肯我們跟你共存，我們自有辦法暫時把其他人擋在北區外。」丹妮絲雙眼熠熠有光，「如何？伯爵，憑你一己之力要對付這麼多同族也太辛苦了吧？」

「何必這麼麻煩，讓大家進來把人類分食掉不就好了？」

「人類剩多少？你們這樣沒節制的吃，早晚沒食物。」少年睨了他一眼，「你們可跟我不一樣，沒了血，我還能吸收各種妖魔的靈力……」

是啊，這是罕有的天賦，丹妮絲一雙眼既羨慕又渴望地看著少年。

明明都是同族，為什麼他就能擁有吸收別種族類靈力的天分？這讓即使與他同時誕生的吸血鬼都不及他的力量龐大，他吸收的妖魔精怪實在太多，沒有人知道他的力量究竟大到什麼地步，因為 Forêt 總是非常低調，只想過他喜歡的生活……

只是，幾百年前的傳說依然流傳著，當法則扭曲，各種生物進入人間界時，三千年的吸血鬼伯爵曾與 Forêt 照面，為了爭奪食物——一名看似平凡的少女。

沒有人知道發生了什麼事，只知道那被大家所崇敬的老吸血鬼自那夜起消失無蹤，再也沒有現身過。

死了？化為煙塵？或是被 Forêt 吸收了？

沒人知道、沒人敢過問，但是對於「Forêt」這個名字，所有不死族都懷有一定的敬畏之心。

「好吧，所有狩獵行動都必須經過我同意，對象也一樣。」Forêt嘆口氣，瞥向門邊的彼得，「不宜狩獵時，我會為你們準備現成的血。」

「噢，天哪，你應該知道現宰的才好吃吧？」彼得一臉無奈，冷凍血誰愛啊！

「現在不是時候，城裡的氛圍在變化。」少年起身，他一動，讓兩個吸血鬼都謹慎起來，「你們跟著末日教會來的吧？狀況如何？」

「他們已經進城了，一夕之間掌握了所有重要職位。」丹妮絲纖指壓在唇上，輕佻地笑著，腕上有圈精緻的寬版紫藤花腕飾，相當吸睛，「多虧了他們，跟著末日教會不愁沒有食物——只是，有個人我怕對那女孩有影響。」

Forêt瞥了眼那圈腕飾，感受得到是有力量的東西，不知道是打哪兒來的……他若無其事的走到窗下，仰望著一輪明月。

「沒關係，不管芙拉發生什麼事，誰也不要出手。」他幽幽說著，「她只要有我就好了。」

環境越險惡、生命越陷危難，在這樣的危險緊迫之中，她只要有他就可以了！

只有他能幫她、只有他能救她、只有他能帶她離開痛苦之地、只有他能帶她去嚮往之處，只有他能讓她依賴。

只有他。

第一章

學校重新開學這天，老天給了溫暖的陽光，雖說萬里無雲，但依然只是個假象，外頭低溫二度，還是得做好保暖措施。

都城北區前幾個月發生了一場瘟疫，為免交叉傳染，所以學校宣佈無限期停課，直到疫情結束為止；而瘟疫的發生來自於疫魔，疫魔不除，瘟疫不盡，雖不確定疫魔是如何離開的，但疫情確實緩和了下來。

這場瘟疫奪走了一百三十五條人命，整個北區的人歷經生死劫難，好不容易撥雲見日，學校也重新開學，芙拉蜜絲跟江雨晨的班級大概都死了一半，應該會併班。

「芙拉！芙拉蜜絲！」江雨晨在樓下高喊著，「快點，不要第一天就遲到了！」

「來了啦！」二樓傳來聲音，不一會兒女孩子順著螺旋樓梯扶把滑下，「這麼急，到學校又花不了多久？」

「早點去看狀況也好啊！」江雨晨唸著，「不是說要併班？說不定我們可以同班呢！」

「唉……」芙拉蜜絲嘆口氣。廚房裡站著可愛的金色鬈髮小男孩，跟洋娃娃般可愛，「許仙早安。」

「嗯。」許仙鼓著腮幫子，看著兩個穿制服的女生，分別站在餐桌的兩端，「一定要去上學嗎？」

嗯？兩個女孩不約而同的轉向桌子邊的小男孩，這什麼意思？

「真里大哥說了，我們要盡量維持自然的生活，該上學就上學。」其實，芙拉蜜絲這兩天心裡一直忐忑不安，「能過正常生活的時日也不多了……」

她沒忘了他們的主要目的，是要到北方去。

父親臨終的遺言，要她往北方舊東北亞的「耶姬山」去，那邊有傳說中闇行使的國度在等待著她……最終，希望能給她一個安身立命，不會再被人追殺之處。

時值為 A.C. 503，After Curse，意謂天譴後五百年，而這裡是表象和平，實則暗潮洶湧的都城北區。

「天譴」發生在科技發達、生活和平安逸的五百年前，有充足的電力、方便的交通、科技發達且生活電子化，舒適得令人嚮往，遺憾的是當時的人們並未珍惜，大肆破壞地球生態，導致天災不斷，加以道德淪喪、人心日益險惡，於是末日說興起：上天將降下「天譴」以懲罰人類，希望讓生命與地球都能休養生息，重新開始。

但是人類的求生意志強烈，為了生存不惜代價要將天譴送返天上，從認定天譴是靈能者起，世界各國便開始濫殺所有具有靈力的人們——連占卜算命者都無可倖免，甚至連偽裝者也沒有放過。

寧可錯殺一百，不可放過一人是當時的理念，到末期連直覺稍強的人也慘遭殺害，人們相互殘殺的浩劫，導致靈能者逃逸躲藏，消失得無影無蹤；而最後人們終於找到「天譴」，並將其綁在刑柱上以火刑燒死，遺憾的是浩劫其實早已開始。

當時的人們並沒有意識到屠殺靈能者，其實才是天譴的開端，進而造就現在這種堪稱報應的生活方式。

世界宇宙本包羅萬象，不只有人類一種生物，各界各個文化都具有不同生物，神界有神、魔界有魔、地獄有惡鬼，另有其餘妖魔、魍魎、魑魅、妖獸與鬼獸之屬，亦所在多有，只是因為「法則秩序」，所以不能相互侵擾。

天譴的存在早已扭曲法則，相互殘殺讓一切益加嚴重，靈能者的隱藏身分讓他們不再敢出面驅魔伏鬼；而在處死天譴那瞬間法則扭斷，各界生物得以跨界進入人間界，對人類造成極大威脅，不是被殺、被吃，就是被玩弄……這就是史稱的「天譴浩劫」。

歷史無法重來，人類數量大量減少，在夾縫中求生，每一個人類居住的地方，外圍都有結界、封印，各式各樣的防護阻止異類入侵，諷刺的是，人們最後還是只能依賴當年被趕盡殺絕的靈能者，現今正式稱為「闇行使」。

過去的七大洲僅剩五洲，南極洲跟大洋洲不復存在，全世界規劃成四大區域：歐洲、亞洲、美洲、非洲；國界徹底消失，世界各地種族融合，英語成了唯一共同語言，各國原本的語言成為各地方言，由各民族自行保全延續。

而芙拉蜜絲等人暫時定居都城，就是為了前往舊東北亞，所謂舊日本的國度。

「我出門了！」樓上傳來急促的足音，高大的男人甫下樓就可以看見右手邊餐廳裡的江雨晨，「雨晨，學校裡記得幫我盯著芙拉。」

「喂！真里大哥，這樣很沒禮貌喔！」芙拉蜜絲噘起嘴，看著堺真里再往前兩步，「我很低調了。」

「問問妳肚子上的傷吧！低調。」堺真里一路走到門邊的衣帽架，取下自己的外衣，他是都城防衛廳的一員，雖然只是新進人員，未能擔任要職，不過至少有份工作。

思及此，芙拉蜜絲也是滿心的愧疚，在出生的安林鎮上，真里大哥曾經是最受人景仰的自治隊隊長，卻為了她……不，是因為人們對闇行使的異樣眼光而離開，現在卻真的是為了她，陪她來到都城，甚至打算保護她直到未知的北方。

明明具有靈力，還冒險到防衛廳工作，在這個四處都是「審闇者」的地方，若不是其他闇行使有意包庇，像她、像堺真里早就被揪出來了！還有，芙拉蜜絲看著對面的江雨晨。

雨晨是不具靈力的人，但是她手上那條手鍊裡潛藏著一個亡者，而那個亡魂進入她的身體，成為附身。

這屋子裡的三個人類，全是極為可觀的靈能者，更別說還有……她向右看向稚嫩的外國男孩，圓圓的臉龐，天真可愛的面容，真的是人見人愛到極點——扣掉他可能幾百歲又是個吸血鬼之外。

一屋子都是違規者，幾乎抓到都可以立刻處決了，幸好「審闇者」們也都同是具有靈力的人，才會包庇他們。

「我先走了！」門口傳來堺真里的聲音，緊接著關門聲響起。

「啊！我們也該走了。」江雨晨一口氣把剩下的牛奶飲盡，「芙拉，妳快點。」

「好啦好啦！」芙拉蜜絲被催促著，也只好囫圇吞棗，但是一雙眼往左邊瞧，怎麼法海還沒下來呢？

「主人又不是早起的人。」許仙一眼就知道她在想什麼，「主人說了，到學校後還是要注意，瘟疫的消失等於疫魔被滅，現在不但有人在追查究竟是誰放疫魔進都城，也在查誰滅了疫魔。」放任魔物進來者該殺，除掉疫魔者只怕是高階的闇行使，甚至闇行使者，更需要被監禁。

「滅疫魔也要查？這是幫助大家的好事，好嗎！疫魔不殺，瘟疫不滅懂不懂啊！」芙拉蜜絲忍不住咕噥，「真是一群忘恩負義的傢伙！」

都城是個極其變態的地方，美其名人類能與闇行使共存，事實上卻是以毒藥控制闇行使為都城做事，或監視其他有靈力的人、或幫忙除鬼除魔，或奴役他們，只要不從，除了不給解藥之外，甚至以闇行使的家人作為威脅，真是噁心至極。

一樣是人，只是有靈力的差別而已，也不想想五百年前，當惡魔惡鬼肆虐的時候，若不是闇行使出手建立結界，人類早就被殺光了吧？

「所以你才叫我們不要去上學吧？」芙拉蜜絲聳了聳肩，起身，「躲起來反而更引人注意，大隱隱於市才是正道。」

「問題是妳又不是能大隱隱於市的人？」小男孩鼻間哼了一聲。

「嘖！」真是個討厭的小孩！「好啦，家裡麻煩你收拾囉！」

她旋身走出餐廳，一點鐘方向就是客廳沙發，剛剛下樓時早把書包扔在沙發上了，穿起外套揹起書包，樓上的江雨晨也三步併作兩步的下樓。

「許仙，我們出門囉！」兩個女孩用青春洋溢的聲音喊著。

「好——」正拿著碗盤轉向流理台的小男孩突然一驚——等等！

芙拉蜜絲愉快地拉開木門，一陣風倏地掃來，在她伸手推開外頭那扇紗門前，有個人影竟硬生生的擋在她面前！

「啊……」芙拉蜜絲因此被推擠向後，踉蹌地倒在後頭的江雨晨身上。

「咦！」江雨晨也措手不及，但還是穩住重心，扶住芙拉蜜絲，「怎麼回……法海？」

法海眨眼間擋在芙拉蜜絲面前，就卡在門口，芙拉蜜絲抓著他的衣服直起身子，她知道吸血鬼動作很快，也知道法海是佼佼者，逼近瞬間移動的地步，但好歹要出點聲啊！

「嚇人耶你！」芙拉蜜絲想扳過他，卻從他的身側看見了站在門外，那陽光下熟悉的身影。

咦？芙拉蜜絲瞪大了雙眸，不可置信地看著就站在他們與家門前，穿深紫長袍，袍子正面有著雙線十字燙金的少年。

「朝暐……」

鐘朝暐！怎麼可能！芙拉蜜絲心中吶喊著，鐘朝暐怎麼會出現在這裡！都城？北區，甚至她家門口！

自從她火燒安林鎮，在無意識狀態下燒死全鎮的人之後……就再也沒見過鐘朝暐了；雨晨當時轉述過朝暐的心情，他應該恨死她了，因為她失控的那晚，面對他的苦苦哀求無動於衷，依然將他的親人盡數焚燒而亡。

滔天的恨意，足以抹煞自幼一起長大的感情，但芙拉蜜絲不躲不藏也不後悔，因為是那些人害得她家破人亡，是那些人在她面前殺死她爸媽的！

只是這樣難解的恨與仇，鐘朝暐又怎麼會面帶笑容出現在這裡呢？

「好久不見，芙拉。」鐘朝暐微笑著，沐浴在陽光下的他如同過去一般開朗，高大勇健，是弓箭社社長的風雲人物。

芙拉蜜絲伸手把法海推開，這是她自己該面對的事。

「好久不見。」她揚起淡淡的笑意，輕輕地將紗門完全推開，「很意外會在這裡看見你。」

「妳不該意外的，我本來就會追著妳跑，忘了嗎？」鐘朝暐凝視著芙拉蜜絲，「那個從小到大，總是陪在妳身邊的我？喜歡著妳的我。」

法海倚在門邊，嘴角挑著的笑意未減，他打量鐘朝暐全身上下，也留意著樓梯下頭還有哪些人。

「很特別的裝扮嘛！看來安林鎮一別後，你很不一樣囉！」法海語調裡帶著點戲謔，惹來鐘朝暐一陣白眼。

芙拉蜜絲看著他身上的深紫長袍，還有胸前那燙金的十字略顯訝異。

「你……變成神父了？」區區數月，竟讓鐘朝暐變成神父？

「是，我現在是神父，而且是都城北區的負責人。」鐘朝暐說著，挺直了背脊，像是一種榮耀，「若不是遇上教會，我只怕到現在都走不出失去家人的悲傷。」

「噢。」芙拉蜜絲忍不住冷笑，世界上不是只有他一個人失去家人，鐘朝暐的爸爸當時在鎮上也是支持殺掉她的其中一份子，犯不著提醒她。

「後面是雨晨嗎？嗨！」鐘朝暐往後頭探著，「真沒想到妳居然會跟著芙拉一起到這裡來，妳家人呢？」

芙拉蜜絲回首，本想讓出個空隙讓江雨晨上前，因為法海卡在門口都不動，害得門邊只剩下一點點位置！

只是江雨晨的眼神不若平時溫柔，她緊繃著一張臉，幾乎可以說是瞪著鐘朝暐……芙拉蜜絲覺得她身上散發著肅殺之氣，不安的看向法海，怎麼回事？

「末、日、教、會。」江雨晨一字一字的說著，同時竟抽起了背後的大刀，「這個教會的人怎麼死不完啊！」

下一秒抽刀而出，江雨晨竟拉開芙拉蜜絲，揮刀就要朝鐘朝暐劈砍過去——芙拉蜜絲急忙挪身阻止，左手邊的法海輕而易舉的拉住她的右手，直接把她往後拖。

「放開！我看到他就有無極限的恐懼！」江雨晨咬著牙大吼，「害怕到我非得解決他不可！」

鐘朝暐顯得有點詫異，目瞪口呆的看著被推進屋裡的江雨晨，小男孩的身影即刻出現把江雨晨直接往沙發上推去，讓鐘朝暐忍不住笑了起來。

「許仙也在啊……呵呵……」他搖了搖頭，「雨晨那樣子，是理智又斷線了？」

芙拉蜜絲回首望著屋裡的江雨晨，這狀況不對勁啊，江雨晨是個溫柔體貼又善解人意的女孩，只有遇到攻擊或是她非常害怕時，附身的靈魂才會跑出來幫她抵擋……她怕鐘朝暐？

「剛剛還好好的……她不常這樣。」芙拉蜜絲喃喃地說，忍不住正首看了鐘朝暐，「是你讓她——天哪，你被什麼附體了？鬼獸？魍魅？你知道她唯有恐懼時才會這樣的！」

下一秒她立刻伸手向後，握住腰間的長鞭，謹慎戒備。

「欸欸，都不是，妳別這麼緊張。」鐘朝暐看向法海，「法海知道吧？我沒有被附身，也沒有被控制，我就是個人，活生生的鐘朝暐。」

芙拉蜜絲看向法海，漂亮的臉蛋點點頭，的確是人。

那江雨晨體內的亡魂為什麼會突然冒出來？甚至還拿刀想攻擊他？芙拉蜜絲喉頭緊窒，她可以感覺得出鐘朝暐或許沒有被什麼魍魎魑魅附體，但還是變了！

「末日教會……這是什麼？我怎麼沒聽過？」芙拉蜜絲想起剛剛江雨晨說的，「以前鎮上的教會派別也沒有這一支？」

「我們是專為人世和平跟永續存在的，五百年前滅掉天譴的就是我們。」鐘朝暐突然上前一步，「現在我們要做的，是把危害世人的闇行使送回去——例如，一個火燒全鎮的人？」

芙拉蜜絲在瞬間看見鐘朝暐的雙眼裡，盈滿她早期待著的仇恨，恨意如暴風夜裡的大海，深黑卻翻湧著。

那天晚上，鐘朝暐的嘶吼她聽不見、乞求她不在乎，他家人的哀鳴她更充耳不聞，因為那時的她靈力失控，只知道自己的父母死在眼前，逼死他們的是全鎮的人。

不管是不是青梅竹馬、不管是不是良善的鄰人，沉默是罪、出擊也是罪，在血月的見證下，她一個活口都沒留下——所以，鐘朝暐早該是這樣的眼神，而不是那帶著笑意的陽光少年。

這讓芙拉蜜絲笑了，她終於泛起微笑，至少證明了鐘朝暐是正常的。

「所以你是來獵殺我的？」芙拉蜜絲對上鐘朝暐仇視的雙眼，毫不閃躲，「現在你們認為我可能是下個天譴？」

「妳就是。」鐘朝暐平和地說著，「我會讓妳變成那樣的人。」

「你有什麼證據？」芙拉蜜絲壓抑著顫抖，故作平靜地說著，「你連誰是闇行使都無法分辨，你能做什麼？誰會信你的話？」

只見鐘朝暐揚起微笑，舒口氣的後退一大步，「妳不妨拭目以待——或許我們可以從這次的瘟疫開始？」

「瘟疫與闇行使無關，那是疫魔的問題。」芙拉蜜絲下意識靠近了法海，「再說瘟疫已清，還是你打算把疫魔入城的事推到我頭上？」

「是，本來是這樣打算的，瘟疫畢竟發生在你們到都城後。」鐘朝暐說得倒是斬釘截鐵，「只可惜啊，廳長剛剛跟我說造成瘟疫的兇嫌已經抓到了，白白浪費一次機會。」

咦？芙拉蜜絲一怔，兇手抓到了？是誰把疫魔帶進來的？都城有著完美的結界防護，妖魔類也無法輕易進來，除非有人刻意為之，是誰？

「人就在防衛廳廣場，判決後就要直接處刑，好像也快開始了。」鐘朝暐旋過身子，往樓下走去，「身為舊識，我也該去送他一程。」

舊識？芙拉蜜絲緊皺起眉，都城裡竟然有鐘朝暐的舊識？

她緊握雙拳上前一大步，站在門前看著鐘朝暐的身影走下樓梯，樓下人行道上站了數位穿著同樣長袍的人，所謂末日教會的教徒，他們狀似恭敬的低首迎接鐘朝暐的到來，一行人再轉身往防衛廳的方向出發。

「鐘朝暐！」芙拉蜜絲突然朝著樓下大喊，「你儘管放馬過來，我不怕你！」

鐘朝暐略微停下腳步，向左上看向上頭的芙拉蜜絲，微微一笑，只是伸起右手指向了前方。

他的右手背上，多了十字的刺青。

沒再多說一句話，他便離開了。

搞什麼……芙拉蜜絲難受地深呼吸，面對青梅竹馬這般盈滿恨意的反目成仇，她雖有心理準備但也不代表能欣然接受！強忍住的淚水還是盈眶，她想過朝暐會恨她，但沒有想到他會積極到這個地步！

肩上一陣冰冷，法海輕柔地摟過她。

「你知道他變成這樣嗎？」芙拉蜜絲立刻環住法海，偎進他懷裡。

「不知道，我又不在乎他。」法海倒也是實話實說，「不過看他殺氣騰騰，應該是篤定要找妳報仇了。」

芙拉蜜絲痛苦地緊閉雙眼，埋進法海胸膛，這胸膛明明如此冰冷，卻能給她最大的安全感！

法海輕柔地撫著她的頭髮，他現在比較介意的是「誰」去承認自己帶疫魔進城？還是鐘朝暐的舊識？

摟著芙拉蜜絲進屋，門口對著的長沙發上，坐著依然僵硬的江雨晨，她右手緊握著大刀，低首瞪著地板，小男孩就站在旁邊，隨時可以阻止她失控。

「人走了嗎？」江雨晨問著，連開口的聲音都異常低沉得不像她。

「嗯。」芙拉蜜絲小心翼翼地探問，「雨晨，妳怎麼對朝暐的反應這麼激烈？跟末日教會有關嗎？」

江雨晨抬起頭，那銳利的眼神在在顯示現在不是江雨晨的存在，「我會殺了他們。」

「雨晨！」芙拉蜜絲倒抽一口氣，「妳在說什麼啊？無緣無故的……」

噠噠噠噠，急促的腳步聲自外頭傳來，許仙立刻到門口去迎接那正奔跑而上來的身影，芙拉蜜絲回首之際，看見提耶上氣不接下氣地走上來，雙手打在紗門上。

「快去……快去！」提耶氣喘吁吁地喊著，「阿樹他、阿樹他要被燒死了！」

「什麼！」芙拉蜜絲跳了起來，「阿樹？」

提耶伸手指向了防衛廳的方向，「他去自首，說自己放了疫魔進來！」

啊啊……法海露出笑容，原來這就是鐘朝暐所稱的「舊識」啊。

小時候生活在同一個鎮，因為第六感直覺較強，預測了一場災難，被認為極有可能具有靈力，一夕之間被趕出鎮外的男孩，十餘年後跟芙拉蜜絲在都城重逢，嚴格說起來，的確也能說是鐘朝暐的舊識。

但，也是芙拉蜜絲的。

「你剛說什麼？阿樹？」江雨晨跳了起來，口吻語調已經不若適才的凌厲，「怎麼可能！」

「快啊！」提耶使勁再拍了一下紗門，旋身就奔離。

亡魂離開了！

芙拉蜜絲腦袋一片空白，不可能……阿樹只有直覺強而已，他根本沒有靈力可以夾帶疫魔，甚至解決這場瘟疫的！他明明知道是她做的，為什麼要去自首！

阿樹——芙拉蜜絲二話不說推門狂奔而去，江雨晨望著自己手上的刀有幾分困惑，但沒時間思考將刀子插回背上的劍袋，也跟著追出，她們倆飛快地步下樓梯，再沒命地朝防衛廳而去。

「主人……」許仙看著外頭，他可不認為芙拉蜜絲到現場去會有什麼好事，那個末日教會都出現了耶！

「把人烤乾真是浪費，對吧？」法海笑著擺頭，「我們也去看看啊！」

「是！」

少年被綁在十字木樁上，底下的柴火均淋上汽油，行刑者手持火把，一一點上。

廣場上聚集了大量的民眾，有人氣憤地朝少年扔石頭，有人則咒罵著他不得好死，居然引起瘟疫害死這麼多人，只因為都城對闇行使不公？

「都城哪裡對闇行使不好了？我們還讓他們生存啊！」

「換作別的城鎮，根本不容許闇行使存在好嗎？太恬不知恥了吧！」

「我們供他們吃、供他們住，還給他們工作權，竟然不知感恩的引發瘟疫……今天出一個，明天呢？是不是有更多闇行使也要如此效法？」

「其他闇行使不是都有控管，這個像是逃犯，不知道躲藏在哪裡，所以沒有用毒藥控制……這證明了嚴格管控才是正確的！」

芙拉蜜絲才抵達廣場，就聽見了不絕於耳的交談聲與辱罵聲，石子紛紛朝阿樹身上扔去，他表情靜默，即使石頭砸破了頭也沒吭半聲。

「阿……」芙拉蜜絲急欲往前，江雨晨卻突然將她拉住。

「不行，芙拉！」她制止她的衝動，「妳現在往前就會被視為同謀！」

江雨晨在她耳邊說著，都城裡有一批闇行使躲藏在下水道裡，阿樹便是其中一員。現在芙拉蜜絲如果悲慟的喊出聲，一定會給防衛廳調查的藉口——芙拉蜜絲為什麼認得阿樹？還如此悲傷？

她不能牽扯出在下水道生活的人們啊！

芙拉蜜絲回眸看著江雨晨，用力地咬牙，「我們得救他！」

救？江雨晨為之訝然，看著綁在高空上的阿樹，這怎麼救？兩旁都是防衛廳的精銳，或荷槍實彈、或滿弓待發，就期待著同黨現身，憑她們兩個怎麼救？

「……不是我不願意，而是不能。」江雨晨緊扣著芙拉蜜絲的手，「芙拉，妳得冷靜，妳可以不在乎法海或是許仙，但不要忘記真里大哥……會連累他的！」

真里大哥……是，是，一旦衝出去救下阿樹，無疑給了大家懷疑的藉口，鐘朝暐會藉此大做文章，可是難道就因為這樣，她必須眼睜睜看著阿樹被燒死嗎？

「我沒辦法，我一定要——」芙拉蜜絲掙開了江雨晨，激動地就要衝上前，右手甚至已經握住鞭子，準備大幹一場也要救下阿樹。

但是就在她邁開步伐的同時，一隻大手輕輕擱在她的左肩頭……她瞬間失去了聲音、失去了行動力，彷彿被冰凍般的僵在原處，動彈不得。

「冷靜很難嗎？江雨晨都比妳有思考力。」法海不知何時現身，安穩輕鬆的站在芙拉蜜絲的左手邊，輕搭她的肩膀。「妳現在要是衝出去，最恨妳的只怕就是阿樹了。」

咦？芙拉蜜絲瞪大雙眼，什麼意思？

「阿樹莫名其妙的幹嘛要自首？一個只是直覺強的人，怎麼能召出疫魔又解決疫魔？這根本就是胡扯！」法海看著火舌竄起，阿樹的臉開始因痛苦而扭曲，「但是審闇者卻一同確定他的罪名，那些審闇者不是能看出闇行使的靈力高低嗎？他們怎會不知道阿樹說謊？可卻成全了他？」

是啊，判決已下，不單是由人類判決，某些闇行使具備的能力是「能看出其他闇行使的靈力值高低」，這些「審闇者」何嘗不知道阿樹的實力在哪兒？他不可能能對付疫魔！但是他們卻對他判刑！

「有什麼非找人出來頂罪的原因嗎？」江雨晨幽幽地說著，看著阿樹痛苦地咬牙。

「嗯哼。」法海看著橘色火燄裡的阿樹，火舌開始燒乾他的肌膚，讓他痛不欲生，「真美啊……很久很久以前，我也親眼看過這樣的火刑。」

五百年前，協和廣場上的天譴。

芙拉蜜絲淚流不止，她仰首看著阿樹卻無能為力，她腦子裡知道法海說得有道理，但是心裡卻無法承認，為什麼要是阿樹！為什麼一定得找個人出來頂罪，若是防衛廳搜查，也有可能找不到疑犯啊……不不，她這是在自欺欺人！

無論如何，都會有闇行使受害，事件若是擴大的話，說不定這些人又要再來一次「寧可錯殺一百不可放過一人」的招數了！

「啊啊啊啊——」阿樹終於開始淒厲地哀嚎，好燙，好痛啊——

在劇痛的瞬間，阿樹突然感受到一股冰冷，全身上下都從火熱降為冰點以下，他不再感到火的灼燒，狐疑顫抖著低首，還是可以看見火正在吞噬他的生命與肌膚。

誰？阿樹錯愕不已，他搜尋著是什麼力量讓他不再感到痛楚，卻在人群裡看見了最不希望、卻最想看到的人。

芙拉蜜絲。

阿樹與芙拉蜜絲四目相交，衝著她泛起微笑，廣場上的人們驚恐地竊竊私語，如此火刑，竟能不痛不癢，不愧是高階闇行使。

阿樹。芙拉蜜絲口不能言，只能遙看著他。

阿樹回以笑容，在這張臉盡數燒毀前給芙拉蜜絲最溫暖的笑容：妳要加油，芙拉蜜絲，一定要到北方去。

原諒他的自私，那天不經意的觸碰下，他一瞬間就看見了她未來的危難，看見了芙拉會被千夫所指，因為她進城後瘟疫才展開，而她肚子上的傷疤，也被人查出曾有疫魔的氣息。

必須有一個人將瘟疫一案頂下，下水道裡的人這麼多，每個靈力都比他強，誰都不能犧牲！最適合的只有他了，一個除了直覺強之外，沒有別的能力的人……雖然他看到的有限，但是他還是希望，芙拉蜜絲能平安地前往耶姬山。

希望，芙拉蜜絲可以成為那個解救都城闇行使的人……讓大家獲得自由，離開……離開地獄般的生……活……

火烤乾了木樁上的人，芙拉蜜絲已經無法辨認那人的樣貌，她絕望的闔上雙眼，江雨晨在旁努力抹去淚水。

「大家快散了，不能讓大家看見妳的眼淚！」江雨晨動手為芙拉蜜絲擦著滿臉淚痕。

「不必，沒人看得見妳們的。」法海緩緩抬手，「想哭就哭吧。」

在冰冷離開肩頭的那瞬間，芙拉蜜絲整個人癱軟跪地，江雨晨及時攙住她，兩個女孩坐在地上，只能痛苦悲傷地低泣著。

小男孩拉拉法海的衣角，仰頭嘟起嘴，「辦好了。」

「看見了，沒讓他受多少痛苦。」法海挑了眉，像是察覺到什麼似的，由右向左望去。

在焦屍木樁的一旁，一字排開紫色的斗篷，鐘朝暐就站在中間，目不轉睛地看著他；以前他對他有敵意，是因為芙拉喜歡法海；現在他對他有敵意，是因為他的謎樣身分，讓鐘朝暐覺得會是最大的妨礙者。

鐘朝暐只是很訝異，依照芙拉蜜絲的個性，居然沒有到廣場上來解救阿樹……又浪費一次機會了。

法海劃上微笑，紳士般地朝著他頷首。

「很有趣的人。」他捏捏許仙的小臉。

「他變得好討人厭喔！」許仙緊握著法海的手，「主人，他會不會真的傷害芙拉姊姊啊？」

「放心好了。」法海揚起自信的笑容，「他永遠都不可能傷害芙拉。」

第二章

入夜的都城總是寂靜，太陽下山後便無人敢在外頭逗留，雖說都城有強大的結界保護，但不怕一萬就怕萬一，要是晚上溜達遇上非人就糟了。

外頭只剩下佛號之徑亮著燈，佛號之徑設在鎮上的主要道路上，路燈上均繪有佛號、並經過誦經加持，每盞燈之間以神社繩繫住，全部施以驅魔咒、護身咒，才能讓防衛廳隊員安心巡邏。

隱約聽見有一隊巡邏員過去，芙拉蜜絲站在窗邊略顯擔憂。

她們兩個今天都沒有去學校報到，也不打算去學校了，按照現在的狀況，鐘朝暐既然已經出現，為的是報芙拉蜜絲燒死他全家的仇恨，那麼只會想方設法的解決掉芙拉蜜絲，在這樣的前提下，引不引人注意已經不在話下。

不如待在家裡，至少還安全些。

「我覺得事不宜遲，我們是不是越早離開都城越好？」江雨晨思考了一整天，無論哪條路，都必須盡速離開才安全，「找天晚上，我們到北面的無界森林去，穿過結界前往舊日本？」

「有這麼容易嗎？記得上次我們到那附近的疫病帳篷區嗎？那邊有好多防衛廳人員看

守！」芙拉蜜絲其實腦子很混亂，沮喪了一下午才勉強好些。「當初就是因為很難通過，大哥才要我們先待在都城的。」

芙拉蜜絲父親的遺言，要她越過北方的無界森林，到舊日本去，但是過去在鎮上，對於滿是妖魔鬼怪的無界森林大家根本避之唯恐不及，只會花錢雇用闇行使將結界設好，以期滴水不漏，不讓森林裡的怪物或惡鬼進到鎮上而已……從來沒有派重兵把守這件事。

為了人民的安全著想也是對啦，但是芙拉蜜絲總覺得派太多人看守區區一個入口結界，讓她覺得有些匪夷所思。

「真里大哥好慢啊，他應該要回來了啊！」江雨晨也起身到窗邊察看，「該不會出什麼事了吧？」

咦？芙拉蜜絲忍不住抬頭，「鐘朝暐會為難真里大哥嗎？」

此話一出，連江雨晨都僵了身子，帶著害怕地緩緩回頭看向她，「我不知道……那個朝暐看起來不像我認識的人了！」

「妳記得啊？」可愛男孩奮力爬上沙發坐定，手裡拿著晚上剛炸好的薯片。「我以為是另一個妳在說話呢！」

嘖！芙拉蜜絲朝許仙使眼色，幹嘛哪壺不開提哪壺啦！雨晨最怕自己人格被體內那個「靈魂」佔據，他還硬提！

「只記得一點……芙拉，不必怪許仙，我自己知道失憶時，又是被那女人奪去意識了。」

江雨晨有點低落，「我沒辦法控制她佔據我的意識，但以前都是我真的在很害怕時出現，早上卻是……她在生氣。」

「嗯，沒講兩句刀子就劈過去了！不知道為什麼發這麼大的脾氣……」芙拉蜜絲嘆口氣，「我現在只希望她安分點，鐘朝暐真的想做文章，妳被附身的事也能做的！」

「他……他會針對我嗎？」江雨晨有點膽戰心驚，「我跟他其實沒有什麼過節，還是說因為我站在妳這邊就……」

「我真的不知道，腦子裡一點概念都沒有！」芙拉蜜絲無奈地搖了搖頭，「我下午在爸留給我的書上查找了末日教會的資訊，他們就是五百年前造成人類迫害靈能者、把天譴送回天上的始作俑者。」

江雨晨嚥了口口水，「都五百年了，天譴之後大家過得這什麼日子……他們還沒罷手嗎？」

芙拉蜜絲忍不住失聲而笑，「看來沒有。」

鐘朝暐說了，靈能者都不該存活，尤其是一個人就燒死全鎮的那種人……是在說她！

客觀說起來，她是個災難沒錯，不管認識或不認識，安林鎮幾百口人都死在她的能力之下，她擁有火的能力，火可以除魔驅鬼，連妖獸都能焚化，更別說脆弱的人類了！

讓火燄從人的體內開始焚燒，先燒五臟六腑，再由內燒向外，讓安林鎮哀鴻遍野，淒厲的哭叫聲不絕於耳，她卻什麼都沒聽到，非得燒到毫無生命為止……這不是劊子手是什麼？

末日教會要認定她是天譴都沒問題，證據確鑿。

危害世人的闇行使就是這樣沒錯，可笑的是，自從察覺自己具有靈力開始，她曾天真的想著可以用這力量幫助大家，抵禦想殘害人類的妖類魔類……結果卻是這樣的想法，把自己逼上了絕路，迫使弟妹們分開、父母慘死……

「芙拉？」江雨晨見默然不語的她有點害怕，尤其剛剛芙拉的髮尾正在轉變成紅色，那是她靈力竄出的象徵。

「我不會猶豫的……」她喃喃自語，「不管是誰擋在我面前，我都不會再心軟。」

就算是鐘朝暐也一樣，只要他想阻止她去舊日本，她可以連他都燒掉。

「咦？」許仙突然朝左方看去，那是樓梯的方向，但是他動作突兀到讓她們都嚇了一跳。

「有人！」

他突然躍下沙發，噠噠地進入廚房，在與樓梯平行的方向那兒是條窄小的倉庫，再往裡頭則是始終密封的後門。

後門——芙拉蜜絲跟江雨晨對看一眼，是闇行使們！

她們立刻跳起，跟著許仙往後門去；都城裡未受控制的闇行使都躲在下水道，而最靠近他們的出入口則是三間屋子之外，也正是後門的巷道上。

「黑剛大哥！」芙拉蜜絲看見進門的人都傻了，這可是現在地下闇行使的首領啊，「您怎麼親自來了！」

「堺真里出事了，妳們知道嗎？」黑剛大哥向來不愛廢話，「他被檢舉是闇行使，現在被關起來觀察，我們確認了是末日教會搞的鬼。」

「真里大哥！」芙拉蜜絲倒抽一口氣，「鐘朝暐他居然……」

黑剛皺眉，「妳認識末日教會的頭？」

「他是為我而來的……以前一起長大的玩伴。」芙拉蜜絲苦笑一抹，「但我燒死他們全家，所以……」

「嗯，被趁虛而入了，末日教會很擅長這招。」黑剛大哥擰著眉望向她們，「我們剛發現這附近的巡邏加強了，應該是刻意監視妳們，等一下就會派人來告知堺真里的事——妳們得小心。」

「會一起帶我們走嗎？還有是誰檢舉真里大哥的？」江雨晨怎麼想都覺得不對，「審闇者早在我們一進城就知道真里大哥是闇行使，一直都包庇我們至今，為什麼現在才——」

「那個審闇者，是末日教會自己帶來的。」黑剛大哥語重心長，「我想等等他也會站在妳們家門口，一旦確定了妳們是闇行使，就一併帶走。」

帶走……然後呢？注射毒藥跟其他人一樣控制著？不，不會這麼簡單，末日教會巴不得除掉所有闇行使，所以是……會找個嚴重的罪名，燒死她？

「廳長任他們胡來嗎？」芙拉蜜絲低語，「我記得北區的首領也不是個會聽從教會的人？」

「嗯，這就是有利點，也是堺真里暫時平安無事的原因，對於末日教會的行徑，廳長並不是很滿意。」黑剛大哥微微一笑，深表同意，「但是他們的手段很低劣，最好不要失去自由，被關起來就麻煩了。」

江雨晨緊張地絞著衣角，真沒想到居然有一天，而且還是從小一起長大的同伴迫害他們；芙拉蜜絲望著親自前來的黑剛大哥，勉強擠出微笑。

「這種事大哥不該親自來的……阿樹有話留給我嗎？」芙拉蜜絲必須很努力，才能壓抑住那股悲傷。

黑剛大哥嘆口氣，神情悲悽，「這是阿樹的決定，我們沒辦法看到他所見到的，但是他說了，這是唯一可以保護妳的方式。」

「保護……我？」芙拉蜜絲眼淚無法克制的在眼眶打轉，「阿樹他、他何必保護我，他——」

「因為妳是可以解救我們的人。」黑剛大哥剛毅的眼神凝視著她，「解救都城的闇行使，讓我們重見天日。」

芙拉蜜絲突然覺得壓力龐大，她微顫著唇搖首，「這是怎麼回事？阿樹怎麼會認為我……」長滿繭的大掌握住了她的雙肩，「芙拉蜜絲，阿樹的直覺從未錯過，他一定看見了什麼，我們相信他，也相信妳。」

阿樹看見了什麼……那天下午，阿樹臉色蒼白的要她好好照顧自己……是嗎？他的確在碰到她之後臉色丕變，那天他看見了什麼，才決定犧牲自己？

把莫名其妙的重責大任推到她肩上？

「我不知道，我沒辦法……我……」芙拉蜜絲搖著頭，她現在根本自身難保，怎麼可能救誰啊！

「芙拉蜜絲！」黑剛大哥低吼著，「我們都相信妳！」

這不是相不相信的問題啊！怎麼可以這樣就把問題丟給她！芙拉蜜絲緊咬著唇，她連怎麼去舊日本都不知道，如何把真里大哥救出來都毫無頭緒，怎麼去救所有闇行使啊！

這太誇張了！

「有人來囉！」金髮小腦袋湊了進來。

「咦？」江雨晨趕緊拉開他們兩個，「黑剛大哥，你先走！」

「不行喔，後面也有人守著。」許仙蹦蹦跳跳地進來小倉庫，「應該是怕我們逃走吧！」

「啊……那到我房間去吧！」芙拉蜜絲說著，就要拉著黑剛跟她離開。

「不行……萬一他們想搜查的話，一定會搜我們房間的！」江雨晨走了兩步連忙阻止，雙眼轉了幾圈，「以不變應萬變——黑剛大哥就待在這裡吧。」

她走到角落的紙箱後，那邊有可以塞一個人的位置，黑剛大哥沉重地頷首，事到如今也沒有辦法，既出不去，只好先躲在這裡了。

他躲進去後，芙拉蜜絲跟江雨晨趕緊把其他雜物堆疊起來，遮去他的位置，然後就聽見了外頭的踏步聲，還有每個防衛廳隊員身上刀械鏗鏘聲，在階梯上響著。

她們趕緊關上倉庫的門，以求不要留下任何痕跡，然後坐回沙發上，若無其事地吃著水果，或是看著手邊的書。

許仙站在樓梯下往上望，主人不在家裡啊，等等如果有人抓走芙拉蜜絲怎麼辦呢？他要裝可愛無辜的男孩？還是把大家都吃掉？

磅磅磅——敲門聲響起，聽那叩門聲就知道有多不友善，那是以掌心擊打在紗門上的聲音。

「誰？」江雨晨還故意問著。

「防衛廳！請開門。」外頭聲如洪鐘，窗子現在都以木條窗遮掩，她們看不到外面。

「你說防衛廳就防衛廳？」芙拉蜜絲出了聲，「雨晨，不要回應他們，說不定是妖獸！」

「噢。」江雨晨緊張地看著門外，這麼說也是有理，入夜後外頭都是非人，大家會鎖在屋裡自然是有原因的。

「我們是防衛廳！」對方低吼著，「芙拉蜜絲、江雨晨，妳們的監護人堺真里下午被審闇者判定為闇行使，我們必須——」

必須……必須？芙拉蜜絲轉動著眼珠子，啊必須後面呢？江雨晨頸子都向門邊去了，豎耳傾聽，怎麼什麼都沒聽見？

良久，真的是太久了，外面一丁點聲音都沒有，彷彿所有人就站在外頭動也不動，他們並沒有離開，因為防衛廳隊員身上都有武器、刀子跟金屬皮帶等等，聲響很明顯的，而今……沒離開也不說話？

「怎麼回事？」江雨晨用氣音問著。

「不知道啊！」芙拉蜜絲聳了聳肩，問題是現在怎麼辦？「偷看？」

江雨晨立刻躡手躡腳地翻過沙發，移動到屋子角落的窗子去，偷偷掀開木條窗瞥一眼，這個角度還是可以看到門外究竟怎麼回事……芙拉蜜絲就挨在她身邊，兩個人極度輕緩的扳開、往上……咦？

兩個女孩不由得一怔，這位置再斜，也是看得見門口的……芙拉蜜絲立刻直接奔到門邊的窗子去，毫不猶豫地把木條窗盡數打開，窗外依然空無一人！

「怎麼會？」

「拉下！」江雨晨焦急地過來，把木條窗重新拉上，「別顧著看防衛廳員，窗子要蓋著結界才完整，萬一剛好外面有什麼怎麼辦？」

「都城防備這麼嚴，來這邊這麼久連惡鬼都沒見過！」芙拉蜜絲遲疑了兩秒，啊的一聲回頭往倉庫裡去。

黑剛大哥依然躲在箱子後，聽到有人進來也沒敢輕舉妄動，芙拉蜜絲直衝到後門邊，後門沒有任何窗子可以窺探，讓她有點不知所措。

「許仙！」她回首，低喊著。

「沒人啦！」許仙懶洋洋地站在門口，「趁著沒人，快點走吧！」

咦？芙拉蜜絲眨了眨眼，這才想起躲在裡頭的人，「黑剛大哥！現在！」

黑剛大哥聞言立刻撥開空箱而出，滿臉都是困惑，「剛剛怎麼回事？防衛廳的人沒有進來？」

「不知道，話說到一半人就不見了！」芙拉蜜絲小心翼翼的打開後門，果然外頭空無一人，

「先走吧，改日再說。」

「小心。」黑剛大哥臨行前倏地緊握住芙拉蜜絲的手，「妳一定要留意，都城裡還有別的東西在！」

「嗯，我知道。」芙拉蜜絲用力點點頭，非人總是潛伏在人類間，她習慣了。

捨不得關門，她目送著黑剛大哥的身影在佛光下奔跑，一直到遠處的下水道出入口隱匿為止，左右張望整條路上真的沒有任何防衛廳隊員，也沒聽見巡邏聲……她仔細把門關閉、鎖上，這太詭異了。

不解地拖步而出，江雨晨緊張地站在茶几邊，瞪著桌上的東西瞧。

那是剛剛還沒有的東西，看得芙拉蜜絲臉色刷白，「這哪來的？」

「我剛……趁打開門時看見的。」江雨晨絞著雙手，「就掉在門口，我覺得不妥就先撿起來了。」

怎麼會……芙拉蜜絲看著茶几上的防衛廳人員的紅色背心，那是她曾經夢寐以求的制服，從小她就立志當都城防衛廳的一員，即使這個世界的女人只需要被保護與傳宗接代就可以了。

地方的自治隊是黃色背心，而都城防衛廳則穿著紅色背心，這可是防衛廳隊員的驕傲，他們總是穿著紅色背心，身上再揹槍、或是刀、矛等武器，背心是不可能鬆脫的！

除非……芙拉蜜絲忍不住蹙起眉，拿起那件背心端詳。

「沒有撕扯的痕跡，這是被脫下來的……」芙拉蜜絲嚥了一口口水，「有什麼東西可以在一秒內，拿走他們的武器，再好整以暇地把背心脫下？」

江雨晨倒抽了一口氣，不由自主地看向又爬上沙發的洋娃娃男孩。

「不要看我喔，不是我。」他聳了肩，「主人去約會了，他交代過不可以管妳們的事。」

不是法海的話，這種速度她也見過──芙拉蜜絲雙眼驚駭一怔，吸血鬼可不只家裡這兩隻啊！

這夜法海沒有回來，芙拉蜜絲在沙發上等到睡去，江雨晨輕柔地為她蓋上被毯；她自己也徹夜未眠，除了擔心堺真里外，尤為擔心的是……自己。

她從未如此真切地感受到體內還有另外一個人，過往另一個人出來時她都是陷入昏迷無意識的狀態，所以那個人的情感並不會影響到她，她最大的困擾只有失憶而已。

失憶時的威猛、耍大刀耍得俐落非常，芙拉說過她會尖叫咆哮地一邊說很害怕，一邊把惡鬼或鬼獸劈成好幾塊，甚至還流著眼淚；但是她專長的是飛刀，對大刀從來不擅長。

從一開始的恐懼、害怕，直到她接受了這個事實，原本以為是雙重人格，但漸漸地發現不是那麼回事……有另一個東西存在於她體內，不管是什麼，至少她沒有受到傷害，甚至那個亡魂還幫助她許多次。

單憑她，根本無法在每一次遇到惡鬼時存活下來，也不可能跟芙拉並肩作戰……不管是芙拉或是鐘朝暐，他們的戰鬥技能都比她強上許多，尤其她膽子小，遇到怪物很容易就嚇得昏頭。

既然身體沒有變化，她便採取消極態度……直到現在。

她總感覺胸口悶悶的，變得焦躁易怒，有種不悅藏在心底，讓她異常煩躁。

所以，這也影響了她的作為，悶在家裡她只覺得難受！

「出去？」許仙跟芙拉蜜絲簡直異口同聲，並用一種詭異的眼神打量著她。

「嗯，我們還是去上學吧！」江雨晨肯定地點頭，「這樣躲在家裡不是辦法，而且我們也應該去打探真里大哥的現況。」

「我是……有打算要去啦！」芙拉蜜絲端起牛奶大口大口地喝，「但是我很驚訝妳會贊成耶……不對，妳還主動提呢！」

「我靜不下來。」江雨晨面有難色的撫著胸口，「我一直處在憤怒的狀態。」

「咦？」芙拉蜜絲立刻領會，下意識看向江雨晨手上的手鍊。「是另一個人的憤怒嗎？」

那是雨晨父親買給她的手鍊，只是鍊子上附著亡魂。

江雨晨點了點頭，「她的情緒變得很明顯，好像也對我們什麼都不做感到浮躁，我也仔細想過了，我們應該要按照正常生活才對。」

芙拉蜜絲深表同意，她本來就是門不住的人，早就準備一早要出門了……雖然令她煩憂的是，法海一整晚都沒回來。

「他又去認識新的女朋友？」芙拉蜜絲嘛起嘴，看著忙裡忙外的許仙。

「我怎麼能干涉主人的行蹤呢？」許仙一副滿不在乎的模樣。

「喂……」芙拉蜜絲又問了一次，「到底是不是還有其他吸血鬼在都城？」

許仙眨了眨眼睛，笑咪咪地看向江雨晨，「我幫妳們準備了便當喔！許仙版漢堡餐！」

「哇！」江雨晨開心地趨前，「你費心了！這麼好！」

「吃飽一點才有體力應付突發狀況啊！」許仙根本沒打算理芙拉蜜絲，逕自處理他的便當，

「啊，時間快到了，妳們不要昨天曠課、今天又遲到喔！」

就見他跳下凳子，拎著兩個便當袋往客廳走去，芙拉蜜絲嘛著嘴看著他的身影，其實許仙不回答就是有問題！要不然他可以斬釘截鐵地說：沒有！不可能！我跟主人已經先在這裡了！

不說就不說，等法海回來她自己再問！哼！無緣無故又跑去認識什麼新女朋友，又在打算什麼呢？上一次熱烈交往的女人們，全部是拿來當犧牲品的，想想真可憐。

「我們放學後會去看真里大哥，晚點回來喔！」芙拉蜜絲說著，穿起外套。

「嗯。」許仙點點頭，送著她們出門，「小心點喔！」

小心？芙拉蜜絲拉開木門，迎接著朝陽，這要從何小心起？對手是惡鬼、鬼獸、妖獸、妖魔什麼的都還能防，至少她看得見不尋常的事物，她有靈力可以對抗！

但是如果對手是人的話，就防不勝防了。

扛著腳踏車出門，便有十數階階梯往下，他們這排透天屋子是架高的，下了階梯才抵達人行道，芙拉蜜絲認真地環顧四周，可以感受到街道與平常差不多，但也有點不同。

像是有人正看著她們似的。

跨上腳踏車直接前往學校，在路口遇上審闇者時，他們一閃而過的驚訝她盡收眼底，大概是說：妳怎麼跑出來了吧？芙拉蜜絲不動聲色，只是嘴角掛著淺笑，總是要給鐘朝暐機會，對吧？

她要救堺真里、也要找機會到北方結界去，查探一下那邊的看守人力，更要知道末日教會的行動，針對她、對闇行使們，他們想幹嘛？

爸爸的書裡寫得很清楚，對於靈力者的迫害與殺戮，末日教會在五百年前可是不遺餘力。

停好腳踏車走進校園時，視線扎人得明顯，有好些學生吃驚地望著她們，交頭接耳地竊竊私語……芙拉蜜絲微笑道早，不知道這份「特殊」是她本身？還是因為真里大哥？

「芙拉蜜絲！」才進建築物，校長簡直是衝下來的，「妳妳妳妳、妳們怎麼來了？」

「嗯？今天不必上課嗎？」芙拉蜜絲故作無辜，「昨天雨晨有點不舒服，所以我跟著請假照顧她！」

「嗯……啊，江雨晨同學。」校長越過她身後，看向江雨晨，面有難色，「我以為妳們打算休學了。」

「怎麼會呢？」芙拉蜜絲上前，看著校長冷汗直冒，「有什麼不方便？還是說我們兩個被退學了？」

「也不是，妳們……」校長望著芙拉蜜絲，語重心長，「關於妳們的監護人——」

「嗯，聽說了。」江雨晨立刻接口，「但還在調查中不是嗎？況且真里大哥是真里大哥，我們是我們，還是因為真里大哥疑似闇行使，我們不能上課？」

「也不是這麼說。」校長蹙起眉，其實眼裡帶著更多的是困惑，「照理說，我以為妳們都在接受調查。」

啊啊，校長指的是昨晚到他們家門口叩門的防衛廳隊員們！好像是有這麼回事，但是那些人卻消失了。

「好像沒有？」芙拉蜜絲聳了聳肩，「校長，快上課了，我跟江雨晨有同班嗎？」

校長遲疑了幾秒，看著兩個該受調查的學生好端端的在這裡，那就表示防衛廳並沒有找她們吧？

「好吧，妳們兩個編在同班，現在都在一班。」校長指向二樓，「在二樓原本的位子，昨天的假單就交給老師。」

「好！」兩個女孩輕快地跑上樓，後頭一堆學生忍不住討論起來。

她們的監護人若是闇行使，難道她們兩個不知道嗎？知情不報也是很嚴重的罪，而且說不定她們也是闇行使啊！照理說第一時間應該要全部接受調查才對，怎麼可能還到學校來？

芙拉蜜絲與江雨晨跑上二樓，卻聽見熟悉的聲響自樓上傳來，兩個人不約而同地抬頭，在層層樓梯迴旋中卻什麼都沒看見。

「聽見了嗎？」芙拉蜜絲低語。

「嗯。」江雨晨點點頭，那是防衛廳人員身上的聲響，雖說人人都會帶著武器自保，但是唯有防衛廳隊員會有明顯的碰撞聲——因為他們的刀與皮帶及槍會互相摩擦。

兩個女孩不發一語，交換眼神後，未在二樓停下，反而一路往上走去，想看看是誰在這兒！

冷不防地一路衝上五樓時，在樓梯邊的人還嚇了一跳！她們兩個都見過，是真里大哥以前的舊識，叫李憲賢。

「妳們——」李憲賢瞪圓了雙眼，「怎麼上來了！」

他剛剛在扶攔邊往下看她們，及時躲藏了不是嗎？

「李大哥！」芙拉蜜絲一見到他激動上前，「真里大哥他——」

「暫時沒事！」他打斷了芙拉的話，不安地掃視她們兩個，「昨晚究竟發生什麼事了？」

嗯？她們兩個圓睜雙眼，不太理解地看著他，「什麼事？就真里大哥被抓了。」

「誰通知妳們的？」李憲賢擰眉，全身都很僵硬。

「是防衛廳，他們到門口敲門，可是我跟芙拉沒敢開門……晚上的家就是完整的結界，開任何一扇窗或門都會破壞結界，萬一是鬼獸怎麼辦？」江雨晨條理分明地接口，「但是我聽見他們說真里大哥疑似闇行使被抓，正在調查中，然後就沒聲音了，我們再問外面也沒回答我們，所以我們猜他們離開了吧！」

哇，還是雨晨說得流利，要是她一定會結巴的。「嗯，原本以為他們還要說什麼，但是突然就沒聲音了，走得好快！」

「就這樣？」李憲賢滿是懷疑。

「不然應該怎樣呢？」江雨晨僵硬地絞著雙手，「真里大哥他真的沒事嗎？你們要留心那個末日教會，我怕他們會——」

「等等等等！」李憲賢打斷了江雨晨的擔憂，「真里的事妳們不必擔心，別說是我，路西法隊長很挺他的，我們也不會讓一個莫名其妙的教會進來干涉——但是，昨天晚上的十人小組到哪裡去了？」

兩個少女認真瞠大無辜的雙眼，裝傻到底。

「噢天哪！所以妳們都沒開門？」李憲賢掌心擊上前額。

「不能開吧！」江雨晨認真地回應，「太陽下山後，永遠不知道有什麼東西在外徘徊啊，上鎖的屋子怎麼能開啟？」

「是啊是啊，妳們不應該有那個膽子開……」李憲賢看著地板喃喃自語，「十個人就這樣憑空消失了，怎麼可能……」

憑空消失？芙拉嚥了口口水，是啊，幾乎是瞬間不見的，只是她沒想到居然出動了十人，就為了她們兩個……噢，可能還有「看起來」無害的許仙跟法海。

「李大哥？你是說昨天來找我們的防衛廳隊員都消失了？」江雨晨認真地演下去，「怎麼可能？有十個人？天哪，我不知道來了這麼多人，為什麼來通知事情需要這麼多——啊！」

李憲賢嚴肅地望向她們，「妳們也都該接受調查，我今天就是到學校來，收集妳們平常在校的狀況。」

「平常在校的狀況喔……」芙拉蜜絲回得好生勉強，這樣調查下去應該是極度不利吧？她跟江雨晨都有在校打架的紀錄，而且她鞭子揮得之好，甚至威脅過對弱小學生霸凌的學生……

「既然妳們來了，等等就跟我一起回防衛廳吧。」

「不要！」她們瞬間異口同聲，「無緣無故我們才不要去！」

「妳們橫豎就是——」李憲賢餘音未落，芙拉蜜絲拉著江雨晨就轉身往樓下跑。「喂！芙拉蜜絲！江雨晨！」

誰都沒停下，開什麼玩笑，她們怎麼可能就這樣讓防衛廳的人帶走！一旦進去就等於失去自由！

不管昨天帶走那十個人的是誰，她都希望法海跟這件事有關，有本事就試著再來帶走她們！

一路衝進教室裡時，迎向的自然是同學們訝異的眼光，她們張望一下教室的位子，挑了最後面兩個空位坐下；老師適巧跟著進來，瞧見她們時也閃過一抹異色，但還是裝作若無其事的開始上課。

好不容易靜下心翻開課本，聽著老師在上頭補上之前的進度，斜前方的同學從書包裡拿出水瓶，扭開瓶蓋就往嘴裡灌；這本是自然的動作，但是芙拉蜜絲對於瓶裡水的顏色感到有點困惑。

果汁嗎？她忍不住分心，想著到底什麼果汁會是孔雀綠色的？

青草汁？那也該是綠色的吧，孔雀綠的顏色是很美，但是當飲料喝就覺得有點詭異了？這讓她悄悄觀察其他桌上有水瓶的同學們，大家還真是有志一同，都帶這孔雀綠的水來？

莫名地打了個寒顫，不知道為什麼，她覺得那個水大有問題。

正想著，右手邊的江雨晨似乎也渴了，從容地伸手向後從椅子邊上的書包裡抽出她的水壺，這一抽出來，就是鮮豔的孔雀綠！

江雨晨！她連忙伸長右手，就往她桌緣輕拍一下！江雨晨立刻不解地看向她，只見她用嘴型說著：不、要、喝。然後指指那瓶水。

水？江雨晨望著手上這清澈的水，為什麼不要喝？她蹙眉，儘管滿腹疑問，還是把水瓶擱到了一旁。

偷瞥老師一眼，立刻傳起紙條，只問一個問題：「水是什麼顏色？」

江雨晨愣愣地看著自己桌上的水，橫看豎看，都是透明無色的啊！她不解地回傳，只是芙拉蜜絲才打開，卻來不及看江雨晨寫什麼。

啪噠，一大滴莫名其妙的孔雀綠黏液從天而降，把她的紙條全數遮住。

喝！芙拉蜜絲的椅子立刻後退，訓練有素的她已經不會做那種突然跳起來的衝動舉動了，她只是將重心擺在椅子後方的兩個椅腳，前面兩個椅腳翹起，腳尖勾住桌腳間的橫槓。

不太突兀，卻能遠離桌面。

老師依然在寫板書，同學們似乎也認真地在聽課，芙拉蜜絲緩緩抬頭往天花板看去，卻看見天花板有著一大坨孔雀綠的東西在蠕動，越積越多，慢慢地聚集成一個橢圓形……有張臉從裡頭浮現，像是硬擠出來似的。

眼睛鼻子嘴巴，那橢圓形漸而立體，芙拉蜜絲瞪大雙眼看著黏液的來源，自天花板延伸到牆邊，沿著牆直接往下……往下……她順著軌跡往下追，孔雀綠的黏液來到了地面，灰色地板只有一條軌跡，那黏液一路到了——第二排的第三個位子。

那個女生正在低頭抄寫著老師的板書，但是她的身上卻滴答滴答的滴出孔雀綠的液體……

這是什麼東西！

『我最討厭闇行使了！』頭上突然傳來說話聲，『闇行使根本都不該留在都城，太邪惡了！』

芙拉蜜絲仰頭向上，那綠色的頭在說話了！它有著女孩子的五官，該不會是那女生的分身吧？不對啊，好端端的怎麼會有學生發生異狀啦！

『你們一定全家都有問題！』那頭顱忿忿地對著她大吼，『乾脆全部都燒死好了！』

什麼東西！芙拉蜜絲還沒來得及反應，那顆頭居然從天花板咻地衝下來，頸子以下又長又具彈性，跟條彈性繩似的，還在半空中繞了個圈，那圈根本就是對著她的頸子套上來的！

芙拉蜜絲完全沒有猶豫，右手飛快地往後腰抽下隨身的金刀，一揮嘩啦的就砍掉了那噁心的綠色頸子！

這動作太大不可能忽視，所有人都嚇得回頭看她，老師也停下了講課。

「怎麼了？」老師皺眉，不安又帶著微慍地問，「上課在做什麼？」

芙拉蜜絲右手反手握著刀子，人也已經站起，看著在江雨晨桌上的綠色頭顱竟然疾速融化成液體，自桌緣涓滴而下，落到地板後更快地朝著來源匯集過去！她沒搭理老師，立刻看向天花板與牆壁，那些綠色的黏液軌跡現在都變成較稀釋的液體，「流回」那個女學生身上。

「芙拉蜜絲？」老師厲聲喊了出來。

「等等──」她居然伸手示意老師噤聲，邁開步伐朝著第二排那個女孩走去，因為她也是目前唯一沒有轉過頭的人。

芙拉！江雨晨看著她經過自己身後，下意識地拉住她。

此時，孔雀綠的液體盡數回收進那女孩的體內，芙拉蜜絲只想問：妳到底是什麼？只是她還沒來得及開口，背對著她的女孩，頸子上那顆頭，咚的就滾落了地！

鮮血從碗口大的斷口泉湧而出，第一秒全班同時因錯愕而靜謐，下一秒連芙拉蜜絲都忍不住尖叫起來──「哇！」

「哇呀──」鮮血濺灑了周遭所有學生，個個恐懼地驚跳起身，伸手抹去臉上身上的黏稠液體，看著剛剛還好好的同學身軀一軟，就直接倒下。

砰！無頭屍體摔上了地，再引起一陣驚叫聲，緊接著就是奪門而出的學生們！

「冷靜！冷靜！」老師大喊著，卻連自己的聲音都在顫抖，「不要跑！同學！」

下一秒，她看向站在後面，手仍握著刀子的芙拉蜜絲。

「芙拉，」江雨晨勾住她的右手，擋住她的刀子。「把刀子收起來。」

「不是我砍的喔……」芙拉蜜絲忍不住深呼吸，趕緊把刀子插回腰間的刀鞘裡，「我刀上沒沾血啊！」

「那不是重點啦。」江雨晨邊說，一邊拉著她往後退。

地上的屍體平靜地倒臥著，鮮血已經噴盡，芙拉蜜絲腦海裡不禁回想著她剛剛砍斷的是綠色的黏液吧？雖然也是頸子的部分，但她沒有傷害那個同學啊！

不過，她確實砍斷那顆綠色的頭顱……那莫名其妙的綠色黏液，源自於女孩身上，在地上漫延、爬上了牆，甚至到她的頭頂上，說著人話、而且還意圖攻擊她！

她沒有殺人！但為什麼……在她砍下那綠色頭顱後，源頭的人類之軀也會斷頭呢？

第三章

女孩叫做吳佩倫，是個芙拉蜜絲甚至連認識都不來不及的女生，別班併過來的，看著她斷去的頭顱，真的與那綠色黏液形成的樣貌近似……而那斷頸處，不得不說切口相當平整，防衛廳的人員在場鑑定，那是被一刀砍下的，絲毫沒有遲疑的痕跡。

一刀，芙拉蜜絲忍不住想，她的確只揮了一刀。

但金刀縱使銳利也只是把長約二十公分的匕首，不可能如此俐落地砍斷一個人的頭，不過若說砍斷黏液般的細繩，卻根本輕而易舉。

班上的同學都移到其他的空教室去，防衛廳一一派人詢問當時狀況，所有人當時都在專心上課，根本不知道發生了什麼事，吳佩倫周遭被鮮血噴滿身的同驚魂未定，完全不知道為什麼她會突然斷頭。

唯一看得到全班的就是上課的老師，她對芙拉蜜絲的動作難忘，也證實了在吳佩倫倒下前，芙拉蜜絲曾經揮刀。

「妳上課中為什麼取出武器？」李憲賢擰著眉站在她面前，就在學校裡的他，自然接下了這件命案。

「只是想把玩……」芙拉蜜絲胡謅，「我本來就會拿著刀子玩，可以問雨晨……」

「老師看見妳做了一個揮刀的動作，極其使勁俐落？」李憲賢還模仿起來，由左至右揮動手臂。「這樣？」

「嗯，就只是揮揮，不能當我做運動嗎？」芙拉蜜絲其實很不安，「我就算對著空中劈砍，吳佩倫也不可能是我殺的！」

「是啊，李大哥，這根本不必糾結吧？吳佩倫坐在第二排第三個位子，芙拉蜜絲坐在第七排最後一個，隔這麼遠，她也沒離開過座位走到吳佩倫的旁邊。」江雨晨立刻幫腔，「再說了，她的是匕首，再銳利也不可能一刀砍下誰的頸子吧？」

李憲賢緊皺著眉，他跟堺真里是舊識，在都城重逢後也大方地為他安插工作，這兩個女孩是他帶來的自然要積極照顧，只是，現在風聲鶴唳，先是真里被檢舉為闇行使調查，再來這位芙拉蜜絲也太顯眼了！

「話是這麼說沒錯，但是……」李憲賢沉吟著，不管有多大的嫌疑，芙拉蜜絲的確不可能是兇手啊！「妳們兩個還是得跟我回防衛廳一趟。」

「為什麼？我們又沒嫌疑！」江雨晨立即發難，「人根本不可能是我們殺的，我們拒絕。」

「那可不一定！」

樓下傳來了熟悉的聲音，長袍拖曳聲跟著沙沙響起，站在走廊上的眾人不約而同朝樓梯看去，芙拉蜜絲悄悄握拳，是鐘朝暐。

江雨晨的眼神幾乎瞬間變化，那氣場連芙拉蜜絲都立刻感到不對勁，趕緊拉過她移動到自己左手邊，可別當面衝向朝暐！

「妳怎麼了？」她硬把江雨晨往左邊推，「妳現在是江雨晨，不要鬧事！」

江雨晨剛剛那溫柔的神情不復存在，雙眼裡的怒氣躍躍然，連李憲賢都忍不住好奇地注視。

紫色長袍現身，惹人厭的一字排開，鐘朝暐領了一群末日教徒的人抵達，帽兜下的雙眸掃視著聚集在走廊上的同學與師長們。

「瞧大家這麼害怕緊繃，芙拉蜜絲，妳怎麼老是讓大家不安？」鐘朝暐緩步趨前，「妳該知道世人對闇行使有多畏懼。」

「我知道啊，但關我什麼事？」芙拉蜜絲直截了當地回應，「我又不是闇行使。」

末日教會的人員一共十人，一上來後幾乎像設計過的分散站開，江雨晨前後張望一圈，留意到他們幾乎把大家包圍住了，至少出入口都被堵住。

怕她們逃嗎？她們才不會逃，因為一旦逃了，就等於間接認了自己的罪。

「是與不是，自己說的不算，堺真里至今也不認罪，但他確實是個闇行使。」鐘朝暐脫下帽兜，冰冷的眼神讓芙拉蜜絲都快不認得，「至於妳們，究竟是不是闇行使——我們有審闇者能確認。」

「真里大哥才不是闇行使！都城裡有多少審闇者，他們早就檢查過我們啦，我們都不是！」芙拉蜜絲緊握飽拳，他剛剛居然說堺真里已經確定是了？「你現在憑什麼說我們是！」

「對啊，大家都知道的吧，馬路上、學校門口，好多地方都有審闇者的，我們是不是闇行使他們一看就知道！」江雨晨立刻回首向老師同學喊話，「我們都已經在這裡生活兩個月了，他們怎麼可能看不出來！」

學生們出現困惑，其實他們也有這樣的懷疑，那個堺真里還是防衛廳的人，聽說過去還是地方自治隊的隊長，這樣的人會是闇行使嗎？而且江雨晨說得對，到處都是審闇者，怎麼會看不出他們是誰？反而……才來幾天的幾個神父就能斷言？

「這也就是我們的疑問了，或許是都城養的審闇者靈力不足，也可能是……」鐘朝暐上前一步，冷冷笑著，「有意包庇？」

「包庇？」李憲賢聞言大怒，「喂！神父！說話要有證據，你莫名其妙扣罪名給審闇者怎麼行？他們怎麼可能包庇，這要是被發現了——」

「別緊張，我只是說可能、或許。」鐘朝暐看著左後方的李憲賢笑著，「幸好，末日教會有自己的審闇者。」

咦？芙拉蜜絲瞪圓雙眼，她已經很盡力地壓制住那份恐懼，刻意閃開眼神看著遠方，但是內心的激動卻是難以掩蓋！

因為都城裡的審闇者就是在包庇他們沒錯啊！審闇者也是闇行使之一，只不過他們的靈力在於可以看出誰具有靈力，以及靈力值的多寡，真里大哥跟她早就一眼被看穿了，在雨晨體內的亡靈更是只要有陰陽眼就能瞧見，若不是包庇他們，怎麼可能撐到現在還若無其事！

同樣身為闇行使，誰會願意被控制、誰又願意檢舉同類！但是，那是整個都城裡闇行使的共識——並不包括末日教會自己的審闇者啊！

這是外地來的、為末日教會做事的審闇者，芙拉蜜絲緩緩看向江雨晨，她的臉色也不甚好看，比她還緊張，雖然不懂為什麼會有闇行使願意為「專殺闇行使」的教會服務，但她們要想的是怎麼過這一關。

芙拉蜜絲力持鎮靜得微笑，假意側身，「我感覺你真的是在找我麻煩！不是我做的命案也要出動到你們的審闇者？」

眼尾瞄向後方，她這才發現後路被堵住了，怎麼到處都是末日教會的人？他們站在前後方的走廊，樓梯口上下都被卡死，鐘朝暐果然有備而來。

這裡是二樓，如果她跟江雨晨衝進教室，或許可以跳窗？不，外面鐵定還有更多的人在守株待兔！

「因為我認定妳們都有問題，末日教會主張不能留下任何危害人類的靈能者在世。」鐘朝暐說得義正詞嚴，高舉右手。

後面一位長袍人士果然上前，帽兜蓋住他的臉龐看不出容貌，但知道是個男人，身形也相當高大壯碩。

「吉米，麻煩你了。」鐘朝暐說著，退到一旁，「芙拉蜜絲與江雨晨……噢，如果你在這些學生中剛好也發現了闇行使，一併檢舉吧。」

叫吉米的男人點了點頭，優雅地褪下帽兜，露出一張擁有歐洲血統的臉龐，微方的臉，金棕色的短髮與鬍子，眼珠是淡藍色的，看上去有三十餘歲；他朝著鐘朝暐頷首，接著緩緩正首看向芙拉蜜絲。

芙拉蜜絲覺得心臟快跳出來了！冷汗濕了衣服卻還得故作鎮靜，一旁的江雨晨假裝從容地上前，默默勾住她的手，結果兩個人都在發抖。

不能慌，一定得想備案，只要被發現就得逃離這裡！

芙拉蜜絲望著樓梯口，跳窗絕對是錯誤決定，鐘朝暐很聰明，也有實戰經驗，甕中捉鱉的道理不是不懂，她必須找條活路最大的路……法海！你到哪裡去了？你不知道現在我們處境危險了嗎？法海！

吉米凝視著芙拉蜜絲，從頭到尾細細打量，再瞬而看向江雨晨，她下意識地顫了一下身子，帶著害怕地緊挽住芙拉蜜絲的手。

「那我開始了。」吉米突然自口袋中拿出一條長巾，從容地綁住自己的雙眼。

咦？剛剛看得她血液盡褪，原來還沒開始？芙拉蜜絲全身緊繃，已經決定了！不殺人就好了……把樓梯口的兩個末日教會教徒打倒，她跟江雨晨往上走！

李大哥後面那票防衛廳員應該稍稍會放她們一馬吧？總不至於這樣就開槍吧？

吉米掩住了雙眼，再次面對她們，同時間老師驚恐地把學生們驅趕向後，吉米突然打直右手，這讓兩個女孩嚇了一跳；張開的右掌向著她們，芙拉蜜絲搞不懂他是靠著眼睛感覺？還是手？怎麼花招這麼多啦！

這些都不重要了。她用力回握江雨晨的手，像是告知她做好備戰狀態，她們隨時都得……

「她們不是闇行使。」

不可思議的語句從吉米的口中逸出，「沒有絲毫的靈力值。」

芙拉蜜絲瞬間腳軟，她偎著江雨晨撐著，腦子裡渾沌一片，這——是怎麼回事啊！是她認知錯誤，還是這個審闇者大發慈悲？

江雨晨跟著鬆一口氣，冷汗瞬間逼出，滿腦子嗡嗡叫著，她剛剛是不是聽錯了？她不是闇行使沒錯，但這個審闇者看不見她體內的亡魂嗎？

「什麼？」鐘朝暐帶著怒氣開口，「你有沒有認真看啊！」

「我看過了，我感受不到什麼啊！」吉米恭敬地朝鐘朝暐行禮，「只是兩個普通的女孩，要是具有力量的東西……每人個身上都有護身法器，而她腰上那把刀最驚人。」

「不可能！我親眼看過她的力量！」鐘朝暐根本是氣急敗壞，「你會不會看啊，芙拉蜜絲就是個闇行使，而且說不定還是闇行使者！」

使者？老師們倒抽一口氣，推著學生退得更遠，這真的假的？闇行使者是靈力最高的人，非常罕見啊！

「神父，真的很抱歉，我的確感受不到她們身上有異狀。」吉米依然堅持他的論點，「如果您不信，或許可以找其他審闇者來瞧瞧。」

「走開！」鍾朝暐不客氣地將吉米推了向後，「沒用的東西！還什麼深藍闇行使，力量爛到看不出來！」

闇行使向來有分級數，以他們斗篷顏色來劃分靈力高低，灰色斗篷的闇行使是遊離份子，簡單來說就是只能對付小妖小怪；再來是深藍斗篷，能對付妖力不高的妖獸、魑魅或逝者靈魂都沒有問題；再上一級是紅色斗篷，已經逼近最高階的使者，連低等魔物都能壓制。

最高階的「闇行使者」，傳說他們的斗篷代表色是黑色，但是真正的闇行使者根本不會穿黑色斗篷曝露身分，也鮮少人能知道他們的存在，除了富者或是政府單位，根本沒人請得起。

雖說斗篷代表靈力高低，但主要還是因為許多人覺得闇行使不祥，看到他們的臉或是觸及肌膚都覺得不妥，因此嚴格要求闇行使要穿戴斗篷；只是都城裡闇行使與人類是共存的，所以幾乎沒有斗篷分別，平常人也就看不出他們的靈力高低。

他盛怒地朝著芙拉蜜絲衝去，但是李憲賢更快，直接一橫步擋在他們中間。

「神父，犯得著生這麼大的氣嗎？她們不是就不是，你這樣未免也太明顯了，擺明了想要陷害這兩個高中生？」李憲賢不客氣地拿著劍往鍾朝暐身上敲打，「還敢誣衊我們的審闇者包庇……嘖嘖！」

哼！鍾朝暐一把握住那柄長劍，氣憤地使勁將李憲賢推開。

「是不是誣衊就等著瞧……末日教會裡不止一位審闇者。」他咬牙瞪著芙拉蜜絲說，「不過剛剛吉米提到了具強大靈力的刀子，老師看見妳揮刀，結果同學的頭便斷了……匕首若具有力量，說不定不需多大氣力就能殺人？」

這點讓現場一片震驚，話沒有錯啊，大家的法器都是闇行使製造或是加持過的，為的是遇到非人時能自保，但相對的上面都具有力量……可是那力量可大可小啊。

「這太誇張了，這柄金刀你明知道只是禮物，對鬼獸跟魑魅有效而已，怎麼可能殺人！」芙拉蜜絲怒不可遏地吼了起來，「鐘朝暐，你不要無所不用其極！」

「可以對付魑魅？」李憲賢跟防衛廳隊員忍不住哇了聲，「真的假的，妳有這麼強的法器？」

「她親手解決過鬼獸、妖獸跟魑魅，你們不知道那力量多驚人，驚人到一般的闇行使只怕都做不到！」鐘朝暐聲音趨而平穩，「這些你們都覺得棘手的妖魔，在芙拉蜜絲手上都脆弱得跟螞蟻一樣。」

「朝暐！你說謊！每一次我們都身受重傷，芙拉也一樣，哪次不是九死一生！」江雨晨氣得將芙拉蜜絲緊緊抱住，「你的弓箭不也能百步穿楊，射穿鬼獸雙眼？一樣教他痛不欲生？那你就不是闇行使？」

「我是法器的緣故，我每支箭都有加持跟咒語，但芙拉蜜絲不是！」鐘朝暐指向她，「那刀子總不可能讓鬼獸灰飛煙滅吧？」

灰飛煙滅？這讓所有人都震驚了，鬼獸雖是最低階的非人，但是破壞力也很驚人，那可是地獄裡惡鬼吃掉人類後的合體，嗜血肉，高大暴力，專愛吃人，平常能用咒語與法器將之殲滅，但要化成灰不是那麼容易啊！

李憲賢終於轉過身，向芙拉蜜絲伸出手，「芙拉，刀子借我看一下吧！」

芙拉蜜絲咬著牙，雖極其不甘願，但還是自腰後抽出那柄金刀，擱在李憲賢的掌心。

「只是咒語很強大而已，是它讓我得以抵抗非人的。」芙拉蜜絲邊說邊瞪著鐘朝暐，「雖然有武器，但我每次也真的在鬼門關前繞來繞去。」

李憲賢讚嘆地看著手上的金刀，整把刀包含刀刃都刻滿了似花紋的咒語，鐘朝暐在後方打量著，他當然想扣下這柄刀子，沒有這刀子的芙拉再強，也應付不了非人吧？

只是才要上前，李憲賢突然一勾手指，後方的防衛廳隊員立刻蜂擁而上，包圍住他，硬生生把鐘朝暐擠了出去。

「哇……這咒語是刻上去的耶！」

「好強大的法器，這是跟誰買的？應該要不少錢吧？」

「小隊長，你說我們都城內的闇行使有辦法也做一柄這個嗎？」

「嘶……這可能要闇行使者才有辦法啊，我們城內還真沒闇行使者！」

眾人你一言我一語，雙眼熠熠有光地輪流看著那雕刻精細的金刀，摸一下也好，如果人人都能有這樣強大的武器，就算十個惡鬼、十個妖獸都不是問題了吧？

「沒有血跡，上面什麼都沒有。」李憲賢認真小心地摸著刀背刀刃的每一處。

「因為本來就不可能是芙拉殺的！」江雨晨不悅地說著。

「具靈力的東西可難講，說不定有咒語能讓她隔空殺人。」鐘朝暐幽幽地在後面說著。

啊……言之有理啊，大家竊竊私語，強大的咒語跟力量的確能做到這地步，這就是大家懼怕闇行使的原因。

「所以呢？」芙拉蜜絲冷冷地問。「你非得扣這個莫須有的罪名給我嗎？」

「不，我怎麼會是這種人呢，我可是神父。」鐘朝暐輕鬆地笑著，往前走了幾步到防衛廳隊員身邊，「我只是覺得，或許我們應該對這柄金刀做調查，如果不是妳做的，也可以還妳清白。」

語畢，鐘朝暐從容地伸出手，往李憲賢的掌心那兒去，就要取過金刀。

不行！芙拉蜜絲上前，用搶的也要搶回來——只是才逼近一步，李憲賢突然緊握金刀，自左手拋到了右手，硬是讓鐘朝暐撲了個空。

「闇行使怎麼可能會賣這麼危險的符咒給我們？要是我們拿來殺他們可怎麼辦？這就是他們只會給我們抵禦非人的法器！」李憲賢笑望著鐘朝暐，「神父想像力太豐富了，這柄金刀沒有問題。」

說著，他將刀子拋轉一百八十度，手持刀尖，再將刀子還給了芙拉蜜絲。

芙拉蜜絲喜出望外地立刻接過，火速地放回刀鞘裡，謹慎的雙眼看著既生氣又無可奈何的鐘朝暐。

「謝謝李大哥。」芙拉蜜絲不忘給李憲賢一個燦爛微笑。

「事情沒這麼快完，我們會著手調查，妳們兩個……」李憲賢再看向後頭一片同學，「還有全班同學跟老師，都得隨時接受詢問！好了，去上課吧！」

「李隊長！」鐘朝暐緊握飽拳意欲上前。

「神父！」李憲賢回身一掌抵住他的身子，「都城還輪不到末日教會做主。」

鐘朝暐慍怒地看著李憲賢，李憲賢則是輕蔑一笑，「別不把防衛廳放在眼裡。」

噢噢，江雨晨忍不住劃上了微笑，悄悄拉著芙拉蜜絲往後退，老師正在吆喝大家進新教室，拖延了一兩堂課，得趕緊繼續了。

同學們雖然還是用異樣的眼光看著芙拉蜜絲，但是剛剛末日教會的審闇者都說了，她們不是闇行使啊！只怕是謠言呢！

「笑什麼啊！」芙拉蜜絲回身就用手肘推了江雨晨，「我衣服全濕了！」

「我覺得啊，有防衛廳在，我們可能不必太擔心朝暐了！」

畢竟，一山不容二虎嘛！

三點半一放學，芙拉蜜絲跟江雨晨絲毫沒有要留下來做課後鍛鍊、或是學習家務的意思，拎起書包就往校門外走。

「芙拉蜜絲？」熟識她的老師撞見高喊著，「妳要去哪裡？到操場去鍛鍊啊！不然也到B棟去學家務！」

「老師我們有事要先走！」芙拉蜜絲轉過身，倒退著邊揮手邊高喊，「改天再補上！」

「補……補什麼啊！不鍛鍊萬一遇到地獄惡鬼倒楣的是妳自己……喂！芙拉蜜絲！江雨晨！」老師急切地高喊，但那兩個女生已經一溜煙離開校舍，火速牽著腳踏車就往校外去。

只是一出校外就看見幾個審闇者在對面觀望，防衛廳的人員也在附近，大概是來做雙重確認，確認她們兩個不具有任何靈能力吧？

闇行使沒有理由遭受歧視、被奴役，甚至受到性命威脅，只要是都城裡的審闇者她就放心，因為大家都是一條船上的人，沒有人會舉發她。

讓她意外的，是那個叫吉米的闇行使。

「芙拉，妳認識那個吉米嗎？」果不其然，一跨上腳踏車江雨晨就問了。

「不認識啊，我還正想問是妳認識的嗎？」兩個人並排騎著，在馬路上馳騁。

「我不認識啊！可是、可是……」江雨晨相當訝異，「如果我們都不認識的話，那他為什麼——」

芙拉蜜絲搖了搖頭，她也不知道啊！想破了腦子就是想不出關聯，一個素昧平生、又幫助末日教會的人為什麼會包庇他們。

「或者是真里大哥認識的？還是誰的內應？我完全沒概念！」芙拉蜜絲咬著唇，「不管如何，至少我很感謝他。」

他是闇行使，真里大哥說過她的力量相當強大，勝於一般藍袍或是紅袍，爸爸是靈力最高的闇行使者，說不定她也繼承了那份力量；如此說來，審闇者不可能看不出她具有靈力。

「連我他都沒吭半句……明明有亡靈在我身上。」江雨晨幽幽地說著，「真希望他也跟我們站在同一陣線。」

「他檢舉了真里大哥。」芙拉蜜絲斜睨了她一眼，「我摸不清這傢伙，我們還是要小心，他是末日教會的人。」

「嗯。」江雨晨深吸了一口氣，面有難色地看著她，「芙拉，鐘朝暐他感覺……像變了一個人，對吧？」

芙拉蜜絲望著遠方，她的心情比誰都沉重，向右看向江雨晨，擠出一抹苦笑，「是啊，都不認得了。」

江雨晨蹙起眉，不知道該怎麼安慰芙拉，這是難解的怨與結，鐘朝暐不可能原諒芙拉的滅家之火，芙拉也不會去奢求他的原諒，只是總是會想到他們三個曾經形影不離，一同出生入死，乃至於現在的變化，讓江雨晨感到不勝欷歔。

她們一路騎到闇行使收容所，原本以為堺真里會在那兒，結果門口的防衛廳隊員立刻攔下她們，芙拉蜜絲有種全防衛廳都認識她們的錯覺；只是幸好對方沒有惡意，只是悄悄地告訴她們，堺真里就算在這裡，她們也見不到他。

而防衛廳大隊長路西法，也正是堺真里的最大上司現在還罩著他，所以目前堺真里人身安全受到保障，吃好睡好沒有人動他，請她們放心。

看著都城其他人自由進出收容所，「挑選」他們想要的闇行使，唯獨她們兩人不得其門而入，就讓人覺得挫敗；不管防衛廳隊員說得再好聽，沒親眼見到堺真里平安就讓人難以信服。

「請問路西法隊長人在哪裡？」芙拉蜜絲原本都要離開了，忍不住又問。

「路西法隊長……現在負責看守北面森林啊！」小隊員皺眉，「妳不會要去找他吧？來不及的，妳們騎過去再回來太陽就已經下山了，太危險了。」

啊……芙拉蜜絲看著天色，的確到北面森林的路程很長，來回加上在那邊耽擱的時間，回來只怕天都黑了。

不過，她才不怕。

「知道了，謝謝！」芙拉蜜絲跨上腳踏車，離開闇行使收容所前，右轉進了旁邊的巷子。

騎在後頭的江雨晨一句話都沒問，她知道芙拉蜜絲想做什麼，路西法隊長之前就很照顧真里大哥跟她們，這次真里大哥被囚也是他罩著，看守北面結界這件事情似乎非常重要的樣子，上次瘟疫帳篷設立在那兒時，看守者也是他，瘟疫退去後他依然堅守崗位嗎？

守著北方的結界，不讓無界森林裡的妖魔鬼怪闖進都城。

正好，江雨晨半站起身，加速踩著追上芙拉蜜絲，他們要去舊日本就是要通過那道結界，剛好可以探探！

芙拉蜜絲瞧著迎頭趕上的江雨晨，兩個女孩相視而笑，什麼都不必說，全力的支持就是一切。

馳騁在巷弄間，芙拉蜜絲留意到許多人像是融化似的，身上滴出了孔雀綠的液體，這不不禁讓她分心。

「雨晨，妳有沒有看到奇怪的事？」芙拉蜜絲邊騎一邊說，「妳看妳看，妳十一點鐘方向遠遠那個穿橘色外套的男人，他腳下都是孔雀綠的液體！」

「十一點……什麼啊？」江雨晨瞇起眼，的確有個穿橘色外套的男人，蓄著小鬍子緊鎖眉心地走在路上，但是孔雀綠？直到騎過那男人身邊，江雨晨還是什麼都沒看見，困惑地朝著芙拉蜜絲搖頭。

「妳右手邊！那個婆婆腳就踩在一灘孔雀綠的水窪上！」芙拉蜜絲趕緊叫她看，那婆婆身上滴出來的液體也很多，還順著牆往上攀了。

江雨晨很認真地看向婆婆，也看了她腳踩著的地板，「就是一般石板地啊！」

看不見！芙拉蜜絲心裡覺得不妙，只有她能看見的狀況一點都不好啊！「記著暫時都不要喝水，喝什麼都得先給我看過。」

「跟我水瓶裡一樣的顏色嗎？」斷頭事件後，芙拉蜜絲警告她不要喝瓶中水，說她的水是綠色的！但是她怎麼看都是透明無色！

「嗯，那個回去再問許仙吧……」芙拉蜜絲這麼說，不過卻也發現每個融出孔雀綠液體的人們，彷彿都在看著她！不！

是瞪著她。

她叫江雨晨騎快一點，那視線太過刺人，她們迅速地離開巷弄，往偏僻處去，加緊往北方的無界森林結界去。

無界森林，高聳入雲的森林密如牆，不管白天黑夜，裡頭的樹都只有一種顏色——黑色；那是充滿邪氣的樹木，以屍體為養分，以邪法一夕之間生長起來的，森林裡是妖物的地盤，那兒妖氣沖天，什麼駭人的東西都有。

每個人類居住的地方附近都有無界森林，據說過去那曾是海，人們都會請闇行使在無界森林附近設下結界，就怕森林裡的邪惡非人會入侵居住之地。

都城北區的最北方便是無界森林，是抵達舊日本最近的路，只要能穿過那片森林……只是距離結界尚遠，就有一組防衛廳隊員看守，他們在那兒有帳篷，眾人說說笑笑的，一點都不如想像的戒備森嚴。

「喂——停！停下！」遠遠地瞧見他們，倒也是揮手喊停。「沒有看見路標嗎？這裡是通往無界森林的！」

「嗨！」芙拉蜜絲煞住腳踏車，「我想找路西法隊長！他在這裡嗎？」

「找隊長？」防衛廳隊員蹙眉，「妳找路西法做什麼？」

另一個人打量了她們幾秒，上前低語，「她們是堺真里的……」

「哦！」那人一臉恍然大悟的樣子，還指向了江雨晨，「啊！我記得妳！瑪芬！」

江雨晨笑得好尷尬，上次她跟芙拉來這兒闖瘟疫帳篷時，帶過一些熱騰騰的瑪芬來給防衛廳的隊員們吃，畢竟都是路西法的小隊員們，所以還認得她。

「今天從學校過來，沒有熱騰騰的蛋糕了。」江雨晨跳下腳踏車，從掛把上的袋子裡拿出一個盒子，「不過昨天做了一些餅乾，如果大家不嫌棄的話……」

「噢噢噢——」這簡直是歡呼聲了，惹得芙拉蜜絲覺得好笑。

「幹什麼幹什麼！一遇到吃的就這樣！」後頭傳來威嚴的聲音，嚇得一票防衛廳隊員不敢輕舉妄動，立刻從餅乾盒邊退開。

「路西法大哥！」芙拉蜜絲現在逢人就叫大哥，雙眼閃閃發光地瞅著他。

小隊隊員們退開，讓路西法瞧見她們，他倏地止步，擰起眉就一副：妳們怎麼跑來這裡的模樣，甚至猶豫要不要前進。

「吃點餅乾？」江雨晨趕緊把蓋子打開，伸直了手向著路西法的方向。

「妳們啊……真是知其不可而為之的最佳代表。」路西法凝重地搖著頭，非常無奈地上前，「尤其是妳，芙拉蜜絲，我看江雨晨是被妳拖著跑的。」

「我哪有！」芙拉蜜絲睜圓了雙眸，無辜地看向江雨晨。

「我自願的。」江雨晨認真回應。「沒有什麼拖累不拖累的。」

路西法挑起嘴角，伸手拿了幾片餅乾，揮揮手，「拿去吃拿去吃！」

江雨晨忙不迭地把盒子遞給一旁的隊員們，就見路西法旋身，回首朝她們使了個眼色，兩個人趕緊跟上。

「堺真里目前沒事，只是目前，我不知道末日教會會做到什麼地步！」路西法態度立刻變得嚴肅，「廳長對他們就算不到言聽計從，但還是相當信任，如果廳長放手讓末日教會主導一切，屆時我就算是防衛廳隊長也不一定有辦法做些什麼。」

芙拉蜜絲聽了心情只有更差，「總之，還是謝謝您，至少真里大哥現在安然無恙。」

「保證安全，連一隻蚊子都不敢叮他。」路西法一臉自信滿滿，「飲食方面也有我信任的人在裡面，妳們大可以放心。」

「謝謝！」江雨晨眼角立刻滲出淚水，「我們真的很怕朝暐他會對真里大哥……」

「早晚會的。」路西法淡淡地說著，「我想折磨堺真里，遠比折磨妳還更令妳痛苦吧？芙拉蜜絲？」

芙拉蜜絲倒抽一口氣，忍不住微顫，折磨真里大哥？她忍不住緊握飽拳，如果鐘朝暐真敢這麼做，她一定、絕對不會放過他！

「是，就是這麼回事。」江雨晨幽幽接口，「連我都會成為芙拉的軟肋……」

路西法看向右手邊的江雨晨，輕輕微笑拍拍她，「妳，我倒是不擔心。」

嗯？江雨晨錯愕地眨著雙眼，路西法居然對她這麼有信心啊？她……難道比真里大哥還強一點點嗎？

路西法帶著她們往前走，芙拉蜜絲才發現看守北面的防衛廳隊員根本不到十個，大家都相當輕鬆閒散，而當距離結界兩公尺處，芙拉發現附近根本沒有人阻擋。

「路西法大哥，我很好奇……你們只有十個人夠嗎？」她歪了歪頭，「我用地獄惡鬼做舉例就好，只要同時殺進十隻，你們根本措手不及啊！」

「是啊，不必十隻，鬼獸兩隻的話，你們都不一定來得及應付！」江雨晨也已經看出來了，「這個出入口很大耶，就是條大路，什麼東西只要衝進來根本就來不及！」

路西法愣愣地望著她們兩個，左瞥瞥右瞧瞧，接著居然忍俊不住地笑起來，「哈哈哈！衝？哈哈哈！」

笑……笑什麼啊？芙拉蜜絲跟江雨晨對望著，這是可以開玩笑的嗎？

「妳們以為……我們在這裡看守是為了解決入侵都城的非人？」路西法打趣地瞧著她們，「妳們果然是外地來的！」

芙拉蜜絲見他的笑意不止，不由得皺眉，「難道……不是嗎？」那他們守在這裡做什麼？

「無界森林裡的妖魔鬼怪如此之多，不防備他們，你們防備什麼？」

「人。」路西法乾脆地丟出一個字。

「人？」芙拉蜜絲立刻看向眼前的大路，看起來毫無異狀的一條黃土路，結界是無形的，在結界前幾步有個以木條搭起的方形框，後頭長路直達森林裡，路的深處就是漆黑、高聳茂密的森林啊！「有人來的話不歡迎嗎？」

「唉，妳們兩個都錯了！我們在這裡是阻止有人誤闖進去，或是有闇行使天真地以為可以通過這個結界，進入北方森林，妄想去什麼傳說中的闇行使國度！」

咦？這句話好似兩支利劍，同時穿透了芙拉蜜絲與江雨晨的心。

「傳說中的……闇行使國度……」芙拉蜜絲話說得很虛弱，竟連路西法大哥都知道嗎？

「這個北方結界跟妳們所認知的結界不同，過去擋在無界森林的結界都是防止非人通過、侵害人類村鎮，但這一個——是阻止人通過的。」路西法指向正前方的筆直大道，「基本上，哪些魍魎鬼魅都比我們都更清楚這道結界的危險，根本沒有非人會從這裡通過，甚至進入都城。」

「阻止人類通過？這個結界刻意不讓人走嗎？」芙拉蜜絲簡直傻了，她們要去舊日本的唯一路徑只有這裡啊！

「嗯，妳們看著。」路西法走到一旁拾起地上的大片落葉，包裹住一顆石子，朝眼前的大道上拋扔過去。

幾乎就在越過柵門的那瞬間，她們親眼看見那綠色石子四分五裂，碎成無數小塊朝四面八方彈射而去。

她們雙雙倒抽口氣，簡直不敢相信雙眼所見，落地的石子跟葉片已經碎到分不清了。

「那個結界是什麼……」芙拉蜜絲嚥了口口水，只是觸及就碎裂成那模樣。

「這個結界早就存在了，說不定有五百年之久，長有五公尺，是異度空間，所以不管什麼東西進去都會扭曲——不管是人，甚至那些低階的惡魔都一樣。」路西法用讚嘆的語氣看著眼前的長路，「妳們去問部分闇行使就知道，有的人光憑肉眼就可以看出空氣的密度不同，又寬又長的結界，禁止任何東西出入。」

肉眼……芙拉蜜絲認真地瞇起眼，小心翼翼地移動角度……她看見了，木框後的空氣流動果然不同，蹲下身子就可以看到背後的景物都是扭曲著的。

「為什麼？」江雨晨詫異極了，「為什麼要設這種結界？沒有人可以破嗎？」

「能破我們就不會待在這裡了，為了阻止一些傻傻的人通過，多半都是自以為是的闇行使。」路西法露出嘲諷的笑意，「靈力再高，也越不過五公尺距離的空間扭曲吧！」

他邊說，伸手指向了地面與兩旁。

芙拉蜜絲與江雨晨謹慎地再往前幾步，只要不越過木框即可，看著黃土地高於遠方的地面，因為地上有許多的……碎骨、衣物，甚至還有人的行囊落在地上，兩旁的樹林間也不乏有頭骨的一角，越過木門的那五公尺結界裡，根本就是亂葬崗！

「那裡面的時間進展很快，說不定我們的一秒等於數千年，所以一旦進去後，人就會四分五裂，眨眼間腐敗成灰，從來不會有太多的汙染。」路西法瞅著她們輕笑，「也剛好讓妳們知道，畢竟妳們是新來的，怕妳們傻傻的以為可以從這兒離開。」

她們就是要從這裡離開啊！這是一個島國，過去與舊日本間的海已經成為眼前這片無界森林，若不從這兒離開，難道要從東方、然後繞一大圈過去嗎？

「喂——」防衛廳隊員奔過來大喊，「太陽快下山了！妳們快回去！」

路西法即刻往天空望去，無界森林裡開始傳來令人膽寒的嚎叫聲，不屬於人也不是動物，不知道是什麼東西……

「對，妳們該走了。」路西法催促著，「都是我顧著說這結界忘了時間，我調兩個人送妳們回去好了」

「不用！」芙拉蜜絲拒絕得迅速，「千萬不要！」

其他隊員狐疑地望著她，雖說芙拉蜜絲的甩鞭功力遠近馳名，但是膽子未免也太大了吧？

「芙拉的意思是不要使用特權，末日教會現在在找我們麻煩，保持距離才能幫我們。」江雨晨趕緊補充說明，「不該給末日教會任何話柄。」

「也是，我懂了。」路西法把空空如也的盒子還給江雨晨，「謝謝妳的餅乾，目前不必擔心真里，妳們凡事小心點就是了！」

芙拉蜜絲跨上腳踏車，認真地朝路西法頷首，「謝謝你了，路西法大哥！」

「再見！」江雨晨也微笑致意，兩個女生往回程的方向騎去。

「留意啊！」芙拉蜜絲回首再看路西法一眼，他高喊著，但是右手卻豎起食指指向了天空。

嗯？她不解地正首，留意什麼？路西法那樣一指是刻意的吧？啊，留意天色嗎？她站起身騎車，橘色火球已經快掉下山邊了。

「芙拉！我們騎向有佛號之徑的區域！」江雨晨喊著，「至少得加速到有佛號之徑的地方。」

其實到不到根本無所謂吧？芙拉蜜絲想著，都城這樣密不透風，闇行使如此之多，城內被非人侵入的機會真的微乎其微……只是人們依然害怕，將自己關在具結界的屋子裡才會安心。

加以路上總有防衛廳隊員巡邏，她其實覺得該擔心的不是入夜後會不會有妖魔鬼怪在路上徘徊。

現在最該擔心的，是怎麼到舊日本去。

第四章

離家還有一段距離時，太陽潛入山頭，天色急遽地由橘轉金黃，一片泛紫後藍幕即刻降臨，佛燈開始一一亮起，佛號之徑在夜裡永遠是條光明之路。

不過這路原本是供單人行走，防衛廳巡邏亦是單人，現在她們兩台腳踏車騎在這裡面，還真是考驗平衡感。

「啊啊，好難騎喔！」芙拉蜜絲認真地往旁邊的馬路上看去，「我想騎出去了。」

大馬路看起來多寬敞啊！

「芙拉！」前頭的江雨晨趕緊煞住，「妳在說什麼啊，出去就離開佛號之徑的範圍了。」

「嗯哼，妳覺得真的有鬼獸或是妖怪在附近嗎？」芙拉蜜絲聳了聳肩，主動彎身解開燈與燈之間的結界繩，「都城跟以前鎮上可不一樣，這兒幾乎滴水不漏。」

「芙拉蜜絲！」在江雨晨的驚呼聲中，她已經迅速地由大馬路掠過她，往前騎去。「欸……欸等等我！」

她急急忙忙地追上，江雨晨不敢離開這窄小的佛號之徑，幸好她騎術不算太差，只是的確要相當留意不能摔出去或是壓斷結界繩就是了。

芙拉蜜絲乘著夜風騎乘，街道上空無一人，目前還沒有聽見防衛廳隊員巡邏的聲音，過去她也常晚上偷溜出來，但每次都是遇險、或是有正事要處理，從未如此悠哉。

穩住重心後，雙手如翼張開，不必擔心人車，芙拉蜜絲闔上雙眼，迎風而行……

『妳一定是闇行使對不對！』

軋——芙拉蜜絲嚇得睜開眼皮緊急握住扶把，毫不猶豫地煞了車，煞車音在靜寂的夜裡格外刺耳，連後頭的江雨晨都嚇了一跳。

「怎麼回事？」她停在芙拉蜜絲身邊的佛號之徑裡，看著芙拉蜜絲一臉倉皇。

「我聽到詭異的聲音……」她正左顧右盼，「有人在跟我說話。」

「咦？」江雨晨一怔，「妳快點進來啦！」

不。芙拉蜜絲居然下了腳踏車架，從書包裡拿出人人常備的手電筒，另一隻手取下腰上的鞭子，進入了備戰狀態。

在佛號之徑內的江雨晨緊張地四處探查，這附近根本沒有人影，一旁是人行道與住戶，左手邊盡是馬路啊。

「芙拉？」

「噓！」芙拉蜜絲拿著手電筒以自己為圓心照著，那聲音很詭異，不會是地底下那群人的聲音，他們不會用帶有仇視的口吻說話。

突然間，光源照到了右前方人行道的地磚縫裡，有一抹孔雀綠。

芙拉蜜絲小心翼翼地往前，在磚縫間看見填滿的孔雀綠色液體，與今天在教室裡瞧見的一樣……抬頭看向別人家的院子，她上前折了一截樹枝下來，挑起縫裡的液體。

極度黏稠，像極了橡皮糖，早上天花板上頭那個也是這樣，而黏液頭後面就是一條有彈性的橡皮繩，所以她才瞬而斬斷。

既然如此，芙拉蜜絲起身順著孔雀綠的來源搜尋，液體正是自她折斷樹枝的那戶人家出來的，她再往前兩步，可追溯到大門、門邊的牆，乃至於緊閉封鎖的窗戶。

燈光聚在窗邊，清楚地的看見孔雀綠的液體是從窗子裡出來的。

有人正在窗邊。

「芙拉！」江雨晨緊張地喊著，「聽！防衛廳隊員的金屬聲！」

咦？芙拉蜜絲回身，遠處的確傳來一隊人馬的行進聲，她焦急折返，在路上被看到一定又是麻煩。

「我好不容易又看見綠色的黏液了。」她走到江雨晨身邊，拿著樹枝給她看，「瞧見沒有？」

江雨晨緊張地看著樹枝，面有難色地瞅著她，「芙拉，我還是什麼都沒看見啊！」

「還是沒——唉！」她有些急躁，帶回去法海總瞧得見了吧？

『有問題的人不該住在都城裡！妳會影響到大家的生命安全！』怒吼聲再度傳來，

『末日教會會出現，就表示妳定是災厄！』

芙拉蜜絲瞪圓雙眼，倏地抬頭向上看去——聲音來自於正上方！

高聳的佛燈上，本該是玻璃罩的地方居然被孔雀綠的黏液罩住，此時此刻那本是平滑的黏液已經擠出了男人的五官，對著她咆哮怒吼，甚至在大吼間將尖牙伸出，面目猙獰地就從路燈上衝下來了！

「哇啊！」芙拉蜜絲忍不住大叫，「江雨晨往前！」

她向後大跳一步，手上的鞭子即刻朝撲來的人頭揮去，啪的清脆一聲，鞭子狠狠打在人頭的臉上，那頸部以下乍然憑空生出一隻手，吃疼地撫著自己的臉。

芙拉蜜絲簡直目瞪口呆，這是黏土人嗎？說生就可以生出來？有沒有這麼不公平？她雖然沒把爸爸寫的妖物圖鑑看完，但是她沒有見過這種東西啊！

不是鬼、不是魔，也不是精怪！

一條橡皮繩繫著一顆頭，頭下長了隻手，因芙拉蜜絲的鞭笞，橡皮繩向後縮去，如蛇一般盤旋纏繞在路燈上。

那是佛燈啊，這種東西不怕佛印嗎！

『檢舉妳……妳應該要接受看管，妳不該住在都城，一切就是你們進來後變的！』黏液人的聲音的確像男人，但還帶了一點地獄般的回音，『你們這些人，一開始就不該存在！』

下一秒彈性極佳的黏液人再度以那顆頭朝芙拉蜜絲衝來，她飛快地高舉鞭子，在空中甩動製造出好幾個圈，然後朝那顆頭纏繞過去——當鞭子順利纏住頭顱的同時，芙拉蜜絲閃過了那頭顱的張嘴咬下，再順手一收鞭。

『呃啊——』那頭呈現出一種痛楚，彷彿鞭子真的勒住了他的頸子。

芙拉蜜絲不敢鬆手，擰著眉看著頭顱的左手竟然也長了出來，兩隻手痛苦地抓著鞭子，試圖想將之拉開……再用力點呢？

「啊啊……」幾乎同時，她好像聽見那棟屋子的窗邊傳來了痛苦的掙扎聲。

江雨晨奔了過來，不敢相信親眼所見，「那是……」

很好，雨晨看不見地上的黏液，但看得見黏液人！「拿妳的飛刀射他的手！手背！」

江雨晨不假思索，立刻擲刀，她原本的專長就是飛刀，神準且力道足夠！飛刀應聲插在孔雀綠的右手上，可以看見黏液人又慘叫又顫動的，應和著旁邊那間屋子裡的叫聲。

早上她砍斷黏液人的頭部以下，吳佩倫就斷頭了，這讓芙拉蜜絲心有顧慮，她向後退，死拉著黏液人往下一盞佛燈去，黏液如此具彈性，變得又長又細，直到她一使勁將黏液頭狠狠往佛燈上撞去為止。

『哇——』同時尖叫聲傳來，那屋子裡的慘叫聲驚人，黏液人的頭立刻灼燒，驚恐地大吼大叫。

芙拉蜜絲趁機跳進了佛號之徑裡，急速鬆開鞭子，見那黏液陡然墜地，突然間變得稀薄，急速地往後退去；不論是前一盞佛燈上的黏液，還是落地的這些，它們都像有生命似的聚集，倒退般地退上人行道，往二十度斜坡上的庭院去，滑上一階又一階的樓梯，上牆入窗……

真的是人？芙拉蜜絲呆愣在原地，腦袋一片空白。

「走了啦！」江雨晨忙不迭地拉過她，「回去再講！」

她剛剛已經趁機把芙拉蜜絲的腳踏車也搬進來了，還說外面沒事，不是立刻就遇到了莫名其妙的果凍人嗎？什麼東西啊！

芙拉蜜絲回神地跳上腳踏車，家門近在咫尺，事不宜遲，再慢一點等等會跟巡邏者撞個正著！她們幾乎像競賽一樣衝回家，跳下腳踏車，跨過佛號之徑時，家門便已經敞開。

小男孩嘛著嘴在那邊等她們，兩個女孩二話不說扛起腳踏車，噠噠地走上那二十階的樓梯，火速衝進了屋裡。

上氣不接下氣，女孩跪倒在玄關，小男孩輕聲地關上門，上閂。

「妳還是很忙嘛！」惹人厭的笑聲傳來，「膽子真是越來越大了，太陽下山了還在外面晃！」

咦？趴在地上的兩個女孩錯愕地抬首，那聲音不是芙拉蜜絲心心念念的法海，但絕對聽過！

對著門口的三人長沙發上坐著優雅的女人，正優雅端著水晶杯啜飲美酒，左手上的紫藤花腕飾閃閃發光，沙發後的男人朝她頷首微笑，一柄劍就扛在肩頭。

「丹妮絲！」芙拉蜜絲瞠目結舌，「我就知道是你們！」

丹妮絲是個優雅的女人，也是吸血鬼，沙發後的隨從是彼得，對丹妮絲情有獨鍾；以前還在安林鎮上生活時，他們曾以外地人的身分入鎮，然後分別跟鎮上的人打成一片，藉機吸食人類的血液。

是，他們全都是吸血鬼，跟法海、許仙是同族，只是地位上……之前芙拉蜜絲就知道了，法海地位高出很多，丹妮絲那票人都很怕他。

因為他是「伯爵」，這似乎是千年以前的稱呼，但她沒問過法海的過去，對她而言過去並不重要，重要的是現在；她喜歡現在的法海，打從當初第一眼見到他時就心跳加速了。

後來他總是護著她，在危難之際拯救她，讓她意識到真的喜歡上他時，已經到即使發現他不是人，也依然義無反顧的地步了。

一路走來的生死關頭，爸媽被殺、家破人亡，甚至是親手毀滅安林鎮的恐懼與寂寞，都是依賴著法海她才能撐到現在。

是吸血鬼又怎樣？伯爵也無妨，甚至他其實是個「沒牙的吸血鬼」她都不介意了。

所以當見到他的同類時她也不感到訝異，尤其在前晚十個防衛廳隊員失蹤後，她就有預感會再見到熟人。

「一口氣十個？」江雨晨有點微惱，「還在我們家門口，你們做得不會太明顯嗎？」

「不這樣妳們就被帶走了。」丹妮絲說得理所當然，「況且伯爵說妳們已經是目標了，不差這一件。」

芙拉蜜絲皺著眉，她一點都不想問那十個防衛廳隊員到哪裡去了，活生生又健壯的男人們，應該在驚恐中被吸血身亡了。

「屍體呢？」她謹慎地問，「不能太明顯啊……」

「放心，這裡有完美的屍體處理地呢！」丹妮絲嫣然一笑，「北面那道結界，再多屍體也一下就灰飛煙滅了！」

咦！芙拉蜜絲跟江雨晨同時直起身子，驚異地看著丹妮絲，再看著悠哉坐在一旁吃草莓的美少年！

「你也知道北面那道結界的事？」芙拉蜜絲都站起來了，「什麼時候知道的？為什麼都不說！」

「嗯？」法海睜著一雙祖母綠的眸子看向她，緩緩地咬下草莓。「這種在我們族類是基本常識吧？用看的也知道那結界不同啊！」

「可是你從來沒提過啊！」連江雨晨都發難，「要不是我們今天去找路西法隊長，才知道那面結界的不同與危險……萬一哪天真里大哥去試驗時，就——」

思及此，江雨晨忍不住全身發抖，這真是太可怕了！因為真里大哥就是會先去探路的那種人啊！

「路西法？」法海眼神往旁一瞟，「哦，那個大隊長？妳們跑去找他做什麼？」

「真里大哥被抓了，你知道嗎？」芙拉蜜絲突然覺得滿肚子火，雖然法海一直都是這種置身事外的模樣，可是過度輕鬆讓她現在非常火大，「你昨天整晚都沒回來，早上也不在，你不知道我今天發生了什麼事，早上我遇到黏液怪物，我斬了怪物，可是我同學的頭卻……還有剛剛……」

法海看著在眼前咆哮的芙拉蜜絲，二話不說即刻起身，直接將她緊緊擁入懷中。

哇！江雨晨看傻了眼，莫名其妙的臉跟著一陣紅，他們好像發展得越來越……順利了？

法海身邊的丹妮絲笑得意味深長，動手從桌上水晶碗裡再拿了顆巧克力草莓，優雅地放入口中。

被緊擁住的芙拉蜜絲覺得滿腹委屈與憤怒，她咬著唇張開雙手環住他，這麼冰冷的身體，沒有心跳的胸膛，卻總是能讓她平靜下來。

「丹妮絲他們初來乍到，我得讓他們知道我的規矩，如何獵食而不引起注意，所以花了點時間。」他軟語呢喃，就貼在她頰畔，「但我還是有在留意妳不是嗎？十個防衛廳隊員不就一口氣解決了？」

「太明顯了啦。」她咕噥著。

「堺真里的事我也知道，我更知道路西法護著，所以還不急……鐘朝暐暫時沒辦法越權處理，不管行政或是法律上，妳暫時不必擔心。」法海白金色的髮就在眼前，芙拉蜜絲喜歡他身上總是帶著的淡淡香氣。「至於妳遇到的那個，不是什麼怪物，那是靈體。」

嗯？芙拉蜜絲一愣，連忙抬頭，「靈體？鬼？」

「是人類的靈魂，嚴格說起來，就是生靈。」一旁的丹妮絲話裡帶著得意，對面的江雨晨卻聽得有點發毛。

「生靈？」江雨晨有些愕然，「是指我們靈魂的一部分有了自主意識嗎？」

「可以這麼說，真聰明！」丹妮絲讚許極了，向右看向站在一旁的許仙，「Du Xuan，麻煩再幫我倒杯茶好嗎？」

男孩用力點頭，疾速地衝進廚房裡，他想聽呢！

「生靈……多半都是昏迷的人靈魂出竅才有的現象，怎麼會是那個樣子？」芙拉蜜絲喃喃唸著，「孔雀綠的液體是從人身上滲出來的……啊！還有水，水的顏色很奇怪！」

「啊，我做過處理了。」許仙捧著一只托盤出來，「早上你們出去後我才發現，我想妳應該看得見，現在我們家的水都乾淨了。」

「丹妮絲妳來說，妳的傑作。」法海坐了下來，不忘把芙拉蜜絲拉到一邊。

丹妮絲識相地往旁邊挪移了些，好讓芙拉蜜絲能跟法海偎在一起，沒想到才一陣子不見，這女孩更加依賴伯爵了……果然發生大事後的趁虛而入是條捷徑啊。

「妳搞的鬼？」芙拉蜜絲往前探身，越過法海瞪著丹妮絲，「那顆綠色的頭衝向我耶！若是生靈的話，我砍斷它，為什麼同學會斷頭？」

身邊的法海笑了，他們對於人類的生死本不放在眼裡，但是這對芙拉蜜絲而言卻極端重要啊！

「就是會，妳在生靈上施加的傷害，都會原封不動的加諸在人的身上。」丹妮絲劃滿微笑，「在生靈臉上割一刀，本人臉上就會受傷，妳砍斷了生靈的頸子，本尊自然也就不必活了。」

「不……不不不！」芙拉蜜絲驚恐地搖頭，「這麼說來我、我殺人了？我莫名其妙殺死一個不認識的同學？」

「誰教她要攻擊妳？」法海倒是從容，「妳要知道，生靈是可以攻擊妳的，妳不反抗的話，現在死的說不定已經是妳了！」

芙拉蜜絲錯愕地望著法海，那個生靈的確是攻擊她，但是法海為什麼知道……他總是這樣，一直都在附近嗎？

「等等！可是我今天在教室時什麼都沒看見，我甚至連……」江雨晨趕忙轉身把書包裡的水拿出來，「這瓶水是孔雀綠的我都看不……天哪，我看見了！」

她詫異地掩嘴，望著自己手上拿的瓶字，整瓶水都是詭異的鮮豔孔雀綠了！

「給我。」許仙走了過來，遞給江雨晨一杯熱氣氤氳的奶茶，然後取走水瓶。

「天哪，我之前都看不見的……但是剛剛在路旁我卻看見了芙拉說的那種黏液人！」江雨晨目不轉睛地看著許仙拿走的水瓶，「是這樣嗎？白天我沒瞧見的晚上卻……」

「與日夜無關，是與我的力量有關，詛咒正在發酵，一般是具影靈力的人最快發現，慢慢地像妳這種……」丹妮絲凝視著江雨晨，有幾個字藏在喉間沒說出來，「也會發現，就唯獨普通人類永遠察覺不出。」

「越來越強嗎？攻擊我的生靈不只有頭，還生出了手……」芙拉蜜絲擰眉，「但那是綠色的黏液……」

「是生靈，以水……妳要說黏液也可以，以液狀漫延，至於孔雀綠嘛……」丹妮絲有些難為情，「真不好意思，我的血是綠色的，所以……」

「妳——」芙拉蜜絲忍不住跳了起來，「妳把血放進了水源裡！」

丹妮絲劃滿笑容，驕傲地點點頭，端起許仙剛倒好的紫羅蘭紅茶，啜飲入喉。

但是江雨晨跟芙拉蜜絲都瞠目結舌，丹妮絲把自己的血置入水源裡，讓每個人都喝到摻有吸血鬼血液的血……

「喝到吸血鬼的血會、會怎麼樣？」芙拉蜜絲詫異地問。

「這不一定，要看每個吸血鬼的力量……丹妮絲呢，她的血能讓人的生靈活躍，就像妳見到的那樣。」

「為什麼要這麼做？所以那些人的生靈是在本體有意識之下分離的嗎？」江雨晨簡直不敢相信，「可是他們攻擊了芙拉啊！」

「因為我下了個詛咒，會隨著我的血生效。」丹妮絲轉向了芙拉蜜絲，「凡是對芙拉蜜絲有敵意的人，生靈便會展現。」

這下芙拉蜜絲跟江雨晨均瞠目結舌，完全說不出話來——這是哪門子的詛咒啊？是詛咒她還是詛咒市民啊！

「生靈不是在無意識狀態才會誕生，有時遺憾、悲傷、怨氣，都有可能化成生靈，只不過不足以構成威脅罷了！」法海幽幽地開口，「舉個簡單的例子，有的商店會販售令許多人著迷的物品，偏偏只有一個，那麼在搶奪之中，其實就會有怨恨殘留在那個物品上——尤其當勝利者獲得東西後，怨恨便會倍增，終成為生靈也不在少數。」

「啊？」芙拉蜜絲有點迷糊，「照你這樣講，特殊物拍賣時，買到的人不就會被一堆怨念纏住？」

「所以搶到後多半都會發生意外，小則跌倒，大則重傷，這還只是怨念而已。」法海輕輕笑了起來，「你們還沒看過形成生靈的，那可有趣了，費盡辛苦搶到的東西，最後卻被生靈纏身而瘋狂。」

江雨晨不安地皺起眉，突然理解到許仙給她奶茶的意思了，捧起馬克杯趕緊喝了一大口，聽起來好恐怖。

芙拉蜜絲嘆了口氣，「那也不能解釋為什麼丹妮絲要下這種詛咒！」

「好讓妳看清楚真正的敵人啊！」丹妮絲笑吟吟著，「這樣子多方便，有些人就算假意對妳好，說不定隨時會檢舉告發妳。」

「並不好！」芙拉蜜絲頭好痛，這是什麼邏輯，「我今天被攻擊兩次了，生靈對闇行使有意見，剛剛在路上我差點就再勒死一個生靈了！」

「啊，真可惜。」丹妮絲一臉惋惜，「我想蘇珊她們應該在附近等著吃呢！下次勒暈就好如何？」

「丹妮絲！」芙拉蜜絲氣急敗壞地吼了起來，「我沒在跟妳開玩笑！」

法海趕緊拉著她坐下，「好好好，妳冷靜點，不要什麼事都這麼衝動……丹妮絲只是想讓都城大亂而已，別緊張。」

「讓都城大亂？」江雨晨怔了住，「攻擊芙拉蜜絲並不會使都城大亂吧？只會讓她陷入危險！」

「不，」法海揚起俊美的笑容，「芙拉只要反擊就好了。」

芙拉蜜絲不敢相信她聽見的，抬首望著法海，「你說什麼？」

「遇到攻擊就反擊，不管妳要殺了生靈還是傷害他們，無論如何都城都會開始亂。」法海說得如此自然，「丹妮絲的詛咒也包括針對闇行使的人，所以闇行使們也會有所行動。」

「我今天才殺了一個人！你怎麼可以讓我——」

「芙拉，妳燒死了整個安林鎮。」法海不疾不徐，勾起芙拉蜜絲的下巴說著，「現在不要跟我談什麼殺人手軟的事情，」

不……不一樣！淚水急速地盈滿芙拉蜜絲的眼眶，她燒死鎮上幾百人時是在悲慟之餘，無法控制靈力的她才會無意識地燒死大家，如果她有意識的話，她不會這樣做的！

她會、她會……淚水滑下她的臉龐，她不知道她會怎麼做……或許她只會放過孩子，因為鎮民們每一個都想害死他們全家。

芙拉蜜絲痛苦地閉上雙眼，扭開頭，甩開法海的箝握。「這是不一樣的，我對鎮上有恨！」

「這些人遲早會逼妳上絕路的，我們只是先發制人，都城不亂，我們就難以趁亂離開這裡。」法海斂起了笑容，重新箝住她的下巴，硬把她轉回來，「芙拉，我是在為妳著想，否則妳只怕活不過下週，就會被鐘朝暐綁在木樁上燒死了。」

「我……離開這裡？說得容易，那個結界我怎麼過去？」芙拉蜜絲想要甩開，卻發現甩不開！法海箝制得她發疼，「住手，好痛！」

痛？江雨晨趕緊趨前，許仙卻突然跑到她身邊，在她站起的瞬間一骨碌將她推回沙發上——許仙？小小的孩子力道之大，她整個人栽在沙發上。

這是做什麼？

「主人在忙妳別管。」許仙用那張天使般的臉龐與冰冷的眼神瞪著她。

那是警告！江雨晨忍不住發抖，這是、這是吸血鬼的本性嗎？

丹妮絲見氣氛僵硬，尷尬極了，「好了，大家何必這麼劍拔弩張？都是同一條船上的人吧？要吃飯的、要離開的……那結界很強大，就算伯爵也破不了吧？」

法海瞇起眼凝視著芙拉蜜絲，她緊咬著唇，下巴好疼！

「我穿過也是支離破碎，只是吸血鬼容易再生！」法海鬆開了指頭，芙拉蜜絲有種下巴快碎了的錯覺，「就算我抱著芙拉蜜絲通過，她也只會碎去而已。」

沒人接話，芙拉蜜絲別過頭去，氣憤地全身僵硬，江雨晨不敢輕舉妄動，看著就站在身前的可愛男孩，現在卻讓她全身發寒。

丹妮絲覺得別再多話為上策，默默地喝茶配水果，好像更舒坦些？

「我會處理這件事的。」良久，法海撂下了這句話，「一開始就答應妳要帶妳離開這裡去舊日本，這我不會食言。」

芙拉蜜絲動作輕緩地起了身，她發現她還是會怕，怕過度衝動，等等法海突然又生氣。

「我不想……濫殺無辜。」她走到旁邊抓過書包，背對著法海幽幽地說。

「無所謂。」法海舒服地靠上椅背，「那妳就儘管無視那些生靈，看他們會不會對妳手下留情吧。」

芙拉蜜絲忿忿地回首，狠瞪著他，法海卻只是揚起迷人的笑容，用綠色深邃的雙眸望著她。

「我討厭你！」她怒不可遏地大吼著，一跳過沙發就往二樓衝去。

「芙拉！」江雨晨情急地坐直身子，此時許仙自然地離開，再度恢復笑顏，彷彿剛剛什麼事都沒發生！

她也抓過書包，趕緊繞出茶几要追上去。

「江雨晨。」上樓前法海突然叫住了她。

「咦？」她回首，背對著他的法海也回身。

「我是在叫裡面那個，哪天出來時記得來找我。」他笑著，對著她「體內」的亡者說話。

江雨晨覺得好可怕，急促地奔上樓，心臟說不出的緊窒，這種不祥的感覺如此龐大，法海與丹妮絲，生靈與詛咒、對闇行使的敵意——芙拉不知道發現了沒，剛剛那個攻擊她的生靈，根本毫不畏懼佛號之徑的結界啊！

這種山雨欲來風滿樓的不安，究竟是怎麼回事啊！

以前，芙拉蜜絲的爸媽總會在夜晚時留下一扇沒有設置結界的窗，以歡迎逝去之人前來，他們會以咒語超渡他們，好讓他們能體認自己已經死亡，並且前往死後該去的地方。

這件事芙拉蜜絲抵達都城後沒多久就開始進行了，尤其在瘟疫之後，死亡人數大增，為了不讓太多亡者不清楚自己已逝，徘徊在人世間，她跟江雨晨相當積極地幫忙超渡。

而且在唸經文的同時，也能讓自己的心靜下來，更能給芙拉蜜絲一種贖罪的感覺，在這兒幫助越多的亡魂，就能彌補她燒死幾百人的過去。

半透明的身影站在窗邊，溫和地朝著芙拉蜜絲微笑，那是位母親，而且生前是闇行使，具有稀薄的能力，前幾天因為意外身故，靈體漸而消失，今天似乎就只有這些了，有些明明該走卻離不開、或不想離開的靈魂她也不知道怎麼辦，芙拉蜜絲站起身，到窗邊將窗子關上。

「還是沒看到阿樹。」她上門時，望著外頭飄蕩的靈體，極為沮喪地說。被活活燒死的阿樹，為什麼亡魂尚未出現呢？她這裡應該擁有強大的吸引力，大凡靈體都會被吸引過來啊！

「或許被其他闇行使接走了？黑剛大哥他們可能早就引他升天了。」江雨晨只能這樣安慰。

「我也只能這樣希望了，不想他的靈體質變……畢竟他是因我而死的！」

「他是為了大家。」江雨晨打斷她的自責，「阿樹相信妳可以幫助所有闇行使，所以才決定做這樣的犧牲，妳要振作啊！」

「我知道！但是……我能做什麼？我現在連要到舊日本都做不到！」芙拉蜜絲煩躁地坐了下來，「真里大哥被捕我們束手無策、北方結界也過不去，朝暐想找我報仇……這些還不夠亂嗎？丹妮絲跑來攪什麼局！莫名其妙搞出一堆生靈？」

江雨晨知道芙拉心煩，她也是啊，現在是因為詛咒初期，所以生靈們還不是很健全，但再過幾天呢？是不是連她這種身上有東西附身的人，也會遭到厭棄與攻擊？

「生靈讓我覺得有點可怕……他們是活人靈魂意識的一部分，卻可以攻擊我們……」江雨晨話說得很緊張，「但是我們如果一不小心，卻會傷害他們……甚至殺了他們？」

芙拉蜜絲看著江雨晨，這只更加讓她煩躁而已，「這就是最令人厭惡的部分，我並不想隨意傷人，討厭闇行使的人又不在少數，這幾百年來大家都怕具有靈力的人，還不就是因為當初的世界崩毀。」

「我看法海的樣子，好像是刻意的，就是篤定要讓都城大亂了。」江雨晨深吸了一口氣，「我覺得我們都要仔細思考，一旦被別的生靈攻擊時，我們應該要怎麼做。」

她們當然能選擇閃躲，但是像今天那種直接從天花板殺下來，或是在路燈旁等待的狀況，根本防不勝防；不知道路燈那個現在怎麼了？她勒住對方、江雨晨的飛刀也刺入了，必然在本體上照成了傷害。

「還有朝暐。」江雨晨再補充提醒，「他不會太快就罷手的。」

「厚！」芙拉蜜絲用力搔著頭，「煩死了！為什麼大家都要逼我啊！」

江雨晨露出一抹苦笑，這是她也難以回答的問題，不過她還是能稍稍安撫芙拉蜜絲，所以她轉到一邊拿出早先擱在地上的罐子，故作神秘地捧起來。

「那什麼？」芙拉蜜絲屈著雙膝，下巴無力地杵在膝蓋上搖來搖去。

「今天在學校有人偷偷拿給我的，是闇行使。」江雨晨神秘地打開蓋子，「這是以前在鎮上時妳最愛吃的——」

芙拉蜜絲倒抽一口氣，「檸檬酥？」

嘻！江雨晨掀蓋，裡面是一個個嫩黃的小甜點，芙拉蜜絲雙眼都亮起來了，伸手進去就往嘴裡送，露出一臉滿足的樣子！

「噢！真的是檸檬酥！」她塞得滿嘴，「這個很難做耶，妳記得嗎？南邊最會做的是阿晴姨了！」

「對啊，每次去買都得排隊！」江雨晨開心地也吃起來，「我自己做過好幾次，每次都失敗！」

「欸，這個人很會做耶！跟阿晴姨的一樣好吃！」芙拉蜜絲再抓了兩顆，「應該來配茶的！」

「太晚了啦！」江雨晨吐吐舌，「不要吃太多，留一點明天吃吧？要不然吃完就沒了！」

「噢噢，也對！」芙拉蜜絲即刻收手，「都城裡都沒人賣，那算是我們鎮上的特色……有時節慶，還會賣特大塊的呢！」

「我印象最深的是，每次妳貪吃，只顧著拿點心，然後就把隨身的東西掛在阿晴姨攤子旁的掛鉤上。」江雨晨清清喉嚨，突然模仿起來，「咳！芙拉蜜絲，等等啊！妳的手提袋啊，妳這個糊塗鬼！」

門外的俊美男孩淺淺笑著，女孩子們好久沒這樣的笑聲了！他不是偷聽，只是剛好路過。

「喂！」芙拉蜜絲推了她一下，「幹嘛記這麼清楚啦！」

「哈哈，大家都知道啊！阿晴姨每次都追在妳後面喊，妳根本只顧著吃呢！」江雨晨回憶起那段，笑得合不攏嘴。

但是……她笑容漸凝，事實上，不管是攤子、那條巷子或是阿晴姨，都已經不存在了，早已化為灰燼飄散在空中，或躺在安林鎮的泥土裡。

芙拉蜜絲面露悲傷，望著手上的檸檬酥，逝者已矣，過去已不復在，阿晴姨跟這個檸檬酥一樣，都焦化了。

「別想太多了，吃東西心情好就好。」江雨晨拍拍她，「一人最後一顆。」

芙拉蜜絲用力點頭，儘管眼神裡帶著悲傷，「嗯！」

江雨晨伸手入罐，卻突然錯愕地怔住，低首搖晃罐子，用食指與無名指如筷子般，夾出了一張細細的紙卷。

嗯？芙拉蜜絲立刻嚴肅地趨前，「訊息嗎？」

罐子若是闇行使送的，表示他們有話帶給她們，但是黑剛大哥明明那天才來過……啊！芙拉蜜絲詫異地想到，扣掉在地底躲藏生活的闇行使們，地面上還有更多被毒藥控制奴役的闇行使啊！

「我想是都城裡生活的闇行使給的。」江雨晨趕緊展開，卻驚愕地瞪大眼睛，「天哪……」

芙拉蜜絲立即搶過紙條，不免哇了一聲，「真的假的？」

『被瘟疫感染後的闇行使，再也不畏懼毒藥，反撲之日近了。』

「反撲……」江雨晨不禁慌張起來，「他們該不會做傻事吧？闇行使一旦反撲，普通人根本沒有反抗機會，這會是惡性循環，他們只要操控符咒跟——」

「妳冷靜一點，事情總有因果，會反撲是因為先被壓制吧？」芙拉蜜絲按住她的肩頭，「受到欺負，本就該反擊。」

「可是……天哪，難道剛剛的事情是這樣嗎？」江雨晨焦急地握住芙拉蜜絲的雙肩，「妳有注意到嗎？剛剛纏著妳那個生靈，是黏在路燈上的？」

「很難忘，好嗎？抬頭看見路燈上黏顆頭誰會忘？」芙拉蜜絲打了個哆嗦，「想起來就不舒服。」

「那盞是佛號之徑的燈，佛燈。」江雨晨戰慄地說著，「燈罩上應該寫滿佛經，再說兩盞燈之間的結界之繩也是加持過的，具有驅魔擋鬼之效！那只是生靈，不可能敵得過佛燈！」

芙拉蜜絲聞言才認真地思考，「不，可是我後來拖著那生靈撞擊路燈時，他確實有受損！」

「那是另外一根，不是原本在妳頭上那盞……所以說一開始生靈附體的那盞燈是沒有抵禦能力的，包括那盞燈兩旁的結界繩也無效……」江雨晨一字字慢慢地說，「妳覺得，什麼樣的情況下，生靈足以黏在佛燈與結界繩上，卻不會受到傷害？」

芙拉蜜絲圓睜雙眸望著江雨晨，眼底滿是不可置信……不會的，真的會有這種事嗎？望著手裡捏著的字條，這是闇行使的訊息，一種宣戰的意味。

「除非佛燈與結界繩毫無效果，不具任何擋鬼的能力。」她自己喃喃回應，「例如，假的繩子與已被破壞咒語的燈罩……」

有人替換了燈，或是破壞了佛經。

一般人類不可能去做這種找死的事，佛號之徑是一種保命象徵、一種庇護，只要走在佛號之徑裡，就可以避免被非人傷害，在每個大小城鎮裡都是夜晚最重要的護身路！

但如果是闇行使的話……佛燈上的咒語跟繩子原本就是由他們提供並加持的，只有他們有靈力進行加持，相對的……

他們也能摧毀。

「都城，好像真的要開始大亂了。」江雨晨拿過芙拉蜜絲手裡的字條，往桌上的燭火裡丟，

「戰爭要開始了。」

第五章

一大清早，來人風塵僕僕一路趕到都城，直接進了廳長處，廳長王昱尊正在開晨會報告，來人卻十萬火急地推門而入。

「究竟什麼事這麼急！」他皺起眉，來人立刻遞上一個公文袋。

「安林鎮的報告！」來人焦急地說，會議桌尾端的鐘朝暐劃上了微笑。

「安林鎮……」王昱尊下意識瞥向左邊末位的鐘朝暐，「啊，給我！」

他即刻打開信封袋，裡面是一份報告書還有幾張照片，雖說現在科技不發達，但相機依然有保存下來，只是非必要不使用，幾乎只有政府單位擁有這些東西。

「通訊數次，安林鎮絲毫沒有回應，所以我們聯繫離安林鎮最近的其他鎮去聯絡，但其他鎮卻回報安林鎮一夕之間被大火燒毀，屍橫遍野，無一活口。」來人聲線相當緊張，他看見照片時也是一陣驚慌，「我請求鄰鎮使用相機拍攝印出，結果、結果……」

王昱尊不可思議地看著眼前印出來的圖片，只見到一片又一片的廢墟殘骸，頹屋剩瓦，所有事物漆黑一片，若不是尚有綠樹植物間隔，這簡直像是黑白照片……

灰燼厚厚的覆蓋住地面，黃土地一吋也瞧不見，但是卻可以看見許多如焦炭般的屍骨，扭曲變形的身子就埋在灰燼裡；屍骨處處，就算不是全屍，也或有頭骨間雜滾動。

沒有一間屋子是完好的、沒有一具全屍，這哪是安林鎮，這簡直是墳場啊！

「什麼時候發生火災的？」王昱尊不可思議地問著。

「三個月前，附近的鎮都瞧見那晚火光沖天，事發後他們也不敢到安林鎮去，因為大家都認為是詛咒。」來人緊張地說著，「三個月前……那時……是血月。」

「啊……血月啊！」王昱尊了然於胸，現場也跟著抽口氣，那駭人的血月時節，總是會發生許多災難，「所以安林鎮一夕滅鎮的大火是因為血月嗎？」

「不，是人禍。」鐘朝暐冷冷地出聲打斷了王昱尊的問題。

所有人紛紛往末端看去，鐘朝暐站了起身，面對大眾，「我是以末日教會的神父身分前來的，但事實上我進入末日教會也不過三個月的時間。」

三個月？這時間可真巧，剛剛才說血月是三個月前。

「所以？」王昱尊不懂這之間的關聯，「的確是你叫我調查安林鎮的，所以你早就知道安林鎮滅鎮了嗎？」

「是，因為我是生還者。」鐘朝暐不拐彎抹角，直接公佈身分。

「什麼！」現場果然起了一陣騷動，所謂滅鎮原來並不是全鎮均滅，還有生還人士啊！

「你、你是安林鎮的人？」

「有幾個生還者？那晚究竟發生什事？你們遇見那個什麼什麼……」有人緊張地半天說不

出話來，「我們家闇行使那時有跟我說，血月最怕遇到一種惡魔成形了！」

「食願魔。」鐘朝暐幽幽地笑著，「是的，我們鎮上遇到了食願魔成形。」

只在血月時誕生，依靠的不僅僅是月亮，依賴的是人們貪婪的願望，願望無論大小，它都照單全收，食願魔要的是人類的許願之心，只要足夠強大，它便會成形，然後一一實現大家的願望。

至於用什麼方式實現，沒有人知道的……但是結果就是安林鎮的現況，一夕殲滅。

「你們遇上食願魔了？天哪！」王昱尊明顯知道這類惡魔的威力，「難怪會這麼慘……」

「鎮上的意外跟食願魔的確脫離不了關係，但是下手的是闇行使。」鐘朝暐飛快地把方向導正，「是一個闇行使……該說是靈力強大的闇行使者，用靈能力燒死了所有人！」

現場幹部無不竊竊私語，大家都知靈力有大有小，但是一口氣燒毀一個鎮？幾百人跟所有建築物，這未免太誇張了。

「神父想像力有點豐富吧？我們說的是安林鎮。」王昱尊也站了起身，「按照上面的報告，六百多個人、至少八百間屋子、甚至連自治隊的行政建築都被燒成灰，這就算刻意縱火也要費上許多功夫，闇行使沒有這麼大的力量啊！」

「我就在現場，那是我親眼所見，就只有一個人，便燒死了安林鎮所有的人！」鐘朝暐長袍下的手緊緊握著，得壓抑激動才能讓聲線平穩，「每個人都是從體內開始焚燒出來的，那是酷刑、是折磨，是一個闇行使刻意的屠殺。」

王昱尊不免皺眉，打一開始這位神父率領末日教會前來，的確就一直認定都城北區有會危害大家的闇行使。

「你該不會是要告訴我——你是追查這位闇行使而來的吧？」王昱尊指節叩上木桌。

「正是，因為她就在你們都城裡，屠殺完安林鎮六百多條命後，穿過無界森林逃到都城來！」鐘朝暐說得振振有詞，「我追查她，就是不想讓第二個安林鎮的悲劇再發生！」

「什麼！你的意思是說他還可能再燒了都城？」

「這太匪夷所思了，誰的力量能這麼強……似乎有點誇張了吧？」

「可是若神父所說為真，此人待在我們這裡也很危險啊！」

「我還是持保留態度，都城裡闇行使何其多？一般的靈力不太可能有這麼強的殺傷力……」

鐘朝暐擰著眉看向前面那些表面上討論熱切，但其實根本事不關己的人們，忍不住走出位子，繞著桌子往前；王昱尊望著那張青澀臉龐，說實在的，末日教會讓一個十六歲少年當主導神父，他覺得甚為怪異。

「我就在那裡！看著我的父母跟兄弟姊妹被活活燒死！」鐘朝暐突然揚聲厲吼，「不管我怎樣求那位闇行使，她都無動於衷，我只能看著我的家人在我面前被燒成黑炭，我就是見證者，這究竟有什麼好懷疑的！」

「是誰？」王昱尊嚴肅地看著走來的他，「你說的那個闇行使現在還在都城裡嗎？」

「最近入城的人，你們應該都有掌控吧？」鐘朝暐滿意於王昱尊終於有了反應。

「最近……」王昱尊皺眉，「就是堺真里他們一家……又是堺真里？」

「屠殺的是那個女孩。」鐘朝暐頓了兩秒，一個深呼吸，「芙拉蜜絲。」

現場一片啞然，大部分的人除了都覺得不可能外，還深深覺得鐘朝暐這位神父太過偏激大有問題，縱使他言之鑿鑿說自己當時就在安林鎮滅村的現場，但是又有誰能佐證？

「高中生，神父，那個女孩跟你同年！」連王昱尊都覺得離譜，「你們好像是舊識吧？怎麼？有過節所以利用這種理由想對付那女孩嗎？」

「還是那女孩不選你當老公？所以你懷恨在心？」有人訕笑著。

在人口稀少的時代，能繁衍後代的女性是極其珍貴的，只需要負責綿延子嗣；一般說來十六歲就可以開始選夫了，在女子為貴的時代裡，女人向來有權決定孩子的父親，即使婚後也能再選擇與別的男人生子，一來是為了以防基因缺陷，二來只要能增產，無論怎樣都行。

鐘朝暐壓抑著怒氣，一年前，他真的期待芙拉蜜絲能選擇他一起共組家庭，連生幾個孩子他都想好了，但是法海的介入、鎮上一連串的事故讓一切都變了樣。

現在，他只希望殺死芙拉蜜絲，因為他的愛，害慘了自己的家人，他必須贖罪，一定要把芙拉蜜絲的頭帶到爸媽墳前，深深謝罪！

「靈力高低與年紀無關，你們想想不覺得那家人很怪嗎？不僅僅是堺真里，芙拉蜜絲、江雨晨，甚至連 Forêt 與 Du Xuan 都很詭異？」鐘朝暐冷冷地嘲弄，「要是讓我說，上次瘟疫一事只怕跟他們也脫不了關係，只是那位阿樹出來擋下罷了。」

「你真堅持。」王昱尊倍感困惑，「你怎麼進入末日教會的？安林鎮毀去後，就去投靠末日教會了？」

「不，是教會找上我的。」鐘朝暐堅定地說，「他們說五百年前天譴未除，而且永遠不知何時會降臨，光看見我們鎮的狀況，他們就知道造成這一切的闇行使絕不能留，所以賦予我重責大任——廳長，你真的敢拿都城北區這十萬人的命當賭注嗎？」

北區是十萬人，如果又發生一樣的大火，說不定會延燒到其他區域，那就不是區區十萬具焦屍可以結束的了。

「審闇者沒看出她是闇行使，不管是你的還是我的鎮，你還能怎麼辦？」王昱尊緊皺眉心，「你記得十六世紀的女巫獵殺嗎？那時人們對誰有恨，便羅織罪名陷人於——」

「我會證實給你們看的，她就是闇行使。」鐘朝暐懶得聽廳長廢話，「要給我一次機會嗎？」

現場一片沉靜，王昱尊凝視著鐘朝暐，不安地看著散落桌上的安林鎮照片，鐘朝暐說得太信誓旦旦，眼裡的恨意太真切，讓他不敢不賭。

「你打算怎麼做？」

「把堺真里帶到廣場上吧！讓他接受檢驗。」鐘朝暐揚起微笑，「末日教會的專屬檢驗。」

在孔雀綠的世界中生活，芙拉蜜絲覺得幾乎要喘不過氣了，從學校乃至於路上，滿牆滿天花板滿地的孔雀綠液體到處都是，錯綜複雜地交織成詭異的蜘蛛網，同學的分身更是到處都是，有的就從本體的背後浮現出來，後腦勺頂著一張臉，有的則飄蕩在外。

最麻煩的，是那些密密麻麻瞪著她的生靈們。

從聚集在天花板、乃至於就蹲在課桌底下，還有下巴抵著她的課桌桌緣，圍成一排的人頭們，都用責備的眼神望著她，你一言我一語的講個沒完。

有人好奇她究竟是不是闇行使？有人問她為什麼不主動報到？有人問她堺真里的事，也有人認定她就是有問題；江雨晨也沒好過到哪裡去，只是她們有備而來，桌上直接擺著法器，為自己築成一道立體結界，上下左右誰都進不來。

疲憊地直到放學，芙拉蜜絲深深覺得她撐不過明天。

「這樣不行，我根本聽不到老師上課，那些生靈不停地在我旁邊聊天……」芙拉蜜絲厭煩極了，「還從我課桌下鑽出來，第二堂課時我伸手進抽屜，居然還有人握住我的手。」

「明天請假吧？今天很多生靈上半身都長出來了，明天會不會就是個人的樣子了？」江雨晨想到這裡有點恐懼，「金錘能保我們多久？一旦他們開始攻擊，我們也不能坐以待斃吧？」

兩個牽著腳踏車走的女孩無力地走著，一旁的樹旁站了一個面無表情的老人生靈，眼珠子隨著她瞟。

『闇行使每個都應該燒死，說不定燒死了世界就淨化了。』

世界崩壞跟你們這些沒靈力的比較有關係吧？

『啊啊，要燒死闇行使嗎？』一個看起來慈藹的母親背後的生靈卻興奮極了，『快去看！快去看啊……』

芙拉蜜絲瞅著她，母親推著娃娃車也留意到她，「您好。」

她笑得如此溫和可親，然而她耳朵旁黏著那孔雀綠的人頭卻猙獰不屑：『看妳這樣子就知道是闇行使，包庇自己的監護人，一家都有問題！』

母親依然掛著微笑，笑容可掬地推著娃娃車往西南方去；生靈們紛紛鼓譟，而更多的人們也朝同一個方向聚集。

「……我突然覺得讀心人很可憐。」江雨晨撫著額頭，「知道別人心裡想什麼真可怕。」

「是啊，真面目都藉由生靈顯現出來了。」芙拉蜜絲相當無奈，她也發現，即使審闇者說她跟雨晨並非闇行使，但相信的人居然不多。

人們會懷疑審闇者的能力，是因為審闇者也是具靈力的人，而這種人都不被接受與信任。

一旁路過幾個身上毫無孔雀綠痕跡的人，一眼便知是闇行使們，他們的眼神瞟過來，又往東南方看去。

江雨晨留意到他們使的眼色，有個女孩走過來，突然間滑掉了手裡的東西，一個小東西朝芙拉蜜絲這邊滾來。

「啊啊……」

「我來我來！」芙拉蜜絲立刻拾起，上前交還給女孩。

「我沒手了，可以幫我放進袋子裡嗎？」女孩捧著大大的紙袋，連她的臉都給遮去，「快去防衛廳前的廣場，堺真里出事了。」

咦？這陣細語又急又快，快到芙拉蜜絲根本來不及消化，女孩已經笑吟吟地走了。

真里大哥出事了？芙拉蜜絲立刻扭頭，二話不說朝著防衛廳的廣場去。「江雨晨！妳回家！」

她頭也不回地交代，突地跨上腳踏車，直騎而去。愣在原地的江雨晨望著她遠去的背影，不由得皺起眉，向右回頭看著走離的女孩，再往左後看著芙拉蜜絲的背影。

「我的天哪！簡直令人難以相信！」她將腳踏車轉了一百八十度，「芙拉蜜絲，妳現在當我是白痴嗎？我比妳聰明很多耶！」

想這樣就甩掉她？門都沒有！

防衛廳前的廣場聚滿了人，芙拉蜜絲停妥腳踏車後一路撥開人群往前進，這過程異常艱辛，因為在這裡聚集的人身邊幾乎都有個尖叫嘶吼的生靈，訴說著主人的心聲。

燒死他、冒充防衛廳的人置全城於不幸，太危險了、闇行使就是這麼危險……這類屁話簡直不絕於耳！

芙拉蜜絲衝到了最前方，那兒有一座高約一公尺的長方體石台，上頭設了一個T形鐵架，堺真里雙手高舉被吊在其上，穿著紫色長袍的末日教徒拿著燃燒中的火把，狠狠往他赤裸的胸前燒——

「啊——」

堺真里咬牙忍痛，火燒肉的焦味相當熟悉，沒兩秒他就暈了過去。

另一紫色長袍者漫步走來，長袍正面有著金色的雙線十字，不必說芙拉蜜絲都認得是誰……他繞著堺真里的身邊走著圈，手一抬就有專人潑水，堺真里陡然驚醒，痛楚寫在臉上。

「何必掙扎？讓我們看看你的能力吧。」鐘朝暐面無表情地望著他，「闇行使要抵抗這小小火把應該很容易吧？」

「鐘……朝……暐……」堺真里緊蹙眉頭看著他，滿眼都是不可置信。

這是那個總是保護弱小、仗義執言的弓箭社社長嗎？為什麼現在變成末日教會的一員，甚至如此殘忍。

鐘朝暐轉而面對了他，「唉，真里大哥，別為難我，你有必要這樣保護芙拉蜜絲嗎？安林鎮被燒毀時你根本不在鎮上，這不關你的事，我只是要找芙拉而已。」

堺真里不語，只是用堅毅但不滿的眼神凝視著他。

「你該不會也喜歡芙拉蜜絲吧？可以為她死？」鐘朝暐冷笑出聲，緊接著環抱雙臂咯咯笑了起來，「天哪，我早該想到……有這個可能！哈哈哈！蠢，愚蠢！除了法海外，她眼裡放不下你！」

也放不下我。

這怒吼芙拉蜜絲聽見了，她強忍住揮鞭勒住鐘朝暐往台下拖的衝動，因為堺真里的周邊都是防衛廳隊員，一旦她輕舉妄動，無異是拿真里大哥的命在賭！

可是，鐘朝暐究竟在幹什麼！

「再燒。」鐘朝暐從容地下令，俐落一旋身……恰與下頭的芙拉蜜絲四目相交。

僅僅五公尺距離，這麼的近，卻也這麼的遠。

「住手，你在做什麼。」芙拉蜜絲一字一字的說著，鐘朝暐伸手示意火把燒身的動作暫停。

鐘朝暐冷冷一笑，揚起雙手，「各位，這位是堺真里，想必很多人知道他，防衛廳小隊的文書，其實可能是個隱藏的闇行使！」

現場譁然，闇行使怎麼能當防衛廳人員呢？

「他隱藏的目的是什麼？為什麼不到闇行使處接受檢查與毒藥控制？跟上個月的瘟疫有沒有關係？」鐘朝暐一口氣丟出一串罪名，「事關我們大家的安全，寧可錯殺一百不可放過一人！」

「對——太危險了！」

「不受控制的闇行使太可怕了！」

「大凡闇行使都具有靈力，修煉後控制自然元素是正常的，所以現在就是在逼他現形！」

鐘朝暐回頭下令，「燒。」

「住手！」芙拉蜜絲氣急敗壞的制止，剛喊出聲，「不是每個闇行使都能控制自然元素，這是誰告訴你的？隨便問一個闇行使就知道！有的人只是直覺強、有的可能只是第六感、有的人只是有陰陽眼而已！」

縱使現場也有許多闇行使在，卻沒有人敢吭聲。

「哦？這麼瞭解？是誰教妳的？妳是堺真里的人，自然為他辯護！」鐘朝暐又一揮手，叫持火炬的人讓開，「好！既然如此，那我們就來試試只有闇行使能做的事好了！」

什麼？芙拉蜜絲右手往後，已然握住了鞭子，溫暖的手突然由後壓上，江雨晨氣喘如牛地趕到。

「不要妄動，現在什麼動作都只是給他理由而已。」江雨晨斜睨著她，「下次不許再把我甩掉。」

芙拉蜜絲相當無奈，雨晨不該來的。

「遇到危險時，闇行使就會顯露其靈力，對吧！」鐘朝暐從另一個末日教會的神父手上接過一個星形盒子，「尤其是非人……至少會一兩個咒語吧，堺真里？」

「那是什麼？你少拿東西嚇人！」芙拉蜜絲嚷嚷著，絲毫沒有留意附近眾多生靈們，正用怨恨的眼神瞪著她。

江雨晨將這眼神盡收眼底，她真怕芙拉蜜絲一時衝動，想上去救真里大哥、或是不小心露出馬腳，屆時在她碰到真里大哥之前，只怕這群生靈就會殺上來了！

「這裡面是——被鎮壓的魑魅。」鐘朝暐掀蓋，裡頭還有一層玻璃蓋鎖著，他語出驚人，現場一片驚叫，「我將他餵入堺真里口中，凡闇行使必有辦法驅之！」

粉紅色的條蟲在盒子裡鑽動著，所謂魑魅可以以各種形態存在，而且他們專門寄生在人體內，依附於人身上後掌控其意志；魑魅附體最可怕的就是，外表是貨真價實的人，結界根本對其毫無效果，所以魑魅最愛這樣玩弄人類，附體之後挑撥離間，讓世界大亂！

人們驚恐地向後大退一步，防衛廳隊員即刻上前，「喂！神父！不要玩得太過分，萬一失控怎麼辦？而且你怎麼能帶非人入都城！」

餘音未落，後面一排防衛廳隊員紛紛拔刀舉槍，對準著鐘朝暐。

「放心好了！我末日教會也有專門的闇行使能眨眼間解決這種東西。」鐘朝暐向後一比，一個男人上前。

他正準備打開最上層的玻璃蓋子，末日教會的人立刻上前箝住堺真里的下巴，逼他張嘴；鐘朝暐左眼瞄向緊張的芙拉蜜絲……來吧，他瞭解芙拉的，在他把條蟲灌進堺真里嘴裡時，她一定會用火燒掉蟲的！一定會——

「住手！」下一秒防衛廳的人全數上前，把末日教會的人全數往下推著扔去，「都城還輪不到你們末日教會做主！不允許你們亂來——把神父的東西拿下。」

鐘朝暐見狀，立刻要打開盒子，防衛廳的隊員畢竟訓練有素，跟鎮上自治隊差十萬八千里，他根本來不及反應，盒子瞬間被抄，人甚至被一腳踢下石台，直接仆倒在芙拉蜜絲面前！

喝！她跟江雨晨連連後退，看著狼狽的鐘朝暐，真想一拳打下去。

「喝呵呵……」鐘朝暐抬起頭，看見一張熟悉的面容，「各位都城的子民，就是這個女孩——芙拉蜜絲．艾爾頓，一夕之間毀滅了安林鎮，還有當中的六百多條人命！」

什麼！芙拉蜜絲措手不及，沒料到鐘朝暐會突然公佈！後面一片騷動，生靈們的神情變得更加恐怖。

「她燒死了我的父母跟家人，我是生還者，堺真里也是、連江雨晨都是目擊證人！」鐘朝暐下一秒跳了起來，「但是他們都支持闇行使濫殺無辜！」

防衛廳隊長面對這突如其來的指控，顯得有點錯愕，安林鎮什麼時候滅鎮的？沒有聽說啊！

「都安靜！」驀地，王昱尊忽然出現，要求現場噤聲，「神父有所指控，末日教會認為都城內有血腥的闇行使將危害我們大家，所以我來處理——芙拉蜜絲！妳自己說？」

「咦？」芙拉蜜絲驚愕地看著王昱尊，「說……」

「妳說，妳是不是親手燒毀安林鎮的兇手？」王昱尊嚴厲地凝視著她，咄咄逼人，「燒死六百多個人，毀掉所有屋子，讓安林鎮眨眼間變成廢墟的屠殺，是不是妳做的！」

江雨晨緊張地掐住芙拉蜜絲的手，兩個女孩緊緊相扣，身子忍不住地顫抖——不能認！這是死都不能承認的事。

芙拉蜜絲說不出話，她緊抿著唇越過鐘朝暐、越過王昱尊，看著吊在鐵架上的堺真里，他痛苦的神情正望著她，悄悄地，搖著微乎其微的角度：不能說。

「不……」這個字竟如此難出口，「不是……」

「什麼？是妳嗎？」王昱尊根本聽不見。

「不是我！我根本不知道火災怎麼引起的！」芙拉蜜絲驀地對上鐘朝暐的雙眼，「你憑什麼說是我，我也是目擊者——說不定是你燒的，你才是闇行使！」

剎那間，芙拉蜜絲反控了鐘朝暐，

他不可思議地瞪大雙眼，從小到大，被稱為火之芙拉的芙拉蜜絲是火爆、正直、俠義，幾乎不說謊的女孩！現在、現在她居然敢在這麼大的事情面前說謊——否認了自己沾滿血的雙手！

「妳……妳居然敢否認！妳有臉否認！」鐘朝暐怒不可遏地吼著，「我的家人、我們的朋友、同學、妳的鄰居、老師——全部都因為妳而死了，妳現在居然敢否認！」

「本來、本來就不是我，我也是逃出來的！」芙拉蜜絲得緊緊握著江雨晨才能繼續說下去，「我嚇得不知道該怎麼辦，以為是食願魔做的——」

「騙子！」鐘朝暐打斷了她，回身看向王昱尊，「拿下江雨晨！她知道所有事情！」

什麼？芙拉蜜絲還來不及反應，扣著的手突然被抽走，末日教會早就已經潛藏在人群中，冷不防地由後架走了江雨晨。

「哇呀——做什麼……哇！放開我放開我！」江雨晨也措手不及，雙手被架著往後拖，「不要這樣──救命，救命！」

「雨晨！」芙拉蜜絲意欲上前，結果居然有人拉住了她的手。是冰涼濕滑的……生靈。

有沒有搞錯？她向右回頭看著緊拽著她的手的生靈，是有必要在這個時候攪局嗎？

『闇行使……太可怕了！妳居然毀滅整個鎮！』

『快點殺掉啊，這種人怎麼可以留！』斜前方有個男人的生靈，咆哮著居然就殺過來了！

不行──芙拉蜜絲使勁抽回右手，硬把抓著她手的生靈朝前方甩去，剛好可以與那個殺來的生靈相撞！同時間在人潮裡傳來哎唷的聲響，有人跌落在地。

芙拉蜜絲沒心情知道那是誰的靈魂，她只是飛快地取下鞭子，就著石板地就是一揮──啪！清脆的鞭地聲響起，民眾驚呼出聲。

「放下江雨晨！」她吼著，揚鞭就準備朝末日教會的神父過去。

「不許胡來──誰都不許！」王昱尊氣急敗壞地喊著，這些人到底是把他們防衛廳置於何處啊！

嗚槍聲即刻響起，現場驚叫聲此起彼落，所有人都嚇得伏低身子，連芙拉蜜絲也不例外，她掩著雙耳往旁看去，唯一直立著的，除了防衛廳的人外，就是一個個孔雀綠的生靈了。

靴子聲與刀械聲疾速運作，防衛廳架開了末日教會的神父們，但還是將江雨晨往前帶，數雙大手由後抓過芙拉蜜絲的手臂，她踉蹌地被半拉站而起，也往石台上送去。

「這裡是防衛廳！都城的最高行動機關，輪不到妳、高中生——」王昱尊指向芙拉蜜絲，再轉向鐘朝暐，「還有你們區區一個教會指揮！」

對，她這個高中生乖乖閉嘴，但神父也沒有打算就此罷手。

「你們正在犯最愚蠢的錯誤，她會讓都城北區陷入地獄的！」鐘朝暐凝重的對著王昱尊，振振有詞，「這是天譴，她是天譴一脈！」

「胡說八道什麼啊……」江雨晨哭著喊，「鐘朝暐！你怎麼可以亂冠罪名！」

「湯姆！上來！」鐘朝暐回頭鎖著江雨晨，「告訴我這女的身上有什麼？」

咦？湯姆？江雨晨愣住了，她們剛剛以為那是之前在學校的那位闇行使吉米，一樣的長袍與遮蓋住的臉，讓她們無法辨識。

這又是誰？江雨晨恐懼地向後退，芙拉蜜絲趕緊拉住她的手，讓她不要驚慌。

湯姆上前，摘下帽兜，他是個黑人，有雙完全白色的雙眼。

「末日教會的審闇者真不少啊！」李憲賢悻悻然地說著，「跟上次那位不一樣了。」

「沒用的人就不需要了。」鐘朝暐冷冷地回應著，李憲賢不禁皺眉，這話什麼意思？叫湯姆的黑人上前，沒有眼球就無法辨識他究竟看向何方，江雨晨縮著頸子幾乎都要躲到芙拉蜜絲肩後去，芙拉蜜絲倒是迎視著對方，她已經看開了，反正她本來就是闇行使，該思考的是等等要怎麼逃。

「江雨晨不是闇行使，我要你看的是她身上有些什麼。」鐘朝暐上前，指向江雨晨，「她在恐懼中會失去意識，變成另外一個人，而那個人極其暴力，善於大刀——我想跟那個人說話。」

「雙重人格嗎？」王昱尊狐疑地看著都快滴出淚的江雨晨，「江雨晨，妳別害怕。」

怎麼可能不害怕啊！光是對上那沒有眼球的眼睛，就已經足夠讓她恐懼了！因為她就是心虛啊！

「是附身，有亡靈附在她身上。」鐘朝暐接口，「大家都知道鬼附身會損及本體，或許藉這個機會幫江雨晨把那惡靈除去也好！」

不行！芙拉蜜絲在心裡大喊，差一點就要衝口而出了！鐘朝暐曾幾何時變得這麼卑劣，想削減雨晨的力量，那個亡者明明沒有損及雨晨的身體！

他故意用這個藉口，那個審闇者或許會基於「幫忙」的心態，指認出附身的事實！

湯姆靜默，臉朝著江雨晨及芙拉的方向，沒有眼神就讀不出訊息，他只是不動聲色地望著，然後深吸了一口氣。

「看不見。」他轉向鐘朝暐，「沒有附身的跡象，芙拉蜜絲身上也瞧不見任何靈力……」

咦？江雨晨錯愕地抬首，連續兩個末日教會的審闇者都放她們一馬？

鐘朝暐二話不說伸手一推，將湯姆從石台上推下去，「殺掉！」

「什麼？」王昱尊驚愕於他喊出來的話語，驟然向後頭看去，只瞧見掉落的湯姆連句話都來不及說，上前架住他的末日教會教徒，二話不說割開了他的咽喉！「你、你、你這是在做什麼，怎麼這樣就殺人！」

「末日教會不需要沒用的人。」鐘朝暐乾淨俐落，「帶他上來！」

誰？又是誰？「你夠了沒啊，鐘朝暐！你們的人都已經證實我不是闇行使，雨晨也沒有被什麼附身，你還想證明什麼！」

「我想要事實。」鐘朝暐瞪著她的眼裡是極度的恨，「我不管誰在中間搞鬼，讓這些闇行使願意一味的包庇妳們，為妳們說謊……但是，事情總有極限。」

他高舉起手，兩名末日教會教徒拖著一個男人上來，那男人未穿長袍，就是一般的服裝，眼裡盈滿困惑，一上來就看著李憲賢跟王昱尊。

「喂！」李憲賢上前，「這是我們的人！你幹什麼！」

「聽說這是你們都城裡數一數二的審闇者。」鐘朝暐從容回應，「希望他真的人如其名。」

審闇者，能看出誰具有靈力的能力，都城專門用來找出潛藏的靈能者！

「神父，你沒資格如此對待我們的子民。」王昱尊擰眉上前，這神父太囂張，「放開他！」

「你們太天真了，這些闇行使正在密謀什麼，只是你們不知道罷了。」鐘朝暐彈指，教徒們即刻放開男人，「從他們聯合包庇堺真里一家開始，就是背叛的開始，你們居然能容忍這樣的事？」

「什麼……什麼包庇！」男人即刻反駁，「我不知道你在說什麼，堺真里一家都沒有問題！」

「哼，沒有問題……瞧瞧你說得這麼自然，好像台詞都是套好似的。」鐘朝暐笑望著男人，「莊方哲對吧，你忘了你身上有咒？體內有毒？還有——你親愛的家人嗎？」

鐘朝暐面對著男人，左手卻指向台下九點鐘方向，芙拉蜜絲和江雨晨同時轉過去，看見的居然是一個女人及六個孩子，被末日教會的人架著推來。

難道是——

「神父！」王昱尊低吼一聲，李憲賢立刻率兩小隊衝下石台，團團包圍住那群末日教會教徒。

但是，教徒們的手更快，一一自後方勒住少婦與孩子的頸子，刀子均架在他們喉間。

「為了和平，總是需要非常手段。」鐘朝暐淡淡地說著，「你們忘記自己的人身安全了？忘記都城給你們生活的空間是有代價的，包庇對你們無益的人是為了什麼？」

「琴！」莊方哲緊張地欲衝下去，教徒上前擋住。

「都城一開始就是這樣設計的不是嗎？控制闇行使，讓他們不敢造次，防備都城的安全。」鐘朝暐凝視著王昱尊問，「我只是在提醒他的職責而已，莊先生，現在請看著芙拉蜜絲跟江雨晨，我只要一句實話。」

莊方哲慌亂地望著妻兒，再回頭求救般地看著王昱尊，「不，你們不能這樣……他們可以這樣嗎？一個教會怎麼可以這麼做！」

「你只要說出你看到的就好了。」王昱尊認真地皺起眉，「不要擔心。」

莊方哲不安地看向芙拉蜜絲，她緊握著拳都已經嵌入掌心，她多想一鞭鞭上鐘朝暐，狠狠揍他一頓！

莊方哲在顫抖，他凝視著芙拉蜜絲卻幾度說不出話來，江雨晨突然覺得不太對勁，望著莊方哲，再看向他的妻兒……

「什麼是實話？說出你想聽的才是實話嗎？」江雨晨突然出聲，「剛剛那個湯姆也說了實話，你二話不說就殺掉他，現在莊先生如果又說我們沒有問題，你是不是要從他的老婆開始一路殺下去？逼到他說謊為止！」

「對！言之有理！」李憲賢高喊著，「廳長，這太詭異了，他只是逼迫闇行使說謊，就為了陷害堺真里一家！」

「她在我面前殺了我全家——」鐘朝暐驀地長嘯爆吼，指向芙拉蜜絲，「我親眼所見還能假嗎！我會拿家人性命開玩笑嗎？是這些審闇者全部都在騙人！誆騙你們，因為你們是看不見的人，被玩弄於股掌之間而不自知！」

後方群眾傳來不可思議的驚呼，或許因為鐘朝暐的恨意太堅定、或許因為那陣怒吼太悲傷，讓大家覺得事出必有因，只怕芙拉蜜絲真的有些什麼。

而且他剛說的也沒錯啊，除了闇行使外，其他不具有靈力的人該怎麼知道他們所言為真為假呢？他們設置的結界若是被非人入侵自然可驗證真假，但是判斷誰是闇行使這件事，確實無人可以佐證啊！

「你們真的騙我們嗎？」王昱尊蹙眉，先是看了莊方哲，立刻向下看著一旁一票闇行使們，「你們都是嗎？」

「沒有！我們為什麼要這麼做！」有闇行使在人群中高喊，「我們與堺真里一家又素不相識！」

「是啊，我們家人遭受控制，我們怎敢造次？」

「謊話。」鐘朝暐輕輕接話，「王廳長，只要你讓莊先生誠實辨識，我有情報可以跟你交換——例如，都城的防備早已出現空隙……」

什麼！江雨晨再度用力握住芙拉蜜絲的臂膀，難道鐘朝暐也知道佛燈被更換的事嗎？

「莊方哲，老實說吧。」王昱尊推了莊方哲一把，讓他往前，「任何一點蛛絲馬跡都要說。」

「我……」莊方哲的呼吸變得急促，雙手緊握飽拳。

「除了她們外，順便幫我看看這個——」鐘朝暐突然扳過他的肩頭，讓莊方哲嚇了一跳，「石台上這盞佛燈，是否還具有防備效力。」

莊方哲先回頭，石台邊緣立了盞佛燈，基本上法治機關附近的廣場都會設有佛燈，照亮這個廣場，也方便巡邏人員進出，不讓任何邪物入侵；芙拉蜜絲仰頭看著那盞燈，她沒有探看靈力值的能力，只是覺得鐘朝暐問這問題很詭異。

他知道黑剛大哥他們在做什麼，重點是為什麼他會知道？

只見莊方哲闔上雙眼，然後睜開，深吸了一口氣，先是幽幽的看向哭泣中的妻兒，然後正眼面對芙拉蜜絲與江雨晨。

「那盞燈是佛燈，依然具有法力，至於芙拉蜜絲跟江雨晨——」他突然笑了，「都只是普通人。」

第三個見證，再次否決了芙拉蜜絲是闇行使的事實。

第六章

下一秒，鐘朝暐左手大揮，架著女人跟小孩的末日教會教徒們，竟直接割開了莊方哲妻小的頸子。

「琴——」鮮血直噴，莊方哲甚至措手不及，眼睜睜看三個身體在面前倒下。

「太過分了！」李憲賢即刻拔刀，防衛廳隊員一擁而上，然而末日教會教徒也不是省油的燈，大家紛紛拿出自己擅長的武器，廣場上頓時陷入一陣混亂。

人群中的闇行使也不平怒吼，紛紛上前想討公道，鐘朝暐卻只是扣著莊方哲的手臂，「你還有三個孩子，最後一次機會，說實話。」

「神父！」王昱尊上前拉過莊方哲，冷不防地兩個教徒居然拉滿弓，對著王昱尊的雙眼。

「你——」

「事情沒有必要搞到這麼複雜。」鐘朝暐搶回莊方哲，推他到芙拉蜜絲面前，他腳步踉蹌，還是芙拉蜜絲撐住了他。「我要實話。」

「鐘朝暐！」芙拉蜜絲活動手腕，就要朝鐘朝暐揮鞭而去——莊方哲卻突然壓住了她的手！

「快走，拜託妳了。」他匆促低語，下一秒將她向後推，挺直腰桿就回頭。「她們不是闇行使！你不要逼我——」

咻，箭矢劃破空氣，射穿了莊方哲的頸子，箭頭穿透後頸項，直抵芙拉蜜絲的眼前，濺了她滿臉的鮮血。

高大的身軀軟去，同時間石台下剩餘的三個幼兒也被即刻遭割喉而亡。

「把作亂的都給我抓起來！」鐘朝暐大喊著，眼尾瞟著芙拉蜜絲，「妳自己看看，還想讓多少人為妳而死？」

「芙拉，絕對不能展現靈力！」江雨晨第一時間附耳。

她輕柔地壓上芙拉蜜絲的右手，壓下她的衝動，莊先生都說快走了，她們不能給鐘朝暐任何機會逮捕她們；芙拉靈力竄出時頭髮跟眼睛都會變色，這是最明顯的象徵，絕對不能讓任何人看見！

教徒們殺盡後才放下弓箭，王昱尊怒不可遏地正要上前，鐘朝暐卻從長袍袖子裡拿出了一份文件，不客氣的貼上他的臉。

「看清楚吧，中央下令，都城北區從現在起由末日教會管轄。」他旋過身子，往石台下步去，「把芙拉蜜絲跟江雨晨拘留起來！」

昏昏沉沉的堺真里聽見了關鍵字，吃力地抬起頭，「走……快走啊！」

走啊！江雨晨不再猶豫地死命拉著全身都快燒起來的芙拉蜜絲，再不走不需要等拘留了，因為芙拉的髮尾開始出現紅色了，那是她運用靈力時的狀況，她的頭髮會在火燄中轉變為紅色，她的火燄會燒盡一切的！

被拽離開的芙拉蜜絲還想掙扎，「放手！江雨晨！」

「我們要快點走，不走就落入鐘朝暐的圈套了，妳看不出來嗎？他在逼妳生氣！」江雨晨嘶吼著，「朝暐知道妳一生氣就會失控，知道妳無法接受別人為妳而犧牲！」

「就因為這樣他殺了一家七口？」芙拉蜜絲簡直歇斯底里，「他怎麼可以——」

「他為了報仇什麼事都做得出來的！」江雨晨捧住她的臉，「妳當初燒死安林鎮時，不也是一樣的心態嗎？」

將心比心，鐘朝暐的心態並不難瞭解。

芙拉蜜絲無法反駁，那股恨意怒海滔天，無法遏止，不惜毀滅世上的一切……所以殺七個人算什麼？芙拉蜜絲痛苦地閉上眼，這是她造成的……為了殺她，朝暐只怕會殺掉更多人。

「是我的錯。」她幽幽道，「真里大哥還在他手裡！」

「他暫時不會對真里大哥怎麼樣的，因為那是他手裡唯一的牌。」江雨晨拉著她往前跑，廣場上現在一陣混亂、末日教徒、防衛廳隊員、人群、闇行使都打成一團了。

『太可怕了，妳真的燒掉一個鎮？』驀地，有人抓住了她的腳。

芙拉蜜絲低首，是個趴在地上的生靈，她意圖抽起腳，對方卻抓得死緊，不知道在對誰吼著，『快點解決她們，她們說不定會毀掉都城！』

「你……」芙拉蜜絲才準備把生靈的手打掉，怎知眼尾瞄到更多的靈體居然衝了過來。

「啊！」前頭的江雨晨瞬間低頭，因為有生靈冷不防地衝上前，朝她肚子就擊了一拳。

「走開！」芙拉蜜絲怒急攻心取下金刀，反過來用刀柄狠狠地敲下女孩生靈的額頭。

『哇！』生靈痛得鬆開，加上金刀上有咒，燒得她哀哀叫。

生靈跟亡靈差不了多少，全是靈體，差別只在於本尊是活人還是死人罷了，但二者一樣的輕盈快速、而且隨時隨地都能移形換影似的……

「雨晨！」芙拉蜜絲面對張牙舞爪衝來的生靈們，只能緊急揮鞭先嚇退他們。

「他們數量太多了！」江雨晨根本無從抵抗，又不敢使用飛刀傷人，「我們從另一……邊哇！」

餘音未落，又有生靈冷不防地抓住江雨晨的雙腳，直接讓她重摔落地，然後一路拖行！

「放手！」芙拉蜜絲揮出長鞭，準確地打在拖行江雨晨的生靈身上，但對方忍著痛，還是繼續把她往前拖去。

石台前頭根本是戰場，如果把雨晨拖進去，她只怕會被亂腳踩死！

「呀——好痛！芙拉！芙拉——」江雨晨掙不開，尖叫聲淒厲。

芙拉蜜絲焦急地想去救下江雨晨，但是湧來的生靈實在太多，手邊突然同時撲上數名生靈，她潛意識地舉起左手遮擋——就這麼一瞬間那幾個生靈炸成了綠色水珠！

咦？她錯愕地晃了晃左手，清脆鈴鐺音跟著傳來……望著左手腕上的手鍊，那是法海送給她的護身。

情急之下還是有作用的嘛！雖然她始終戴著它，跟能不能保護她沒有關係！

芙拉蜜絲將鞭子甩上右側的生靈們，江雨晨的尖叫聲快淹沒在人群裡了！

「你們這些……」她才想衝上去，又突然被人由後勾住——「誰？」

孔雀綠的數隻手抱住她，兩個男性生靈二話不說跳到她面前，就是一陣亂拳揮打！天哪！芙拉蜜絲趕緊雙手交叉護住頭部，但是腳下卻看見有生靈正張大嘴，狠狠地朝著她的腳就要咬下——她該知道，生靈不會懂得憐憫，這一口鐵定會把她整塊小腿肚咬下來的！

只要放火燒……只要立刻啟動靈力，一把火就可以把這些生靈燒成灰燼——但是，同時也會燒死很多人！

不！芙拉蜜絲緊閉起雙眼，倏地蹲低身子，迫使正要張口咬下的生靈一陣錯愕，也讓揮拳的男人們撲空，她同時翻轉金刀，刀尖朝外，朝著每個生靈身上劃了過去。

原本她希望劃傷就好，不要殺死他們，只是尚未動手，隨著左手腕上的鈴鐺聲響起，她面前的生靈又炸碎了！

連慘叫聲都來不及，芙拉蜜絲不敢想像本體是如何的慘狀，不過這使得攻擊她腳部的生靈一個個鬆手，但還是有些執著者毫不畏懼，無所不用其極地想置她於死地。

煩！蹲在地上的芙拉蜜絲緊握刀尖，咬牙狠狠地將刀子刺進男人地孔雀綠的腳掌裡——一個左腳一個右腳，公平了。

『嘎——』兩個大男人應聲倒地，這麼吵也聽不到本尊在哪兒哀鳴，芙拉蜜絲只知道吃力地趕緊站起，雨晨呢？江雨晨她——

正用身上的大刀，砍斷一個生靈的手。

孔雀綠的斷手在半空中飄浮幾秒落地，生靈驚恐地慘叫著，瞬間融化為黏液狀態，急速地在地上退去，想退回本尊身邊。

她對上芙拉蜜絲的雙眼，那已經不是江雨晨的眼神，她後頭有個極壯碩的生靈正咬牙切齒地欲從她身後攻擊，江雨晨立定重心，雙手握刀回身一掃，就砍下了那孔雀綠黏液的頭顱。

芙拉蜜絲痛苦地閉上雙眼，那不是雨晨了！她剛剛一定嚇慘了，所以附身的亡靈替代她出現了。

「走了，磨蹭什麼！」只見江雨晨輕快地奔至，朝她伸手一把拉過。

「別再殺人了！」她喊著，一邊揮鞭將絡繹不絕湧上的生靈打掉。

「殺人與被殺，妳只能選一個。」江雨晨凌厲地瞪著她，緊握著她的手撥開人群，毫不畏懼的往前衝。

然後一路砍掉五個人的頭顱，好幾個人的手腳，面不改色地直抵她們停放腳踏車的地方。

踩著腳踏車離去時，防衛廳廣場上依然哀鴻遍野，防衛廳隊員、末日教會人員與闇行使間的混戰仍在繼續，她們只看見塵土漫天，還有滿地的鮮血……

戰爭，開始了。

「我有沒有說過離熱鬧遠一點？」

法海擰著眉，雙手抱胸的坐在芙拉蜜絲身邊，看著她滿身傷痕。此時，芙拉蜜絲正坐在地毯上，正為自己消毒傷口。

「那是真里大哥。不是什麼熱鬧！」她頭也不抬，心情相當沉重。

「鐘朝暐不會輕易殺掉堺真里的，那可是唯一能讓妳動搖的王牌，隨便一招就讓妳自己走進陷阱裡。」法海搶過她手上的棉花棒，「江雨晨也真是的，交代她要看好妳的。」

「是我自做主張，我本來叫她先回去的。」她越說越小聲。

法海拉過她的手，身上到處是抓傷、劃傷、勒傷，更別提手臂跟身上的瘀青，抬起她的下巴還可以瞧見臉頰上的瘀痕，被打了好幾拳，嘴角都破了，那些生靈動起手來還真是不留情。

「妳知道生靈等同厲鬼嗎？只是他們可能沒有直接致命的殺傷力？」他審視著她的傷口，

「但是依然可以致人於死。」

「我知道，但是生靈的本體是活人……我沒辦法下手啊。」芙拉蜜絲凝重地皺眉，「我原本以為生靈可能還能溝通……畢竟是人啊！」

「是殘忍的那部分！」法海有點無奈，「生靈也是因執著而生的，妳得把他們通通當成亡靈鬼魅，他們是因為有執著、有遺憾才會自靈體分開，拿現在都城的例子來說，他們都是怨恨或懼怕闇行使才誕生的，所以滿腦子都是把你們解決掉！」

芙拉蜜絲終於揚睫，對上他的雙眼，「他們是因丹妮絲而誕生的。」

「那只是一種助力，還是有人不會產生生靈，因為他們對闇行使沒有敵意，這個妳自己看得清楚。」法海輕蔑一笑，「妳得把他們當成比較沒有即刻致死性的厲鬼處理……像江雨晨，今天就做得不錯。」

「那個不是雨晨。」提起這個，她就有點恐懼，「她今天砍了好多人……」

「不然妳們怎麼能平安脫困？」法海仔細地為她包紮，滿屋子的血腥味，許仙因為受不了被派出門了，這血腥味對吸血鬼來說太誘人。

下午的騷動在一個小時後宣佈平息，防衛廳廣場上血流成河，幾十人受傷，參與混戰打鬥的闇行使們受到拘捕；由於這是個人人都具有基本戰鬥能力的時代，武器大家都是隨身攜帶，所以一場鬥毆就能造成慘重傷亡。

比較令人震驚的是，在廣場外圍看繞鬧的人們，居然有數人突然頭顱落地，也有手腳被砍斷的，刀法俐落，但是旁觀者都聲稱他們四周沒有人攻擊，死者及傷者都是好端端的站著或坐著，下一秒便失去了頭顱或四肢。

一時間風聲鶴唳，日落前警笛鳴起，那是戒備警告，表示自警笛鳴起這時刻，全區進入非常狀況，防衛廳不僅會加派人手巡邏，白天也會開始捕捉可疑人士。

「我……覺得好累。」包紮完畢，芙拉蜜絲突然幽幽出聲，「能不能快點離開這裡？」

法海望著泫然欲泣的她，芙拉蜜絲總是會忍著淚，但是他彷彿可以聽見無聲的哭泣。

芙拉蜜絲輕輕地偎上他，法海也摟著她，安撫般地輕拍她的右臂。

「可以的話我當然會帶妳離開，但是北面的結界我還在想辦法。」他的臉貼上她的頭，「我知道妳現在很痛苦、很恐懼也很悲傷，但是在我們離不開的狀況下，只能在這裡生活下去。」

芙拉蜜絲闔上雙眼，依靠著沒有心跳的胸膛，她沒有退路，前進的路又受到阻礙，還有青梅竹馬一再的提醒她滅鎮的殘忍，她被絕望與悲傷侵襲著，覺得身心俱疲，她一點都不想面對這一切，好想好想快點離開這裡！

到爸爸說的舊日本，只屬於闇行使的國度！

「今晚之後，事情只會越演越烈對吧？」她終於睜眼，聲音微弱。「我把事情搞砸了。」

「嗯……是鐘朝暐的問題，他確實得到行政官的許可，北區現在他最大，防衛廳跟廳長都必須受他控管。」法海這麼說著，嘴角卻挑著笑，「希望事情真的能如他所願。」

「這跟鎮上後來的演變幾乎一樣，大家會陷入猜忌之中，只是這次不同的是……朝暐的手段比過去更狠絕。」芙拉蜜絲想到就不安，「還有闇行使的行動……」

「應該會比安林鎮還慘，末日教會過去幾百年的手段一向是慘無人道的，寧可錯殺一百不可放過一人簡直是他們的教義……妳知道丹妮絲他們為什麼會突然來嗎？」法海低首笑著，芙拉蜜絲不悅地抬頭，這是有什麼好笑的啦！「吸血鬼最愛跟著末日教會後面走，因為末日教會所經之處，必定血流成河！」

什麼？芙拉蜜絲不由得直起身子，看著法海那喜悅的笑容，惡寒不由得湧上，「這樣究竟誰才是天譴啊？」

法海不在乎地聳聳肩，對吸血鬼而言，動亂就是飽餐一頓的最佳時刻啊！他忽然轉頭向外，像是察覺到了什麼。

「怎麼？防衛廳的人嗎？」

「不，有人來了。」法海一骨碌起身，順道摟著她站起。

芙拉蜜絲趕緊加件衣服，將桌上的紗布跟棉花棒都包好丟棄，樓下不一會兒果然傳來聲音，只是聲響是來自於後門。

幾秒後，重重的足音響起，芙拉蜜絲不由得蹙眉，雨晨走路很輕的，附身者竟還沒離開。

「喂，親密完了沒？」還沒到門口，江雨晨就扯開嗓子喊了，「有客人喔！」

再三步後江雨晨出現在房門口，法海打開了門，江雨晨朝他挑挑眉。

「還沒走？」

「急什麼？我還有事咧！」江雨晨越過法海往後看，「欸，下樓了，地下闇行使他們來了。」

「黑剛大哥？」芙拉蜜絲驚愕極了，「這種時候他們還敢離開下水道？」

她急急忙忙地走出，卻依然不安地望著江雨晨。

「別看了，我在比她在好。」江雨晨粗魯地往法海身上打，「對吧！」

嘖！法海沒好氣地瞪著她，事隔五百年，這女人還是讓他看了就有火！

客廳裡坐著黑剛大哥跟大力，大力是他的得力助手，許仙不在就沒人負責茶水了，江雨晨根本就懶得做這種細活，芙拉蜜絲匆匆忙忙地想往廚房去。

「芙拉，別忙！」黑剛大哥趕緊制止，「我們是來談正事的。」

「外面這個樣子你們出來真的太危險了，我發現末日教會監視的人不少，我這裡一定是據點啊，你們就不怕出事？」芙拉蜜絲一回身就劈哩啪啦說一串。

黑剛大哥輕哂，「我們自有分寸，妳放心好了！今天許多闇行使被抓了，就在一個小時前，防衛廳也把他們的家人都帶走了。」

芙拉蜜絲身子一顫，想起在廣場上被割喉的母子們，又是一陣寒意。

法海即刻上前攙住她，扶著她往沙發上坐定；黑剛大哥與大力雙眼不眨地盯著法海，什麼都看不出來。

芙拉蜜絲身邊的兩位外國人讓他們難以判斷是敵是友，看起來像普通人，但事實上又不是；審闇者們曾經私下傳字條給他們，說瞧不見法海或是許仙身上有任何靈力，但是卻也看不見活著的證據。

所謂「活著」，指的是一個活人會顯現出的生命跡象，有些闇行使具備的靈力便在於此，能看出一個人的身體狀況，有人甚至可以透視人體，瞧得見對方的五臟六腑及血液流動。

但是他們無法透視法海或是許仙，更別說看見內臟了。

他們究竟是「什麼」，沒有人知道。

「打算用家人威脅那些闇行使吧？」江雨晨就靠在餐廳的門柱邊，咬著桌上的蘋果，「末日教會已經發現你們在破壞佛號之徑跟咒語了。」

「嗯……放心好了，他們一個字都不會說的！這是大家的共識，就算犧牲一切也必須完成大事。」黑剛大哥凝重地說，「我們不只會破壞佛燈，各家被奴役的闇行使們也會開始破壞屋子內外的防護咒，各處的結界也會進行摧毀，一點一滴的瓦解北區的防備。」

「等等！這樣子不會讓非人進來嗎？我是從南邊的無界森林過來的，裡面許多惡鬼與惡魔一直覬覦著這裡啊！」芙拉蜜絲詫異地看向黑剛大哥，「結界一旦瓦解，非人跟妖怪侵入，這裡就會變成……人間煉獄的。」

黑剛大哥與大力，用一種嚴肅且堅定的眼神望著她。

這裡對闇行使而言，早就是人間煉獄了啊！

一旁的法海鑲著淺笑，彷彿一切都在他掌握中，綠色的眸子笑看著他們，藏在裡頭的是笑意、還有渴望。

他說過，末日教會經過之處，必是腥風血雨。

「你們……就是要讓這裡陷入地獄嗎？」芙拉蜜絲有些喘不過氣，「天哪，讓非人肆虐……」

「闇行使都能自保，所以我們並不會有致命的危險，最後我們終將佔領北區——將這裡變成專屬於闇行使的區域。」

奪回主控權，不再讓普通人予以奴役控制！一掃闇行使幾百年來的屈辱！

「你們知道……為什麼那些人要如此控制闇行使嗎？他們就是恐懼會有這麼一天！」芙拉蜜絲覺得相當無奈，「但卻也是因為他們這樣子做，才逼得你們選擇這條路，這簡直是無解的惡性循環。」

「我們已經不可能和平共處了。」黑剛大哥明白地說，「妳比誰都清楚，連一起長大的男孩尚且如此，更別說五百年來的積怨，世界的變化……」

「唯一沒有變的是人心吶……」法海難得開口，「不管經過幾百年，永遠是這樣禁不起考驗！」

芙拉蜜絲仰頭望他，是啊，真是一點長進都沒有，貪婪、猜忌、自私總是在危難之中顯現出來。

「不過妳也不必擔心，我們不會趕盡殺絕……最近都城裡很奇怪的出現了靈體，人們內心的恐懼與積怨都化成生靈在亂竄，妳知道吧？」提起這點，大力雙眼倒是熠熠有光，「這比讀心術更強，反而讓我們知道了人們對闇行使真正的態度！」

「啊……」芙拉蜜絲怔了幾秒，「這樣你們就可以知道哪些人是對闇行使沒有敵意的！」

「是，到時候我們會保護這些人。」大力劃滿微笑，「雖然嘴上說不可能，但我們還是想建立一個大家和平共存的地方……明明都一樣是人類啊！」

和平共存啊，是父親與母親的夢想，是她曾經生活過的地方，芙拉蜜絲泛起笑搖著頭，「可惜我不能跟你們分享這一切了。」

「別傻了，妳沒這麼好命！」法海說得直接，「光末日教會就有妳受了！北面是妳唯一的路。」

芙拉蜜絲點點頭，黑剛大哥跟大力倒是詫異地瞪圓雙眼，「北面？妳真的要去舊日本？」

「是……黑剛大哥來得正好，您知道北面的結界怎麼破嗎？那個結界連闇行使者只怕都不能通過，我想——」

「沒人能通過啊！」黑剛大哥不及她說完就打斷，「那是個禁區！事實上熟悉的闇行使根本是勒令大家靠近北面森林的，不管是什麼東西，穿過那道結界必死無疑！」

「我知道啊！但是總有人去過舊日本吧？大家難道是從別的地方繞過去的嗎？那得多花多少時間？穿過更多的無界森林……」

「我的確聽說有人曾跨越過，但是……那似乎需要某種儀式。」大力緩緩出聲，像是在回想什麼，「我曾經聽一個闇行使說過，他說那道結界裡有咒，是可以解的。」

「怎麼解？」芙拉蜜絲彷彿看到一線曙光。

黑剛大哥跟大力只有皺眉聳肩，要真知道怎樣解，也就不會還派路西法在那兒把守了吧？

唉，芙拉蜜絲無力極了，又一個死胡同。

「我來是要通知你們留意，結界開始薄弱後，什麼東西都會潛進，這兒將不再安全，還有那些生靈，對闇行使敵意甚重，行事當心。」黑剛大哥打量了她身上的傷口，「這些是今天在廣場上的成果？」

「她捨不得傷害生靈，就把自己搞成這樣。」江雨晨準確接口，惹得芙拉蜜絲回頭一陣白眼，幹嘛多嘴。

「芙拉，生靈跟鬼沒有什麼兩樣，會攻擊妳的就是厲鬼，妳不能遲疑，」黑剛大哥語重心長地對著她說，「接下來是你死我活的情況，妳不殺他們，也要讓他們無法動彈，否則出事的是妳。」

芙拉蜜絲深吸了一口氣，緊緊揪著外套，點點頭。「我明白了。」

「我們昨天有兩個去偷糧食的孩子被殺了，才八歲，他們去偷米時，被糧食店老闆的生靈殺掉。」大力伸手比向頸子，「頸子被咬掉一塊肉，頸動脈活活被咬斷，防衛廳的人來也找不到兇手……因為那是生靈幹的，妳懂嗎？」

她擰眉，想起差點咬掉她小腿的生靈們。

「除了這些外，還有末日教會的事……妳不要再去跟他們見面或起衝突，也不要去救真里了。」黑剛大哥望著她，「他被關在闇行使收容所是安全的，至少那邊有人能保護他……」

「可是他在裡面如果受到拷打——」

「他以前不是自治隊隊長嗎？這點苦捱得過吧？」大力皺眉，「如果撐不過也沒辦法，我們已經有人趁機帶話給他，要他撐到最後，一定會救走他。」

「我就怕他撐不到那時候……我覺得末日教會會開始對闇行使進行濫殺。」芙拉蜜絲微蜷著身子，「他因為保護我，就成為鐘朝暐的眼中釘。」

「路西法的勢力還在，防衛廳並不滿末日教會，真里那邊始終有人盯著，這妳倒是可以放心。」黑剛大哥沉吟幾秒，「而且我不認為末日教會會殺掉堺真里，那絕對是可以威脅妳的一張王牌。」

又跟法海說的一樣，她默默抬頭看向法海，他果然一臉「我早就說過」的自傲神色。

「時間差不多了，我們該走了。」黑剛大哥起身，「從今以後，我們就不會再冒險過來了，萬一我們有人被末日教會抓到，妳也千萬不要到現場去。」

「我……」芙拉蜜絲才要說話，法海居然立刻摟過她。

「不會讓她去的。」

兩個男人微笑，轉身往餐廳旁的倉庫走去，一直到後門口前，黑剛大哥突然又回頭，看向的是江雨晨。

「妳……附在妳身上的亡者會損及妳嗎？」他謹慎地問著。

「不會，我沒傷過江雨晨一分一毫。」江雨晨驕傲地微笑，「嚴格說起來，我可不是附在她身上。」

咦？黑剛大哥與大力詫異地瞪圓雙眼，「現在——妳現在是那個亡者？」

江雨晨挑了挑眉，勾起一抹笑。

黑剛大哥跟大力訝異地望著她，說實在話，從進門到現在，他們絲毫沒感受到什麼亡靈的不祥之氣……

「數到二十再出去吧，左手邊巷道等等有一組巡邏隊經過。」法海主動上前，穿過黑剛大哥與大力之間，握住門把，「出去後不要往左邊走，要往右，第一條窄巷進去停留一分鐘才離開，末日教會的人也在附近監視。」

黑剛大哥詫異地望著他，「你究竟是……」

「時候到了你就會知道。」法海帶著無害的微笑，再怎麼看，這都只是一個長得相當漂亮的少年而已。

儘管如此，靠近他的黑剛，卻覺得有股寒氣。

二十秒後，法海俐落開門送客，兩個闇行使也飛快地離開後門，當法海即將關上門的那瞬間，許仙從門縫裡鑽了進來。

「外面好多人喔！」他一臉喜孜孜的模樣，芙拉蜜絲連問都不想問，一定去吃飯了。

「今天吃了誰？」法海果然接口。

「生靈超囂張的，好幾個潛伏的闇行使為了逃走割傷他們，我們就去這些人的家裡啊！」許仙說得一副只是去路邊攤吃碗麵的樣子，「其他人我就把血裝出來給他們喝。」

因為吸血鬼在沒有主人的邀請下，是不得進入他人家裡的，而許仙憑藉著那副天真無邪的可愛樣貌，早就去過許多人家裡作客，而且結界與符咒對吸血鬼無效。

法海將門閂好，回身望著倉庫裡的兩個女孩。

「好了，妳還有什麼事？」

咦？她？芙拉蜜絲先是一陣錯愕，才驚覺法海是望著她身後的……江雨晨。

「簡單兩件事，第一，我跟末日教會有過節，我不會輕易放過他們的，即使利用江雨晨的身體也一樣。」她比了個二，「第二，北面的結界可以通過，我只是這個靈魂的一部分，所以記得不清楚，但我確定絕對有人能解開。」

「真的？」芙拉蜜絲回身，甚是驚訝，「誰？」

「不知道。」江雨晨回答得也乾脆，「都這麼久了誰知道啊？」

「這麼……久？」芙拉蜜絲聽不懂啊。

「果然，我聽說有幾道結界是五百年前留下來的，由專人持有鑰匙。」法海推著許仙往前，一邊離開倉庫。

「鑰匙？」芙拉蜜絲跟著進入餐廳，「那裡沒有門啊！」

「就只是個傳言，有人可以解開那道結界，而且應該都會在附近。」法海也很無奈，「我只知道這樣。」

「雨晨，要怎麼找出鑰匙？」芙拉蜜絲趕緊走到她身邊，焦急地問。

「是鑰匙找妳。」她微微一笑，「沒有誰能找到鑰匙。」

餘音未落，她雙眼一閉，身體突然軟了下去！

哇啊啊！芙拉蜜絲手忙腳亂地趕緊接住她，退駕不能先通知一聲嗎？所幸江雨晨只有昏厥數秒，她旋即抓著芙拉蜜絲穩住身子，困惑地環顧四周……這是餐廳，她在家裡。

「許仙，拜託！」芙拉蜜絲攙著她，回頭向著男孩，他總是能沖泡溫暖的飲品。

「嗯！」剛吃飽的許仙心情好得很，蹦蹦跳跳地立刻到廚房準備。

「妳還好嗎？」她輕聲問著。

「嗯……頭有點暈而已。」江雨晨勉強笑著，「我在廣場尖叫後就被取代了。」

芙拉蜜絲點點頭，不敢跟江雨晨說她斬了幾個人。

「這個亡者有很深的怒意，對末日教會充滿了恨。」江雨晨喃喃唸著，「她想殺了每個人。」

後頭的法海微蹙眉，那女人跟末日教會有冤仇？不明白，畢竟他們第一次見面的狀況也不是很好。

那女人粗暴地拔去他身為吸血鬼最重要的尖牙，在血月之下加封詛咒，把他的牙丟了！身為吸血鬼沒有尖牙能看嗎？這是面子跟尊嚴問題！照理說應該每次見面都要動手才能消他心頭之恨，但真的發現江雨晨體內的靈魂是那女人時，他卻發現其實也沒這麼氣了。

五百年，好像也磨掉了一些情緒。

「好好休息，養精蓄銳吧！」法海只交代這麼一句，就一眨眼上了樓。

芙拉蜜絲將江雨晨扶到沙發上坐好，許仙沖了杯熱奶茶給她，還貼心地呈上他昨天做的瑞士奶油捲。

「噢，你怎麼這麼可愛！」芙拉蜜絲開心地拉過許仙，又親又抱。

「欸欸——」許仙掙扎著，「拜託不要真把我當小孩！」

他使勁推開，氣呼呼地扭頭離開，殊不知看起來更可愛了！

「我失去意識後發生什麼事了呢？」江雨晨捧著茶杯，溫柔地問著。

芙拉蜜絲緩緩地望向她，此刻深深明白，善意的謊言真的比誠實重要多了。

第七章

殘忍的拷打開始成為防衛廳的每日戲碼，火刑與死刑急速增加，許多闇行使進入防衛廳後，就沒有再出來，人數多得無法計算，而防衛廳對外依然避重就輕，說著無關緊要的官方說詞。例如只是請闇行使及其家人配合調查，請大家不要多作聯想。

但是芙拉蜜絲卻看見路西法的小隊頻繁進出防衛廳，他們總是開著空空如也的小貨車抵達，卻滿載著屍體離開。

末日教會連燒屍都嫌麻煩，他們下令直接將屍體丟進北方結界的亂葬崗，讓其在眨眼歷經數百數千年的時光流轉，消失成煙，反正家人也都一同死盡，不會有祭拜與收屍的問題。

正如黑剛大哥所言，沒有一個人吐實，所以屍體才會越來越多，而闇行使卻也暗中加速將防護的結界與咒語破壞，要讓都城防禦盡失。

鐘朝暐實在太傻，他殺的闇行使越多，只是讓同類人更加氣憤罷了，這樣的做法簡直是在促進闇行使間的大團結，某方面來說，還真得多謝他了。

芙拉蜜絲在貨架區晃著，今天到迷你超市購物，現在去大市場太辛苦，畢竟生靈太多，她簡直寸步難行，而超市東西價高，客人自然較少，她才稍微輕鬆些；丹妮絲的詛咒持續發酵，聽說已經有人足不出戶的關在家裡，精神狀態異常緊繃但其生靈卻在外活躍，不停地攻擊闇行使們。

那類人幾乎已經被執念佔據了思想，再也無法控制自己的身體，大部分的思考與靈魂就代替他們行動了。

那種人最可怕，動起手來一點都不會遲疑，因為他們全心全意都在於：消滅闇行使。

「罐頭罐頭……」芙拉蜜絲一邊推著車子一邊尋找水果罐頭，許仙指定要一種水蜜桃罐頭。

「啊，找到了！」

站在一整排罐頭處，這些都是人工製成百分之百天然的水蜜桃罐頭，但是價格非常昂貴，他們是因為有法海罩著，多少錢似乎都不是問題。

吸血鬼真厲害，連錢都能設法。

一邊望著單子，水蜜桃罐頭要三瓶、蘋果的兩瓶……她伸手一罐一罐的抓進推車，啊，還有荔枝罐頭……嗯？

雙手抓住一個非常平滑的罐子，芙拉蜜絲錯愕抬首，赫見發現自己掌握著的竟是一顆孔雀綠的頭顱！

哇——她嚇得鬆手，那人頭是中年男人的模樣，下巴那顆痣簡直跟超市經理一模一樣！

『你們就是亂源。』頭顱瞪著芙拉蜜絲，『把和平的空間還給我們！』

就在下一秒，生靈以完整的姿態穿過架子走出來，伸手就朝芙拉蜜絲衝來——開什麼玩笑啊？她雙手用力把推車朝生靈推去，扭頭就跑。

一路在走道間奔跑，也沒有錯過附近孔雀綠的痕跡，她慌張地左顧右盼，得找一處生靈較少的地方……這次她沒有忘記邊注意頭頂，否則永遠不知道天花板上頭有什麼正看著你！

來到掃具區，這兒幾乎沒有太多綠色黏液痕跡，芙拉蜜絲可以感受到一種龐大的壓力充斥在這個空間中，生靈跟亡者果然是同掛的，只不過邪氣少了一點點而已，但依然會讓她渾身不對勁！

小心翼翼地走著，透過商品的層架往遠處望去，幾個孔雀綠的生靈身影經過，他們在尋找、在試探，也有站在層架前喃喃自語的。

不是每個生靈都會攻擊，有的生靈頂多只是恐懼闇行使，但是沒有想要傷害闇行使的意思。不過剛剛那位店經理的生靈可就兇了，她得多加留意……要對付生靈，東西還是得買回去，不然許仙可又要不高興了，他們的生活起居飲食可都仰賴他呢！

「芙拉蜜絲？」身後突然傳來叫聲，她嚇得回首。

女孩綁著兩條馬尾，螺旋狀鬈髮分在兩肩，有點訝異有點疑惑地望著她，「對吧，妳是芙拉蜜絲。」

她尷尬地笑著，誰？「嗨！」

「我跟妳同班耶，記得嗎？」她突然趨前，「就是給江雨晨餅乾的人。」

「咦！」芙拉蜜絲嚇了一跳，「妳是——」

「噓！」女孩立刻食指上唇，「我叫緹莉，是聯絡者。」

「妳好。」芙拉蜜絲立刻伸出手與之交握，「聯絡者是？」

「就像那天那樣啊，闇行使不好直接跟你們聯絡，就靠我們這些站在闇行使這邊的普通人。」緹莉歪著頭細笑，左顧右盼，「妳在躲什麼？」

「不乾淨的東西。」事實上普通人見不到生靈，所以講了也枉然。

緹莉一驚，「有鬼嗎？還是有什麼妖獸？」

唉唉，芙拉蜜絲擺擺手，蹲下身，「妳不會有事的，放心好了。」

她探頭出去，中間的大走道沒有什麼生靈徘徊，她應該要先衝回罐頭區、奪回推車，再拿兩瓶荔枝罐頭，衝到櫃檯買單走人！

對，一點都不難，只要深呼吸……

芙拉蜜絲狐疑地看著自己攀著層架的指尖，觸感有些黏膩，她不動聲色地抬起手指，孔雀綠的液體在指尖與層架中牽絲，數量非常的少，定神一瞧，簡直如線般細微，就藏在層架邊縫，若不是她手擺在這裡根本不可能發現！

往左延伸望去，眼前的層架是賣清潔用品的，那麼……她疾速地移開眼前的一瓶物品，裡面倏地殘影掠過，有東西在跑！

「緹莉，妳退後！」芙拉蜜絲緊張地把她往後拽，迅速地往左一瓶瓶推倒商品，看著另一側的東西飛快地奔離。

那是什麼東西？若是生靈應該會迎面上來吧？而且跡象變得如此細微，這生靈心機未免也太重了！

一路追出層架外，連點殘影都抓不到，就這麼失去了它的身影。

怎麼可能……芙拉蜜絲站在層架尾端，追丟了怪異生靈，反而有點惋惜。

「怎麼了？什麼東西？」緹莉在後頭戰戰兢兢問著。

「沒事！應該沒事了！」她隨口敷衍，雖然她根本什麼都沒瞧見。

「那就好了……」緹莉鬆了口氣，冷不防由後環抱住她！

喝！芙拉蜜絲嚇了一跳，也太親密了吧！她低首一瞧，卻看見抱住自己的一雙孔雀綠的雙臂……

「呃啊！」她使勁扭動身子，卻掙不開環抱住她的那雙手，人硬是轉過身，看見緹莉依然站在她面前，溫和地笑著。

生靈不知道是從哪裡出現的，她剛剛並沒有察覺，現在才看見緹莉的腳底融出了孔雀綠的液體與生靈連結。

居然是她！還敢說自己是闇行使的聯絡人！

「妳怎麼了？」正常的緹莉還在擔憂地問，「怎麼怪怪的？」

『聽說是妳造成瘟疫的，對吧？』禁錮住她身子的緹莉生靈在耳邊說著，『害得我弟妹跟爸媽都死了！末日教會都是為了妳，才害這麼多人過得如此辛苦！』

聯絡人！芙拉蜜絲不可思議地看著眼前那個眉開眼笑、還在演戲的緹莉，她是闇行使的聯絡人耶！結果不但對闇行使具有敵意，而且還是超兇狠的那一種！因為她現在已經被緹莉緊緊纏住身體了！

「我只是在想，妳對……闇行使真好，還願意當聯絡人。」芙拉蜜絲咬牙切齒的說著。

「啊，沒有的事，我只是覺得人們對闇行使太不公平了！」緹莉用那無害的臉龐笑著說，真不知道多少闇行使都受騙了！

這就是為什麼鐘朝暐會知道佛燈被破壞之事、知道黑剛大哥他們在密謀什麼，因為根本就有抓耙仔啊！

緹莉到這裡……該不會是跟蹤她吧！

「放下屠刀，立地成佛。」芙拉蜜絲突然鎖住緹莉的雙眼，「不要逼我！」

「咦？」緹莉睜著無辜的雙眼，不明白她的意思。

「啊——」芙拉蜜絲用力低首蜷起身子，接著突然向後就給了生靈一記頭槌！

同一時間，緹莉跟著向後踉蹌，疼得撫上前額，「啊！」

生靈並未鬆手，甚至張口想咬她的耳，芙拉蜜絲必須閃避不讓她咬上，不顧引起騷動的可能，一路後退，將緹莉狠狠地往牆上撞去！

「啊！」緹莉身子震彈，痛得跪倒在地。

可是生靈與本體不同，那雙黏液般的腳成了軟Q的橡膠水管，一圈又一圈的纏住她的身體。

不——芙拉蜜絲越掙扎只是束得越緊，其他層架的東西突然被推落，裡頭鑽出了其他生靈……頭顱一顆接著一顆，見獵心喜地擱在層架上。

「怎麼回事……好痛！」趴在地上的緹莉撫著背部，完全不知道自己何故疼痛。

「為什麼要對闇行使有所怨恨？」芙拉蜜絲衝著她低吼，「妳裝得再無辜都沒用，妳對我存有敵意！生靈反映著妳的真實！」

緹莉一怔，瞠大的眼睛訝異望著她，一副妳怎麼會知道的神情。

「芙拉蜜絲？妳在說什麼……」

「妳的生靈現在正纏著我不放！妳再不收手，就真的別怪我了！」芙拉歪頸拚命閃躲，又連忙再使勁把背後的生靈朝牆上撞擊。

上方突然傳來低沉的嗓音，芙拉蜜絲倏地往上看，瞧見的是倒吊在天花板的男人，他晃動著身子，緩緩地降下。

『平靜……』

『還給我平靜的生活……』店經理張開雙臂，二話不說即刻掐住了她的頸子！

喝！芙拉蜜絲被壓在牆上，身上有緹莉的生靈緊纏，原本差點被咬下的頸子，現在更被店經理的雙手絞住……開什麼玩笑啊，這些人、這些人沒想過，不平靜的生活來源是他們嗎！

緹莉感覺得到被壓迫的緊窒感，皺眉看著詭異的芙拉蜜絲，但是從剛剛到現在，她沒有出聲喊過任何一個人來幫忙。

只是看著芙拉蜜絲痛苦，與詭異地無法動彈。髮尾開始染紅，芙拉蜜絲很不想這麼做，但是——在求生的前提下，她不得不這麼做！火，燒上了掐著她的店經理，也燒著她的全身，捲著她的緹莉生靈急速的鬆開一切束縛，慘叫哀鳴地化成一灘液體，往本體而去。

失去束縛的芙拉蜜絲毫不遲疑，她望向趴在地上的緹莉，她正用不可置信的雙眼瞪著她，感受著身上灼熱的焚燒——「我就知道！我就知道妳有問題——芙拉蜜絲，妳真的是啊啊啊——」

芙拉蜜絲沒有停留，飛快地奔離現場，而且避免讓別人看見，隨便找個彎道進入另一區，聽著淒厲的慘叫聲從後方角落傳來，許多人才疑惑地過去探視，芙拉蜜絲則是找到她的推車，掃過兩個荔枝罐頭就往櫃檯奔去。

「怎麼回事……」幾個工作人員衝到超市末端的角落，結帳的人離不開只得先幫她結帳。結帳的是個中年婦人，一邊結帳一邊焦急地往遠處看，不過在她附近似乎沒有怨恨的生靈……不能大意，芙拉蜜絲這麼告訴自己，剛剛緹莉的生靈也是突然生成的。

「妳是芙拉蜜絲吧？」突然，結帳的婦人問了。

她拿著錢的手顫了一下，遲疑地看著婦人。

「那是妳做的嗎？」婦人焦急地回頭顧盼，「趁現在快走吧！」

不管對方說真的還是假的，芙拉蜜絲未曾猶豫地拿了東西轉頭就走，狂奔出小超市！

一出超市門口，外頭就站了另一個生靈，黏在超市門框上，喃喃自語，『就是妳，一定就是妳……大家快來喔，闇行使在這裡！快過來喔！』

她沒理會地向右轉去，那種是碎碎唸型的生靈，沒有攻擊力無所謂，她火速跳上腳踏車，現在防衛廳隊員應該已經在前往這兒的方向，她必須避開大路，不跟他們撞個正著。

右轉！她挑了條巷子轉入，先避開再說。

巷子非常窄，根本只是兩棟屋子中的小縫隙，得保持完美平衡，腳踏車的把手才不會擦撞到左右兩邊的牆，她乾脆不妄動以免發出聲響，而是靜靜地停在那兒，等待防衛廳人員經過。

度日如年大概就是這個意思，一秒、兩秒、三秒……

『呼嚕嚕……』

嗯？芙拉蜜絲突地背脊發涼，她怎麼聽見一種熟悉的聲音？

『嘶……嘎嚇嚕……』緊接著是一種囫圇吞棗的聲響，有人正狼吞虎嚥著什麼。

這聲音太熟悉了，芙拉蜜絲戰戰兢兢地往左看去，她正在兩戶人家中間的窄巷裡，窗子自然離她並不遠……不會的，她這麼告訴自己，她已經很久很久沒看見那傢伙了！

小心翼翼地移動腳踏車往前，不想打擾人家用餐，伸手抓住窗緣，悄悄湊向前……她看見一隻龐然大物正捧著一個人的身體，從肚子開始大快朵頤，看上去半人半獸，正吃得津津有味，地上還有另兩具肚破腸流的屍體，一樣是被吃到一半的殘骸。

那是鬼獸！從地獄爬出的惡鬼與人類靈魂的結合體！所以已經有惡鬼穿過結界進來了！

結界已經薄弱至此嗎？地獄的惡鬼是最低階的，黑剛大哥他們破壞得也太徹底了！

「嘶！」正前方突然傳來氣音，芙拉蜜絲防備地立刻向前看去。

一個不認識的女人站在巷子口對她招手，芙拉蜜絲蹙眉以對，她沒看過這個人，至於生靈……喝！她發現自己又忘記留意頭頂了，趕緊向上看，幸好上頭沒有東西俯瞰她！

「過來！」那女人用嘴型說著，一邊指著那正被鬼獸肆虐的屋子，比了個噓。

芙拉蜜絲盈滿戒心，她不客氣地直接從腰間拿出刀子，悄悄向前移動，直到走出那窄巷；一出來女人就拉著她的腳踏車龍頭再往前，芙拉蜜絲只能趕緊穩住腳踏車，但立即打量著女人全身上下，並沒有融解中的孔雀綠。

「我在等它吃飽點！」一停下來，女人氣喘吁吁地說。

「妳知道裡面……有鬼獸？」芙拉蜜絲有點訝異。

「我是他們家的闇行使。」女人若無其事地說著，「地獄惡鬼先吃掉老大，所以合併成鬼獸，現在應該每個人都吃了吧？」

芙拉蜜絲默默點點頭，「妳是故意的……屋子的結界也是妳破壞的？」

「當然，好不容易放這些東西進來，總該給他們點吃的吧？」女人微微一笑，轉身指向前方，「妳順著這條路騎去，第一條巷子左轉後再直行，會是一段小山坡，等看到橘色房子右轉，就能再回到大路上了。」

芙拉蜜絲望著她指示的方向，默默點頭，「那妳……」

「我等等會進去解決鬼獸，再報告防衛廳，我也算沒有疏失。」她手裡拿著一袋商品，看起來是剛買東西回來。

雖對這樣的做法不苟同，但這就是闇行使的反撲，她不是在這裡長大的闇行使、不是被威脅的奴役者，沒有資格開口。

「謝謝。」她回首，「既然鬼獸都進來了，那麼……其他東西應該也開始行動了吧？」

「嗯，現在就看是這些人死得快，還是我們闇行使死得快。」女人雙眼變得凌厲，「我就不信失去戒備後，我們闇行使還會輸給人類，還有那什麼末日教會！」

殺氣從女人體內散發而出，芙拉蜜絲尷尬地擠出笑容後，趕緊道別離開……闇行使長期以來對普通人的恨意累積至今，再加上最近末日教會不停地處死闇行使、連坐地殺人全家，恨意只會備增。

她剛剛不也殺了緹莉跟店經理？生靈被燒乾的話，本體勢必也成一具焦屍了，這是他們逼她的，就算是生靈也必須當成厲鬼處置，她與對方只能存活一個。

女人指給她的是條綠樹小徑，相當愜意悠美，只是惡臭突然傳來，讓她有點戒備。

加速馳騁，輪圈越轉越快，緊接著樹葉沙沙作響，啪沙一聲一個影子突然從左方撲了過來——軋！

有東西直接卡進前輪裡，芙拉蜜絲立刻飛了出去！

「哇啊啊……」騰空飛起，幸而長鞭在握，她飛快地纏住一棵樹，硬是止住了重摔落地的頹勢，但是右手跟著扯動，差點脫臼！

她因著鞭子的關係撞上樹，再滑落在地，除了全身都痛之外，還有莫名其妙的火大！

「到底是……」她撐起身子，在這個世代的每個人都知道遇到事情沒有遲疑或是昏倒的權利，必須立刻躍起，看清楚站在你面前的是……

一個全身殘破的男人站在路上，快腐爛的臉龐回頭望著她，眼珠太白太刺眼，還帶著怒意瞪向她。

亡靈……這倒是讓芙拉蜜絲很意外，因為在都城這麼久，她還沒見過亡者！

「等等……我們溝通一下！」芙拉蜜絲先出聲，「我每晚都有在進行超渡，我沒有看過你……」

『闇——行——使——』那男人一句廢話都沒有，衝著她就咆哮！

很好，看樣子是沒得談了！芙拉蜜絲有點無奈，腳踏車爛了，前輪都拗斷了，她人現在也受傷，實在沒有多餘的心力跟亡者瞎耗。

一拉一扯，樹上的鞭子即刻鬆開，她嘴裡開始喃喃唸著超渡咒文，如果這樣能讓這亡者看清自己該去哪兒，對大家都方便；亡者開始皺眉，腐敗的雙手激動掩耳。

『住口住口……這是闇行使的詛咒，你們要詛咒我！』鬼吼鬼叫，芙拉蜜絲忍不住抱怨，真是好心沒好報，幫忙超渡還敢說她詛咒？

她動作飛快地把鞭尾纏上那刻滿咒語的金刀，牢牢綁住，沒有時間的做法就是一舉解決。

她加快了唸咒的速度，男人更加歇斯底里。

『滾離我們的家！』他重新抬首，雪白晶亮的眼珠子瞬間變得血紅，『鬼啊——』

明明不長的腳展開大跳，居然能足不點地的朝她撲來——這是哪門子的亡者，速度居然這麼快！

芙拉蜜絲毫不猶豫地輝出長鞭，金刀是對準男人頭顱刺去的，但是對方居然一扭頭就閃過金刀，眨眼間就到她面前！

別開玩笑了！芙拉蜜絲立刻往後退，右手向後一揮，鞭子後扯，金刀在空中繞了個彎，再度朝亡者纏去。

『世界的毀滅都是闇行使害的！都是——』男人高舉著手，就往她臉部刨來。

「夠、了、沒！」伴隨著大吼，芙拉蜜絲一腳踹開了他，同時鞭子收手，金刀再握，當亡者二度攻來時，刀尖直接沒入了那通紅的眼球。

『啊啊啊……詛咒……詛咒！』金刀上的符咒對付亡靈綽綽有餘，此刻，正疾速地銷融掉那殘存的靈體。

芙拉蜜絲望著眼前漸融的屍骨，看見在那殘餘的皮膚上，有著熟悉的十字刺青。

「末日教會……」她冷冷出口，即使軀體已死，成了飄蕩遊魂，每晚聽見她的超渡也不願意離開人世嗎？

就因為恨透闇行使？哼，芙拉蜜絲搖搖頭，把金刀從眼窩裡拔出，亡靈還在用最惡毒的字眼咒罵著她，她用刀尖在地上畫了個圓。

「讓你繼續待在人世間也不好，看你都已經劣化了……再下去只怕變成厲鬼傷人。」她畫了個簡單的陣，隻手貼在上頭，「既然不想被超渡，那至少還有地獄可以去吧？」

闔上雙眼，集中靈力，這點在法海的教導下她已經收放自如，短髮僅一撮轉紅，手貼著的地面倏地下陷，芙拉蜜絲飛快地向後大跳一步離開那黑洞，而銷融的亡者則很快地被吸了進去。

『不該……存在……闇行使不能……』即使只剩下頭了，他也沒放棄理念。

「不該存在的是末日教會。」

芙拉蜜絲驚訝於自己的脫口而出，皺眉目送亡者落入地獄，入口漸而關閉，她緩步上前，用金刀多劃幾刀，破壞了陣法。

蹲在地上的她，望著自己的雙手，還有手上這柄萬能金刀。

她剛剛怎麼會脫口而出那樣的話呢？末日教會不該存在，那她想怎麼樣？芙拉蜜絲沉靜地思考著，想著每日枉死的闇行使及其家人，想著被毒打的真里大哥，想著未來每一吋的阻礙。

是，他們不該存在，如果可以，她真想如同安林鎮一般，燒毀世界上所有的末日教會。

「買個東西也太久了吧？」上方傳來好聽的聲音，芙拉蜜絲倏地抬頭，在樹叢間看見坐在細枝上的俊美少年。

「法海！」她急忙起了身，「你在那邊多久了……喂，幹嘛不幫忙？」

「不需要啊，我看妳做得挺好的。」法海輕鬆一躍，輕盈地落在她面前，「連地獄之門都開了！」

「我練習過好幾次了。」她是指畫那個圓，「你從哪裡跟著我的？」

「什麼跟蹤，是太久了所以擔心！防衛廳動作這麼大，方向又在小超市那邊，所以……」

他撫過她的臉頰，「做得不錯，終於肯保護自己了。」

唉，她嘆口氣，臉頰依戀地靠上那冰冷掌心，「沒有人會讚許殺人的。」

「那叫自保。」法海感覺很開心似的，「有開始就不錯，接下來就好辦了。」

「好辦什麼？」芙拉蜜絲忍不住一陣發顫。

只見法海笑著，冷不防將她橫抱而起，「妳以為能夠平安又毫無阻礙的離開都城嗎？」

「我沒這麼認為過，我只是……」

「妳要有一路殺人的心理準備。」法海突然斂起笑容，瞬間回身向後看去。

咦？芙拉蜜絲緊張地圈住他的頸子跟著往後看，在遠遠的一棵樹旁，有個小小的影子驚慌失措地退後，然後一溜煙地往來時路跑了。

「他從哪裡開始跟蹤妳的？」法海望著已經看不見的背影問著。

芙拉蜜絲搖搖頭，她不知道……她只是不明白，提耶為什麼要跟著她！

才進門，江雨晨就急急忙忙地從餐廳衝出來，慌張之情溢於言表，擔憂地看著她。

「天哪天哪……我以為妳出事了！」她直接給了芙拉蜜絲一個大擁抱！

「怎麼了嗎？」法海關上門，「Du Xuan！」

許仙立刻跑出來，看見一袋袋又髒又破的袋子有點沮喪，「怎麼爛爛的！」

「沒破就好，那什麼表情！」法海把沉重的袋子往孩子身上扔去，許仙輕易接住，「發生了什麼事嗎？」

「有人打電話來，是江雨晨接的。」許仙不怎麼想繼續說，他只顧著抱著袋子裡的東西往廚房裡去。

「防衛廳打來找芙拉，說她涉嫌超市殺人命案……」江雨晨緊掐住芙拉蜜絲的手，「他們問我她去哪裡，我、我一開始不知道他們的用意，我就直接說妳去超市買東西了！」

「沒關係，妳別怕……至少我沒被抓到。」芙拉蜜絲笑著回頭指向法海，「他帶我回來的，不然現在可能真的被捕了！」

「超市發生事情了？」她凝重地問。

「嗯，我動手了，燒死一個同學跟店經理。」她突然發現心靈沉靜很多，即使殺了人也沒有太大愧疚感，「他們要殺我，這是不得已的選擇。」

江雨晨果然倒抽一口氣，身體微微發顫，溫柔的她總是希望可以把傷亡減到最低，但她卻不知道當自己被手鍊上的亡者附身時，早已斬殺過好多人。

「我相信妳一定是迫不得已才這麼做的……我也知道那些生靈越來越猖狂。」江雨晨勉強擠出笑容，「大家都在逼我們。」

芙拉蜜絲反握住江雨晨的手，所以她希望雨晨能有所覺悟，一旦到了緊要關頭，她們誰都不能猶豫，就算那個生靈只是個孩子，只要對她們有生命威脅，也必須除去。

「對了，我看見鬼獸了，地獄惡鬼都已經進來吃人，都城裡應該潛伏了不少東西。」芙拉蜜絲看向法海，「你們都知道嗎？」

「嗯，大概知道。」法海總是喜歡四兩撥千斤，絕不正面回答。

「在屋裡吃人……那表示房子的防護咒語也失效了？」哇，江雨晨訝異的是黑剛大哥他們做得可真徹底。「每棟房子都下手的話得花多少時間？」

「很快。」芙拉蜜絲搖了搖頭，「多少人都養了個闇行使在家？為了保護自己不是嗎？每戶人家的防護都是該闇行使做的，他們要動手破壞還不容易？」

江雨晨瞪圓雙眼，「闇行使們……已經完全一心了。」

這種事不團結行嗎？防衛廳裡每天都有屍體抬出，都有無辜的闇行使家屬受累，就算本有疑慮的闇行使，也會因為這樣而異常團結。

「先不說這個，防衛廳遲早會找來的！」江雨晨焦急地起身，「妳要不要先到下水道去躲？」

「不要，我不打算躲。」芙拉蜜絲一秒回絕，「我人是在超市、我也結了帳，但是沒有證據證明我殺人。」

「芙拉！鐘朝暐哪有這麼容易放過妳？好不容易有個罪名能安——」

「我會陪她去的。」法海突然湊前，就貼著她的側臉，「我們商量過了，光明正大地去對質。」

「啊——法海也去嗎？」江雨晨瞬間露出笑顏，「那還真的不需要擔心了。」

「妳呢，就待在家裡，法海擔心我被支走後，會有人藉故來找妳——」芙拉蜜絲遠遠地往廚房裡眺，「許仙，拜託你可以嗎？」

「不要！」

厚！耍什麼脾氣啦！芙拉蜜絲立刻回首望著法海，他只是輕笑說著沒問題，沒有許仙，彼得跟丹妮絲他們也一直在留意這裡。

「我自己也會小心的。」江雨晨望著窗外，「如果惡鬼猖狂，是不是該把家裡封閉起來，以防萬一？」

「暫時不必，這樣丹妮絲他們進出不方便。」法海最近總是笑得很溫和，「有吸血鬼的地方，其他族類比較不敢造次。」

「進出？」芙拉蜜絲皺了眉，「你說得好像他們很常進出一樣！」

只見法海聳了聳肩，他們進出怎麼可能讓她看見呢？

她努了努嘴，已經很自然地回握住法海的手，即使再冰冷，她卻越來越捨不得放開了。

「那個……我剛發現提耶跟蹤我。」她向江雨晨說著，「我現在比較擔心這個……人證。」

「提耶跟蹤妳？為什麼！」江雨晨也相當詫異，「什麼時候開始的？」

「不知道，法海來找我之後我才留意到他跟蹤我，至少他應該已經看見我解決一個惡靈……末日教會的亡靈。」芙拉蜜絲擔心的是，如果提耶從超市就開始跟蹤她的話，表示他也親眼見到她燒人了，「一路上我絲毫沒有感受到他的存在，最終還是法海察覺到的。」

「那小子……有點詭異。」法海難得露出困惑的神情，「照理說我應該一開始就留意到他的，但是他幾乎沒有存在感——說到底，當初在學校時我也幾乎感覺不到他的存在，像個隱形人。」

「法海說得好像提耶不是人一樣！」江雨晨咬了咬唇。

「不是人更好感應好嗎？逝者、亡靈、靈體、惡靈或是非人，那種連妳們都感覺得到，提耶是完全不一樣的境界……」法海陷入一種沉思，彷彿在翻閱著幾百幾千年來的記憶，思考著提耶的狀況。

他本來就很沒存在感啊！芙拉蜜絲狐疑地轉轉眼珠子，就是這樣當初才會老是被欺負，也是因為這樣她才會忍無可忍地出手教訓那些霸凌他的同學，搞得低調變成高調，擅長使鞭的功夫弄得人盡皆知！

「這樣一說我突然想起一件事……」江雨晨認真地回憶著，「之前發生瘟疫時，我們不是因為存糧過多，導致很多人到我們家來搶食物嗎？那天我們在半路還被同學攔截，妳記得嗎？」

「記得，最先攔住我們的就是提耶，可他那時是來警告我們，說有人要來搶食物……我以為他該是朋友！」她對那天的事記得一清二楚，「後來大批疫蟲從下水道衝出來時，也是他及時推開我們，否則我們早就被疫蟲吃了！」

「不，往後退一步想——提耶為什麼會在那邊等我們？」江雨晨甚是困惑，「他為何會知道我們會經過那裡？」

芙拉蜜絲詫異地望著她，如此說來，提耶說不定在更早之前就跟蹤她們了？

「欸。」法海突然側首，劃上淺笑，「看來我們有客人了！」

什麼？江雨晨趕緊到窗邊打探，立即緊張地回首，她什麼都不必說，芙拉蜜絲就知道是防衛廳人員來了。

「我先到現場等妳。」法海大方地說著，餘音未落便消失在她們面前。

許仙正在廚房裡忙碌，彷彿一切沒他的事似的，芙拉蜜絲從容地進廚房洗手，同時有人叩門，江雨晨深吸一口氣後，狀若無事地趨前開門。

木門打開，站在門外的是舊識。

「雨晨。」鐘朝暐穿著礙眼的紫色長袍，對她溫和地笑著，「芙拉蜜絲在嗎？」

「有事嗎？」她不是很想開門的模樣。

「有點事需要她配合調查，方便先開門嗎？」鐘朝暐依舊溫和地說著。

江雨晨隔著紗門與之對望，從未想到有這麼一天，她居然很想賞鐘朝暐幾巴掌。

「又來找麻煩了嗎？」

江雨晨的身後，從容走出正擦手的芙拉蜜絲，她讓江雨晨離開，逕自為鐘朝暐開門。

「別這麼說，這是公事。」鐘朝暐一腳踏入，首先環顧四周並打量著她，「剛回來嗎？」

「嗯，去超市買東西。」她倒也不遮掩。

「怎麼回來的呢？」他問著。

「什麼時候防衛廳連我怎麼回家都要關心？」她滿不在乎地走到茶几邊倒水，當然只給自己喝。

「找到一台摔爛的腳踏車，發現是妳的，所以關心一下。」鐘朝暐凝視著她的一舉一動，「剛剛在超市出了點事，可能也需要妳配合調查。」

「超市出什麼事？」她回首，「我只是去買東西，腳踏車嘛……騎車時不小心摔倒就壞了，我也騎不回來，只能扔在那裡了。」

鐘朝暐沒多話，只是回身，不知道吆喝著誰，然後小小的身影從旁邊擠了出來。

提耶。

「你說，沒關係。」鐘朝暐大掌擱在提耶肩上，「天父會保護你的。」

江雨晨跟芙拉蜜絲都緊繃著看向那瘦小的身影，果然不錯，提耶始終在跟著她。

「我在超市聽見奇怪的聲響，後來看見起火了，那時我見到芙拉蜜絲就在那邊。」提耶說話依然很小聲，總是低垂著頭，「我看見她離開超市，沒走大路反而彎到小徑去，好像故意要躲什麼……」

「店經理跟一個學生被燒死，我們還在調查身分，但是既然有人證實妳就在現場……」鐘朝暐優雅地伸出右手朝外一比，「芙拉蜜絲，得請妳配合調查了。」

芙拉蜜絲挑起一抹笑，仰首喝水，雙眼透過透明的玻璃杯瞪著提耶，他只是緊張的聳起雙肩、絞著雙手，別開了眼神完全不敢與之對望。

「好。」當水一飲而盡時，她也乾脆回道。

江雨晨緊張地趨前，她只是微笑握住她的手，低聲交代小心門戶。

「妳也要小心點。」江雨晨憂心忡忡。

「放心，我不會有事的。」她話中有話，接著朝後方扯開嗓門，「許仙，我晚上想吃用罐頭做的甜點喔！」

「好！」廚房裡傳來稚嫩可愛的回音，說得彷彿今天晚上芙拉蜜絲就一定會回家一樣。

不會讓妳回去的，鐘朝暐雙眼蒙上一層殺氣與敵意，好不容易才到手的嫌犯，末日教會怎可能輕易放她自由呢？

爸媽與家人淒厲的哀嚎仍舊縈繞在耳邊，他們被芙拉蜜絲火燒的痛楚要全部加諸在她身上，他終於抓住機會逮到芙拉蜜絲，勢必要她加倍奉還！

不該存在的闇行使、不該存在的人，都應該送回地獄去！

芙拉蜜絲抓過小外套就跟著鐘朝暐離開，外頭的防衛廳員首先搜查她的全身，武器一定要沒收，意外的是她身上居然沒有任何武器，鐘朝暐狐疑地要防衛廳隊員更加仔細地搜尋，照理說芙拉蜜絲的刀子、鞭子是不可能離身的啊！

但找了兩次，她身上除了衣服外其他什麼都沒有，芙拉蜜絲朝著鐘朝暐聳肩，哪有人明知要被抓去調查還帶著武器在身上的……更何況，她可不會給鐘朝暐沒收她東西的機會！

江雨晨關上門，鬆了一口氣，她覺得自己也被迫增進演技，雖說有法海在，就不需要擔心芙拉，一如現在家裡有許仙在，她也不會害怕是一樣的道理，但剛剛那種狀況，表面的緊張還是得做足。

不過……她歪著頭看向沙發，芙拉的鞭子跟金刀呢？不是放在茶几上嗎？什麼時候不見的？

重返迷你超市時，現場已經圍上了紅色封鎖線，外頭有許多圍觀的群眾以及「生靈」。櫃檯旁的空地上擺放數個擔架，擔架上是覆以白布的焦屍，看來就是緹莉與店經理的屍首。

「又想冤枉誰呢？」

「那是芙拉蜜絲啊，防衛廳一直對他們家很有意見！」

「是末日教會吧？神父似乎一直認定她是闇行使……」

群眾裡各種聲音都有，有人支持防衛廳、有人崇拜末日教會，也有人對末日教會帶來的改變感到異常反感，只是懼於末日教會的高壓統治與殘忍。

芙拉蜜絲站在結帳櫃檯前，為她結帳的中年婦人就站在原位，被防衛廳要求重現剛剛結帳的情況。

「她拿東西來，我為她結帳，就這麼簡單。」婦人說著，狀似不耐煩。

「她拿東西結帳時，超市是不是已經出事了？」鐘朝暐詢問婦人，「慘叫聲與火勢已經冒出，店經理就在那邊慘叫。」

他邊說，一邊指向遠方角落。

芙拉蜜絲平靜站著，沒想為難任何人，她已經觀察過地形，一旦婦人說出實情，防衛廳隊員就會將她擒住，櫃檯反而是她逃走的機會，跳過櫃檯後，滑進收銀台裡，再往後繼續躍過其他收銀區，角落便是側門……

「沒有。」婦人幽幽地說，「是她在結帳時，後面才開始起騷動的，慘叫聲跟火光是那時才竄起的。」

咦？芙拉蜜絲驚愕地望著婦人，婦人並沒有瞧她，而是冷靜地看著鐘朝暐說話。

她說謊！芙拉蜜絲在心底詫異，婦人明明知道那場騷動是她引起的，店經理是她殺的，不但剛剛放她走，還幫她作了偽證？

為什麼？

「妳確定嗎？」防衛廳隊員再問，「我們有人證，騷動是她引起的。」所謂證人，防衛廳隊員指向了縮在一旁的提耶。

婦人瞥了一眼提耶，搖搖頭，「小孩看錯了吧？我是結帳的人印象最深刻，事情發生時，這位女性就站在我面前結帳，她不可能有嫌疑。」

多麼的肯定，多麼的斬釘截鐵啊！芙拉蜜絲不禁想起所謂對闇行使沒有敵意的那群人，這個婦人就是站在闇行使這邊的嗎？也可能純粹是討厭末日教會。

「妳說謊。」鐘朝暐突然說著，冷不防一彈指，他身後末日教會的教徒竟直接擎起槍，對著婦人的頭二話不說就轟了下去！

砰！婦人的腦袋頓時在芙拉蜜絲眼前炸開，鮮血濺得她滿臉都是，她連尖叫都來不及，只是緊閉上雙眼閃躲。

「哇呀——」群眾跟其他的超市工作人員倒是嚇傻了，尖叫聲四起，「天哪！麗滋！麗滋！」

婦人咚的一聲倒地，芙拉蜜絲簡直不敢相信，她緩緩看向右手邊的鐘朝暐，他手上的槍口還冒著煙。

「你……」

「太過分了吧！憑什麼濫殺無辜！」芙拉蜜絲還沒開口，現場群眾已經沸騰起來！「她犯了什麼錯！」

「你們一來就亂殺人，殺闇行使就算了，為什麼連普通人都殺！」店員們跳進收銀台裡，看著只剩下巴的婦人，「你們是什麼教會啊，居然這麼做！」

「她作偽證，是站在闇行使那邊的人，本就該殺。」鐘朝暐淡淡地說著。

「就算作偽證，我們有法律程序！」李憲賢不知何時趕到的，不爽地擎起槍，所有的防衛廳隊員都舉起了槍，向著末日教會的教眾，「不容你們說殺就殺！」

「末日教會太過分了！」現場民眾一陣鼓譟，然後，有人衝破了封鎖線。

「誰都不許妄動，這是命令！」鐘朝暐厲聲大吼，「防衛廳成員誰敢違抗，也格殺勿論！」

「我去你的！」李憲賢拿著槍托，就著身邊末日教會教徒額頭就砸了下去。

超市裡瞬間變成混戰，鐘朝暐還在那邊高喊著將芙拉蜜絲抓起來，但是她卻已經被人潮推擠向後，一路被逼到了角落；氣憤的民眾包圍住末日教會的人們，防衛廳也與之對嗆，但也有支持末日教會、厭惡闇行使的人們上前暴打防衛廳隊員，生靈們跟著咆哮怒吼，現場一片混亂。

芙拉蜜絲被意外擠到了玻璃窗邊，緩緩抹去臉上的鮮血與腦漿，她已經看不見那婦人的屍身，她甚至連婦人的樣貌都記不得……為什麼要這樣袒護她！

大家為什麼都要這樣包庇她啊！

咦？她倏地抬頭，感受到某種不對勁的氛圍，這股惡臭、還有力量……她謹慎地環顧四周，好邪惡的氣息，有非人在這裡——砰！

說時遲那時快，從超市的側門那兒，冷不防地衝進了巨大的鬼獸與地獄惡鬼！

惡鬼們輕盈地跳躍，長舌舔著唇，在地獄關得太久，好久好久沒有嚐到鮮美的人肉了啊！

「哇呀——」

「是惡鬼！」李憲賢趕緊組織小隊，「防衛廳隊員注意，有惡鬼與鬼獸，大家拉出戰線！」

鐘朝暐吃驚地瞪圓雙眼，也立刻吆喝末日教會的教眾準備法器，鬼獸力大無窮他們還不一定能處理，但惡鬼該是畏懼符咒與聖水的！

「神父。」教徒們遞上了弓箭，鐘朝暐立刻揹上箭袋，抽出了刻寫有咒文的箭，拉滿弓，放箭。

身邊的李憲賢瞥了他一眼，雖然他們彼此都很想拿刀往對方身上捅下去，但這種時刻，還是一心的好啊！

「哇呀呀——」鬼獸的動作也不緩慢，抓過奔跑中的人直接撕開就往嘴裡塞，芙拉蜜絲早已看膩了這樣的情況，湧進來的惡鬼不在少數，只要他們吃了人，就會變成龐大的鬼獸，一種鑲嵌結合體，而且腦子簡單，只以嗜血吃人為目的，從以前開始，就是最普遍對人類影響最大的非人！

她悄悄地跟著人潮移向門口，只能為這些人加油了，希望他們能順利從惡鬼手中脫逃。法海不是說先來這邊等她嗎？等個鬼！

她衝出超市後，外頭根本混亂到看不見路，她想先偷台腳踏車騎回家比較實在！

「芙拉蜜絲，站住！」

就在她好不容易撿到一台腳踏車，坐上準備離開時，身後傳來了令人厭煩的聲音。回眸，鐘朝暐竟拉滿弓對著她。

「不要逼我，束手就擒吧。」鐘朝暐瞇起眼，芙拉該知道他的箭法，百步穿楊，「下來！」

芙拉蜜絲回頭看向他，她是瘋了才會下來吧？

「小心惡鬼啊，鐘朝暐。」她微笑，正首就要離開。

「我知道地下道有什麼。」

喝！芙拉蜜絲倏地煞車，僵硬著身子，緊緊握住龍頭。

「我隱忍到現在，妳不要以為我這麼容易被蒙蔽。」鐘朝暐依然對準芙拉蜜絲，「裡面有多少人呢？我只要用毒氣一熏，就能知道了對吧？」

芙拉蜜絲倏地跳下車，怒不可遏地瞪著他，「你敢！你怎麼變成這樣，你有意見衝著我來好了，為什麼要屠殺這麼多無辜的人！」

「無辜？闇行使怎麼會無辜！」鐘朝暐怒吼，「躲在地下道的人，更不可能無辜！」

芙拉蜜絲銳利的雙眸瞪著他，手置腰後緊握鞭子，她要先刺穿鐘朝暐的手，讓他無法拉弓——等等，她的鞭子什麼時候回來的？

法海？

「把手舉起來，芙拉蜜絲。」鐘朝暐冷冷地威脅，「我的人早就在各下水道口準備好了，毒煙就等我一聲令下扔進去……那個毒很痛苦的，慘叫聲說不定會衝破天際，他們的雙眼先會失明，接著五臟六腑像被火焚燒一般……就像妳對我爸媽做的事……」

已經準備好了？黑剛大哥他們、還有地下道有數十人的闇行使啊，一旦煙毒進去，他們根本無路可逃！

「把手舉高！芙拉蜜絲！」鐘朝暐倏地射出一箭，劃過芙拉蜜絲的臉頰。

她咬著唇，不得不緩緩高舉雙手，而鐘朝暐身後的教徒立刻拿著手鐐腳銬朝著她走來。

「少拿我們威脅她。」

嘹亮的聲音傳來，更多支箭掠過了鐘朝暐身邊，射穿上前的末日教徒咽喉。

鐘朝暐詫異地回頭看向倒下的教徒們，不可思議地正首發現從四面八方湧來不少人們，芙拉蜜絲更是瞠目結舌，「黑剛大哥？」

地底的闇行使都出來了！在下水道的他們怎麼如此堂而皇之地現身呢？

「不必熏了，神父，我們全部都上來地面了。」黑剛大哥笑得得意，「你還沒感覺到嗎？你以為這城市的非人。只有超市裡的惡鬼與鬼獸？」

殺掉最後一隻惡鬼的李憲賢正緩步走出，防衛廳隊員累得上氣不接下氣，手裡拎著鬼獸的頭顱，搶得黑剛的話尾。

「你說什麼？」李憲賢問著。

「噢，李隊長。」大力嚴肅地頷首，「辛苦了，只怕事情還沒完。」

「什麼意思！」李憲賢怒吼著，此時，緊急笛聲開始在空中響起，那是芙拉蜜絲沒聽過的響聲！

啊！防衛廳隊員倒是個個鐵色鐵青，「最高戒備？」

鐘朝暐緊擰著眉，他也不明白現下的情況，卻是瞪著黑剛大哥。

「你們還有時間在意芙拉蜜絲嗎？」黑剛大哥依然沉穩，「百鬼已入城了。」

妖魔鬼怪、魍魎魑魅，就連那逝去但懷有執念的亡者，全部都從地獄爬回來了！

不僅百鬼入侵，連地底躲藏許久的闇行使也幾乎全數出籠，末日教會與防衛廳一時之間措手不及，黑剛大哥直接將芙拉蜜絲拉向後，眨眼間許多地底的闇行使湧上又將她往後推離，目的是要她趁隙逃亡。

恭敬不如從命，芙拉蜜絲也不拖拉，回身潛伏就逃！還聽得見鐘朝暐在後頭聲嘶力竭地下令活捉她，但沒多久就被此起彼落的尖叫聲掩蓋。

她很快地找到一台染滿鮮血的腳踏車，腳踏車的主人是個孩子，他被啃咬一半的頭顱在地上滾動，一隻瘦骨嶙峋的地獄鬼正在大快朵頤。

跨上腳踏車，動手甩鞭，金刀劈開從前方佛燈上意欲跳下的妖獸，這類傢伙以凌虐為樂，她可沒有閒工夫陪它玩！芙拉蜜絲直接唸咒擋下，目前看到的都不是太強大的非人，普通的抵禦及淨化咒還能有些效力！

腳放上踏板，她準備全力衝刺回家——

『芙拉蜜絲……』

驀地，一個似曾相識的嗓音由後響起，芙拉蜜絲停下了所有動作。

『芙拉蜜絲，等等啊……妳的手提袋啊，妳這個糊塗鬼！』

喝！芙拉蜜絲瞪圓大眼，這樣的聲音、這樣的叫法——不就是賣檸檬酥的阿晴姨嗎？

前幾天才跟江雨晨聊起過往的回憶，每次她為了排隊嚐鮮，常常把手提袋忘在攤車上，阿晴姨總是拎著袋子在後面追趕她，不停喊著……『芙拉蜜絲！妳的手提袋啊，妳這個糊塗鬼！』

怎麼可能！阿晴姨應該已經死在大火裡了，她親手燒死的啊！

芙拉蜜絲倏地回首，看見在她腳踏車後方兩公尺處，有個渾身如焦炭般的女人，正伸長右手向著她。

『為什麼……要燒死我？』阿晴姨幽怨地喊著，奔跑中身上的灰燼如雪般飄落。

亡靈，安林鎮被她殺死的人，不甘心地前來找她了嗎？

「對不起。」她只能這樣回應，起死回生不是她所擅長，而且她也無法回頭。

『為什麼要燒死我們！』阿晴姨忽地猙獰，『好痛啊！好痛啊啊啊——』

受到強烈的恨意，芙拉蜜絲即刻正首，一踩踏板就往前衝，但是腳踏車才沒往前兩步，數個不知道是什麼鬼怪的東西朝她衝來，她單手才揮鞭攆走，下一秒一雙焦黑的手就由後環住了她的腰際。

有人坐上她的腳踏車了。

『真的好痛啊，妳為什麼要燒死我們……』阿晴姨的聲音幾乎是貼著她的背傳來的，『闇行使都應該去死啊！』

「放開我！」芙拉蜜絲押下煞車，遲疑地看著圈住她身子那雙手。「阿晴姨，不要逼我！」

『她說得對──這一切都是你們害的！』

莫名其妙，左方突然傳來驚恐的尖叫聲，一隻孔雀綠的生靈居然手持斧頭直直朝她劈了過來！

芙拉蜜絲一扭身，才意識到自己動彈不得！

「不要逼我！」芙拉蜜絲收鞭讓自己手握到金刀，直接往身上的黑手刺進去，阿晴姨倏地鬆手，驚恐慘叫。

只是當芙拉蜜絲想甩下腳踏車閃躲時，一揚睫，看見的是就在眼前的斧頭已經劈了下來。

唰──芙拉蜜絲眼都沒眨，全身僵硬的呆在原地，瞬間冷汗全數冒出，生靈眨眼間消失無蹤。

「我說妳啊，在一看到亡者時就應該解決她了。」輕柔的聲音傳來，站定在她的眼前，白金色頭髮鬆軟飛揚著，「她是專程來找妳復仇的，心軟會害死自己的喔！」

她突然覺得腳有點軟，得扶住龍頭才行，「你不是早就來了？」

「嗯哼，找個好位置看好戲開鑼呢！」法海指指她後方，「焦屍又過來了。」

什麼？芙拉蜜絲趕緊回身，失去一隻手的阿晴姨怒目瞪視著她，咬牙切齒地再次朝她而至，她能感受到阿晴姨的心有不甘，也能感受到她正在逐漸轉變。

現在是亡者，來討個公道，等等就會質變，她再清楚不過了。

「對不起了。」緊握著金刀，芙拉蜜絲知道自己不能再猶豫。

法海說得對，對敵人仁慈就是對自己殘忍，現在不管活著的、死亡的，對她有敵意的太多太多了。

這是她自己選擇的路，沒有後悔的選項！

一刀狠狠戳進阿晴姨的額間，她嘴裡喃喃唸著淨化咒，阿晴姨痛苦地嘶吼著，金刀漸漸因熱而泛出橘光，火苗從額間開始冒出。

是亡者並沒有燃燒，而是瞬間粉碎，隨風而逝。

「很抱歉燒了妳兩次，但這是為了妳好。」芙拉蜜絲蹲下來，用金刀在原地刻畫符咒，「還是亡靈還能解決，至少比變質後好。」

嘆口氣，身邊的尖叫與怒吼聲雖不絕於耳，但至少沒有任何攻擊，芙拉蜜絲旋身，知道是因為法海在的關係。

「你早知道了嗎？」她幽幽地問，「眾鬼原本就是現在入城？」

「嗯，所以我說過不必擔心。」法海笑望著眼前一片腥風血雨，「不管是防衛廳或是末日教會，他們已經沒有餘裕再管妳了。」

是啊……芙拉蜜絲回眸，看著屍橫遍野、看著防衛廳隊員或是闇行使在跟非人交戰；看著一個末日教會的教徒正被撕扯，人們尖叫、逃竄，呼喊著闇行使的庇護，現在這一刻，已經沒有人會再揪著她不放了。

即使是鐘朝暐也一樣。

「然後呢？」她昂首問著。

法海露出那俊美的笑容，朝她伸出手，「我們回家。」

第八章

歷經八個小時的混戰與廝殺，屋外的淒絕慘叫才暫時告一段落，末日教會與防衛廳聯手反擊非人並保護無辜人民，能走能逃的都集中到防衛廳的避難所去。

防衛廳及行政機關都在鄰近的市政廣場上，那兒有著最強大的封印結界，黑剛大哥他並不想趕盡殺絕，因此那邊的防護力並未遭受破壞，原本防衛廳就設置有避難所，危難時供民眾躲藏。

昨日還風平浪靜的都城，現下外面不止的鬼哭神號，亡靈四處飄蕩，惡鬼無趣地在殺戮，與惡鬼結合為一體的鬼獸正在大肆破壞，魍魎魑魅妖獸們還會一言不合大打出手。

整個都城北區業已淪陷，只剩下防衛廳，還有以黑剛大哥為首的闇行使據點——教堂。

他們佔據教堂，設下了重重結界，任何非人都進不去。

還有一處，也是無堅不摧：闇行使收容所。

那兒也是一下午的腥風血雨，闇行使開始反撲，防衛廳才意識到毒藥已經無法控制他們，之前那場瘟疫反而讓闇行使們產生對毒藥的抗體，脫離都城的威脅掌控，如此一來，就不必受都城的控制。

他們展開反擊，救出自己的家屬，防衛廳試圖鎮壓，混戰中也犧牲了不少人，聽說最後闇行使們為了與黑剛大哥會合，只能棄守收容所，因此那兒還是防衛廳的地盤，不少民眾也在裡頭避難。

路上血流成河，不過沒什麼屍體，鬼獸們都會吃乾抹淨，連點殘渣都不會剩下。

現在唯一能安然住在家裡的，就是那些對闇行使沒有敵意、受到闇行使保護的人們，以及芙拉蜜絲的家了。

重重結界保護，他們根本不必害怕，就算有什麼非人不識相地想闖進來，只怕也會落下灰飛煙滅的下場。

芙拉蜜絲正收拾著簡單的行囊，爸爸的紅殼書、日記、地圖，還有簡單的法器，法海交代越簡單越好，他們已經決定了，天一亮就走。

「芙拉姊姊。」門口探出一顆小腦袋，「舒芙蕾剛做好，要不要吃啊？」

芙拉蜜絲回眸，笑意堆在臉上，「厚，整間屋子都是香氣，我怎麼可能不吃呢！」

許仙露出滿足的笑容，整個人影才在門口現身，手裡端著精美瓷盤，上頭還用巧克力醬裝飾，中間擺了顆熱騰騰的舒芙蕾。

她想，現在這時刻能如此悠哉的人，只怕只有他們了。

「謝謝！」她趕緊跪坐在地毯上，搬過小凳子，好讓許仙把瓷盤擱在上頭。「怎麼今天突然想做甜點啊？」

「因為明天離開後，不知道什麼時候才能再有這些原物料啊！」許仙圓圓的腮幫子鼓了起來，「主人很愛吃這道的。」

「噢。」她笑了起來，果然一切都是為了法海。

「明天天一亮就走，也是想說大家可能都還在睡，畢竟今天很累了嘛！」許仙倒是顯得有點惋惜，「越少阻礙，我們可以離開得更快。」

「是啊……但是北面結界的問題還沒解決，我們能去哪裡？」芙拉蜜絲顯得有點低落，拿起湯匙猶豫著。「先到那邊再打算嗎？」

「不知道，大不了從東邊走吧！」許仙一副泰然模樣，「反正這裡待不得了。」

同意，芙拉蜜絲點點頭，鐘朝暐不會這麼輕易放過她，這夜他們也還能跟外界聯繫，援軍遲早會到，到那時真的要全身而退，只怕又得再創造第二個安林鎮悲劇才走得了。

小心翼翼地切開舒芙蕾，軟心的巧克力醬流下，減輕了不少低落感，甜點總是能讓人覺得幸福，尤其是許仙的甜點。

「嗯，真好吃！」芙拉蜜絲滿足地說著，「啊雨晨呢？她也在吃嗎？」

「她剛剛在洗澡呢，等她洗好再拿給她。」許仙突然歪著頭，有點欲言又止的模樣。

「怎麼了嗎？」芙拉蜜絲感覺出他的眼神怪怪的。

只見許仙左顧右盼，再往天花板瞄了眼，像是確定有沒有其他人在似的，法海送她回家後就出去了，說是要跟丹妮絲他們聊聊，下午吸血鬼們應該也吃得很開心。

「妳覺得雨晨姊姊有辦法跟我們離開嗎？」許仙似乎話中有話，「我意思是從這裡直到離開……到耶姬山？」

芙拉蜜絲蹙眉，停下了挖舒芙蕾的動作，「什麼意思？」

「妳應該知道離開不是逛大街吧？我們不可能很順利地就走過去，我如果是那個鐘朝暐，我乾脆就派人守在那邊等妳！」許仙用稚氣的臉龐說著成熟的話，「然後呢？假設我們過了北面結界，後面還有多少無法預料的艱難險阻？」

「我們已經走到這裡了，雨晨自保是沒問題的！」芙拉蜜絲不明白為什麼許仙現在跟她說這些，「萬一……我是說真的危險的時候，那、個亡靈也會出來不是嗎？」

「嗯……我也是這麼想。」他噘起嘴，「不過主人沒有很想帶她走……」

什麼！芙拉蜜絲的湯匙直接落上瓷盤，發出鏗鏘聲，「法海他……怎麼可以這樣！」

「噓……」許仙趕緊豎起食指，「主人沒有不許她跟，只是、只是不打算護著她的樣子。」

「為什麼？從安林鎮一路到這裡時，大家不是都處得很好嗎？雨晨也從來沒有拖累大家，為什麼現在想捨棄她？」芙拉蜜絲覺得不可思議，「我不可能把她留在這裡，她該跟我們一起去舊日本的！」

「因為他想單獨跟妳在一起吧。」

房門外傳來江雨晨的聲音，但語調俐落，分貝較低，這不是江雨晨平常說話的方式。

許仙回首，皺起的眉跟噘起的小嘴，表示他不喜歡「那個亡靈」。

江雨晨一頭濕髮，出現在房門口，斜倚著門緣用一種倨傲的神情望著他們兩個，雙手交叉胸前，嘴角鑲著冷笑。

「無緣無故的，妳出來做什麼？」芙拉蜜絲不太喜歡亡者一直佔據雨晨的神智。

「現在這種情況還不夠風聲鶴唳喔？妳真以為江雨晨不怕？」她閒步走了進來，「她很擔心明天離開的情況，害怕到洗澡都在哭……只是不想讓妳擔心而已。」

什麼……芙拉蜜絲嚇了一跳，她不知道雨晨居然如此恐懼！

「我有聽到她在哭，每天都……」許仙尷尬地說，「主人也有聽見，所以……」

「她的纖細不是理由，重點是法海只想要妳。」這個附身說話總是直截了當，「他打從一開始就不想帶任何人，也不會管他們的死活，這一路來一起生活都沒用，江雨晨或是真里，在他眼裡都一樣。」

芙拉蜜絲登時倒抽一口氣，內心震撼不已！

「都一樣是什麼意思？」她立刻看向許仙，「都要捨棄嗎？」

「我沒有說。」許仙倏地站起來，就往門外去，「不要把事情推給我，等等主人又要生我氣了！」

餘音未落，他咻地眨眼就出了房門。

芙拉蜜絲緊皺起眉，雖然被法海如此重視，讓她心底深處開了朵小花，但這不代表她能接受他打算捨棄真里大哥跟江雨晨的事。

「我不會讓他這麼做的。」她仰頭，「江雨晨跟真里大哥，我都會帶離開這裡的！」

「希望。」江雨晨忽然望向遙遠的方向，「我其實非常非常想回去……如果，如果江雨晨不幸不能跟你們一起走的話——」

「不會有那種事！」芙拉蜜絲也跳了起來，「必要時，妳不能代替雨晨嗎？」

「哼，妳認為呢？如果她扛不住，我自然會出來。」江雨晨挑了挑眉，「重點在法海，與其說他不希望江雨晨在，不如說他更不希望我在——他只想要妳一個人！」

芙拉蜜絲噘了口口水，雙頰忍不住紅了起來，法海對她、對她也真的是那樣的感覺嗎？

「偷笑什麼？妳以為他……」江雨晨不耐煩地說著，卻又欲言又止，「嘖，說穿了我也要負一半的責任——咦？」

她突然往上一瞧，下一秒直接雙腳癱軟跪地。

哇啊！芙拉蜜絲趕緊衝上前扶住她，幸好這是地毯，摔上地也不會太疼。「雨晨！妳還好吧？」

退駕這麼突然，要是弄傷了雨晨怎麼辦？現在連一點點扭傷都會妨礙到逃亡的啊！

才在搖著江雨晨，就見她吃力地睜眼，撐起身坐了起來，恰巧面對著門口，「法海……？」

咦？芙拉蜜絲跟著往門口望過去，看見的是用打探眼神瞅著她們的俊美少年。

因為法海回來了，所以那個亡靈急著閃人嗎？

「啊……我怎麼又……她又用了我身體？」江雨晨皺著眉，不明所以地看著芙拉蜜絲，「她幹什麼又這樣？不能打個商量嗎？」

不能讓雨晨知道，她知道她很害怕。

「只是有點對今天發生的事不耐煩，外面萬鬼入城，讓她不是很愉快。」芙拉蜜絲擠出笑容，「我有跟她說，下次不要再這樣了……妳沒事吧？」

江雨晨皺眉，嘆了口氣，「真是……啊，我衣服都換好了喔！」

「是啊，有沒有聞到什麼味道？」芙拉蜜絲笑著拉她站起，「許仙烤了舒芙蕾喔，在烤箱裡等著妳呢！」

才說著，門口又探出金鬈髮小腦袋瓜兒，「雨晨姊姊，妳的舒芙蕾好了喔！」

「噢！」江雨晨看著許仙，她今天心裡既難受又煩躁，多虧了許仙，這個舒芙蕾來得正是時候。

她愉快地跟許仙手牽著手往樓下走去，而門邊的法海自始至終都盯著芙拉蜜絲不放。

「她說了什麼？」待大小身影一消失在視線範圍內，法海立刻輕揚地問，「那女人無緣無故不會出來的。」

芙拉蜜絲淡淡瞥了他一眼，彎腰將凳子上的盤子拿起，輕鬆地切著盤子上的舒芙蕾，「只是來聊聊，關於明天離開的事。」

「她也關心明天的事啊……」法海顯得很疑惑。「是真的嗎？」

「北面的結界該怎麼辦？」她幽幽回首，「你不能解的話，我們沒辦法從那邊離開的。」

「我們得有點耐性，鑰匙應該近在眼前。」法海泛出一抹複雜的笑容，「數百年來我聽過太多關於鑰匙的事，那個異樣強大的結界的確有人能破解，總是有人穿越而離開。」

「那鑰匙在哪裡呢？」芙拉蜜絲做了個深呼吸，握著叉子的手微微發顫，「距離天亮不到十個小時了，穿越不過那個結界，我們在那邊說不定就會出事！」

這十個小時內，她可以想像末日教會會有怎樣的調度，防衛廳會做怎樣的處理，鐘朝暐大可在那邊埋伏，來場甕中捉鱉；穿不過北邊的結界，他們就無路可退，只要包圍住結界，他們就得做困獸之鬥。

法海不會保護雨晨，她也還得去救真里大哥，他不可能像以前一樣健壯，或許受過刑、或許數日未進食，路西法只能保他活著，不可能讓他過著太舒適的日子。

帶著這樣的真里大哥，她連保他都有困難，可是法海也不會保護真里大哥的對吧？

「妳放心好了。」法海上前，最近對她總是溫和得不得了。「有我在呢！萬一鑰匙找不到，我們再往東面去就好……」

「我清晨會先去救真里大哥。」

法海眼眸低垂，正把玩著她秀髮的手頓住了。

「不管他狀況如何，我都要帶他一起走。」芙拉蜜絲銳利的雙眸掃向了他，「雨晨也是，我們要三個人一起離開這裡，通過無界森林，到達耶姬山。」

祖母綠的雙眸對上了她的眸子，原本就冰冷的綠現在沉得更深，但芙拉蜜絲的髮絲卻泛出了紅色，眼神異常的堅定，比平常更加凌厲。

「芙拉蜜絲……」法海露出沒有笑意的笑容，「我們本來就會一起離開。」

她旋身，讓在法海掌心間的髮絲流逝。

「你明天不需要保護我。」她淡漠如冰，「我不會捨棄他們的。」

法海瞬間斂起了笑容，他自然明白芙拉蜜絲的意思，也明白剛剛江雨晨身上那位說了些什麼。

他沒有要保護江雨晨，更別說堺真里，他的目的只有一個：就是要讓芙拉蜜絲心甘情願把牙還給他，所以她只要有他就好了，其他人都是多餘的。

「我聽起來像威脅。」法海說著，她的房門倏地自動關上。

砰磅一聲讓芙拉蜜絲嚇了一跳，她看著關起的房門，還有眼前那失去笑容的少年。

「是就是吧，你本來就可以不管我的，我不是你的義務。」她放下盤子，掩飾心裡的緊張，「我知道你對我有所目的，我不是傻子，我什麼都不說是因為我喜歡你，你也早知道這點！」

全世界都知道，她是火之芙拉，喜怒哀樂總是形於色，不管討厭的喜歡的從不懂得偽裝，在安林鎮時，全世界都知道她喜歡法海。

她也不想掩飾，從小就憧憬，那宛如童話故事中走出的翩翩王子，就是這模樣……不，法海還要更好，他真切，他更加俊美，而且總是保護著她。

幾次危難時的救助，失去一切時的依靠，她的心早就陷落。

但是，這樣不代表她不會思考，吸血鬼是以吸食人血為主，間或遊戲人間，他們根本不會在意人類的事情，法海更沒有義務陪伴她或是保護她……之所以一路支持她走到現在，斷不可能單純只是義氣相挺！

「芙拉蜜絲……」法海難得蹙眉，這丫頭……

「像你這樣的吸血鬼，怎麼可能會喜歡我這種普通的人類？我們除了歲月的差距外，對你而言，我應該就只是食物！」她毫不畏懼地瞅著他，「我都明白卻不願說，就是因為我喜歡你，我希望你在我身邊，然後努力地想要讓你能多喜歡我一點點！」

所以她聽話，努力鍛鍊，讓自己能自在地運用靈力，希望自己可以變得更強、不再凡事都依賴著他人，多難的訓練她都捱下來了，就是不想讓法海失望……甚至希望讓法海另眼相看，能將她視為特別！

「我知道。」他上前，意欲摟過她。

但是芙拉蜜絲卻立刻向右跨了一步，避開他可能的親暱，「但不管我多喜歡你，多想去舊日本，要我捨棄朋友是不可能的！」

纖長蒼白的手停在空中，身為幾千年的吸血鬼伯爵，他幾乎沒有遭受過拒絕。

「拒絕我並不是明智的抉擇。」法海聲音毫無起伏，「妳該知道，現在沒有我，妳……或你們，都不可能逃出生天了。」

是啊，芙拉蜜絲凝視著地面，法海說得一點都沒錯，事情演變到現在這種局面，無論明天能不能通過北面結界，他們就算要移動到東邊也是困難重重，一旦沒有法海……

「我說真的，你隨時可以離開！」她闔上雙眼，「我要跟江雨晨及真里大哥一起走。」

法海凝睇著她，不再多語，眼神冰冷得令人發寒，但是芙拉蜜絲最終選擇迎視。

她不能害怕，她早已經決定不再害怕，在她家破人亡的那一刻起她就知道，未來的一切她都該一個人去面對。

再多麼想拉住那冰冷的手，偎上那無心跳的胸膛都得忍下，因為除了法海，她還有其他重要的人。

側首，重新拿起已經涼透的舒芙蕾時，一陣風輕輕吹過，她再看向門口，已經失去了法海的蹤影。

強忍住想哭的衝動，她動手迅速地整理行囊，明天清晨她就要先出發去救真里大哥，路上不管誰想阻礙……見人殺人、見鬼砍鬼，誰都休想妨礙她！

「唔……」

小小的身軀四分無裂，痛得發抖，雖然在幾秒後再度重組，但是那痛楚依然椎心刺骨！但是他不敢哭出聲，因為主人交代，不能讓樓下的芙拉蜜絲聽見。

站在一旁的女人皺著眉，就算吸血鬼不死，這痛處的折磨也是很難受的。

「我相信 Du Xuan 沒有亂說話的，應該是那個亡者吧？」丹妮絲為許仙說話，「他怎麼會去跟芙拉蜜絲說那些呢？」

法海坐在搖椅上，渾身散發著肅殺之氣，這狀況連丹妮絲看了都膽寒，不曉得等等 Forêt 是否一動怒，就會折磨他們！

許仙委屈地、瑟瑟顫抖著身子重新跪在地上，衣服已經破裂，身上的傷口已然第七次癒合。

「為什麼不直接殺了她？」帶劍的彼得不解，「好不容易找到的東西，應該直接吸乾她的血，撕裂她拿回來不就好了？」

丹妮絲趕緊回首暗示他少說話，沒看見伯爵現在正在盛怒中嗎？他的能力一眨眼說不定就能讓他們灰飛煙滅的啊！

法海睨了過來，「因為那女人沒這麼容易。」

「嗯？」丹妮絲一怔，「那女人？」

「五百年前她下的詛咒，說不定有陷阱……她不會那麼容易就讓我拿回來。」法海緊閉上雙眼，「就怕我貿然動手，又得再等五百年……甚至更久。」

啊啊……她懂了，拔去伯爵牙齒的女人，詛咒裡藏了別的心思嗎？

「真不愧是芙拉蜜絲，連我都敢威脅。」他沉下眸子，「區區一個江雨晨跟堺真里，竟能比我重要？」

這些日子的陪伴，還是沒能得到她的心嗎？這種危急時刻，她還是優先考慮其他人！

他的策略錯了嗎？忍不住緊握著拳，他內心裡說不出的浮躁。

她應該只看著他！心裡只有他才對，江雨晨就算了，為什麼在意那個堺真里？

向右回眸，看見縮在地板上的身影，輕輕彈指，「Du Xuan。」

「唔！」許仙顫了一下身子，恐懼地抬首看著他，「主人……」

「去換件衣服，喝點血補充吧！」剛剛撕裂他太多次，血都快流光了，「然後幫我準備紅酒跟起司上來。」

「是，主人！」他趕緊退了出去，越早離開閣樓越好。

至少主人允許他換衣服、也允許他進食了。

委屈地的含著淚，路過江雨晨的房間時忍不住怨懟，討人厭的亡靈，當年害得主人失去了吸血鬼最重要的牙齒，現在又害他被主人懲罰！

他好討厭那個亡靈喔！許仙站在江雨晨的房門口，為什麼五百年了還沒去投胎啦！討厭！

一門之隔，坐在床上的江雨晨睜著一雙晶亮的眸子，手裡正把玩著大刀，感受著門外的視線。

「別怪我啊！」她喃喃說著，翻下了床，走到窗邊，「得讓他們到火山去才行啊……」

雙手貼上木條窗，鑰匙……無論如何，北面的結界一定得解開。

五百年前她親手設下的關卡，又到了需要人開啟的時刻了！

第九章

四點，天幕未亮，芙拉蜜絲行囊一揹，確認金刀繫上長鞭，另外再攜帶一把匕首後，便悄悄開啟房門，偷溜下樓；雖然知道一舉一動根本逃不過吸血鬼的耳朵，不過昨晚鬧得這麼僵，法海根本不可能理她。

才剛走下螺旋樓梯，經過廚房，卻赫見一個人影待在黑暗之中。

「先吃點東西再走吧？」江雨晨端著杯果汁走來。

「……雨晨？」她狐疑地問著，是真的江雨晨還是那個亡靈？

「嗯，是我。」她溫婉地笑，「我知道妳想做什麼，要去救真里大哥對吧？」

芙拉蜜絲咬了咬唇，接過果汁，「瞞不過妳。」

「妳昨晚跟法海吵得這麼大聲，我跟許仙在樓下都聽見了。」她絞著衣角，「說不怕是騙人的，但是事已至此，我還是會陪妳走下去……」

「雨晨，妳不必去，我本是想跟妳約在北面……」

「我才不想待在這裡咧，妳一個人去也太危險了。」她緊握住芙拉蜜絲的手，「從我選擇跟妳離開安林鎮開始，我就知道沒有回頭路！就算有那個亡者在，她也不能保我平安對吧？」

芙拉蜜絲點點頭，是她拖累了太多人。

「所以我必須保我自己，離開都城前往舊日本是唯一的路了。」她苦笑著聳肩，「我獨留下，鐘朝暐或許也不會放過我，他已經失去理智了。」

已經不是從小一起長大那個鐘朝暐了。

芙拉蜜絲深吸一口氣，將果汁一飲而盡，江雨晨拎起她的行囊，她背上插著大刀，外套內襯及腰間都放滿飛刀，雖說大刀本不是她專長，但自從有亡靈附身後，她也已經加強練習，基本使用已經能應付自如了。

兩個女孩毫不畏懼地打開家門，外頭一片死寂，她們住家附近完全沒有任何鬼魅聚集，看來他們都知道這裡住著誰；只是離開了法海的保護範圍，情況就很難說了。

佛號之徑依然亮著燈，但是那些燈還有沒有防護力都是個問號。

她們相互對視，同步頷首後疾速地步下樓梯，往收容所的方向奔去。

『嗚……嗚嗚……』路邊竟還有孔雀綠的生靈存在，癱坐在地上哭泣，一見到她們來了，立刻跳了起來，『闇行使！惡魔！都是你們害慘大家的！』

芙拉蜜絲根本懶得理會，疾速掠過他們身邊，她跟江雨晨依然維持跑在佛號之徑的範圍內，第一至少有燈照明，第二則是還有部分的燈具有力量，多少是層防護。

江雨晨忽然倒抽一口氣，她留意到幾個在附近徘徊的惡鬼，還有……似曾相識的人們。

『芙拉蜜絲！芙拉蜜絲——』怒吼聲跟著傳來，『找到妳了！找到妳了——』

「不要理他們。」芙拉蜜絲淡淡地對江雨晨交代，「他們早該安息了。」

江雨晨無法不看他們，那是、那是以前學校的老師、朋友跟鄰人啊！安林鎮的死靈……也從地獄來到這裡，為了芙拉蜜絲而來了嗎？

因為被燒死的怨，不甘心地尋來了。

事情果然沒這麼容易，生靈呼喚生靈、死靈召喚死靈，沒跑多久這些亡者們便朝著她們聚集，不管是對闇行使的憤怒，還是對被芙拉蜜絲燒死的怨，全都赤裸裸的展現。

「芙拉！」江雨晨緊張地看著由後追上的亡者。

「妳下得了手嗎？死靈只要佛號或咒語就可以讓他們離開，」芙拉蜜絲甩動長鞭，「至於生靈，只好對不起了！」

下得了手嗎？如今這景況，下不了手她也得盡力做啊！江雨晨立刻取下人人身上都有的佛珠及法器，開始對著爭先恐後的死者唸咒，基本淨化咒在這時代人人倒背如流，搭配力量強度不等的法器，至少可以驅趕亡者們！

而前方的芙拉蜜絲，毫不留情地朝生靈揮鞭，不顧他們的衝刺或是撲至，她一一用金刀刺中要害，逼得他們慘叫連連化為液體退回自己主人身上！

她沒有一刀封喉，但是卻在他們四肢或肚子上開了洞，想必本體現在正血流如注吧？下意識看向遠方的防衛廳，只怕還活著的人們，對昨天的腥風血雨懷抱強大恨意，也都歸咎給闇行使了。

『闇行使啊……』前頭的佛燈上盤踞著魍魅，打趣地往下睨著。

芙拉蜜絲昂首，「我沒有要阻止你們的意思，我即將要離開了……不要妨礙我就沒事。」

『喔，捨棄人們的闇行使啊！』魍魅咯咯笑了起來，『真有趣，你們明明同一族類，分得可真清楚呢！』

「是他們先分類的，怨不得我。」芙拉蜜絲拉著江雨晨到身邊來，抽空瞥了一眼後頭的死靈。

老實說，燒成這樣真難辨認，她多半是從聲音認人的。

「淨化速度趕不及他們來的速度……」江雨晨聲音有些顫抖，「鎮上的人幾乎、幾乎都來了……哇！」

說時遲那時快，江雨晨忽然被往後一拽，焦屍抓住了她的腳，直接朝地面扯去！

『妳身上揹的命可真多啊！嘻嘻……』魍魅笑得可開心了，『力量這麼強大的闇行使，一定最、好、吃——嘎！』

佛燈上的魍魅直接撲下，只是尚未碰觸到芙拉蜜絲，就成了一團火球！

芙拉蜜絲伸直的手向上，瞪著那在火燄裡的魍魅，美麗的橘色火燄順著她的鞭子延燒，轉眼間形成一條著火的長鞭。

江雨晨知道接下來會發生什麼事，她朝拉住腳踝的亡者射出飛刀，飛刀均經過加持，亡靈耐受不住地鬆手哀鳴；接著她站起身，小跑步往前迎向怒吼的生靈們，他們正朝這兒集結，她抽出背上大刀，能解決一個是一個，生靈的特色是只要受了重傷，就會回到本體去。

她緊握大刀做著深呼吸，芙拉要對付亡靈與非人，這些生靈就交給她吧！只要砍傷腳，大家幾乎就會回去了。

『闇行使的幫手！就是他們把我們害成這樣的！』生靈們怒不可遏，在防衛廳避難所的他們，想必有滿腹的怨言跟委屈吧？

丹妮絲的詛咒甚是可怕，儘管他們身體疲憊地待在避難所，怨氣衍生的生靈依然背棄身體跑出來，然後即將面臨下一段的地獄——攻擊闇行使的下場勢必慘烈，只怕在避難所裡突然身負重傷的他們，到死都不知道究竟是為了什麼。

而面對熟人的芙拉蜜絲從容不迫，她的髮尾均勻泛出紅色，自由掌控靈力是法海給她的必修課，她也已經運用自如，就像現在……靈力集中在鞭子上，可最快地解決掉大量的死者。

「塵歸塵、土歸土，你們該離開了。」芙拉蜜絲對著所有安林鎮的熟人說，「我們之間的怨，下輩子再解吧！」

她揚手揮鞭，毫不留情地朝著死靈而去，鞭子所到之處，即刻將焦屍亡者們劈砍成半，一時之間鬼哭神號，但是芙拉蜜絲沒有停下動作，她不停地揮鞭，不停的腰斬從陰界爬上來的亡者們。

只會怨她為什麼如此對待他們，她都還沒有抱怨他們全家在安林鎮上所受到的待遇，她與弟妹的分離，以及父母的慘死！

是，她證實了閻行使的危險性，但也證實了是人們逼閻行使走上絕路的！

焦屍如同數月前，成了碎塊，芙拉蜜絲將金刀插在碎屍堆中，喃喃唸著淨化咒，讓亡者們重新回到地底去。

逝者們依然不情願，哭喊著質問著，但是她只能用轉化為金色的雙眼，冷淡地望著他們，直到他們全部落入陰間。

起身回首，看到江雨晨對付生靈的辛苦背影，這時，黑暗中潛伏的龐然大物，只知道吃人的鬼獸疾速朝著江雨晨背後而去。

「離我們遠一點，大家相安無事！」芙拉蜜絲驀地大吼一聲，揮鞭纏上就近的路燈，縱身一躍跳至半空中，順利跳上鬼獸的後頸背。

『吼——』鬼獸吃驚地伸手欲抓下她，她卻已經將鞭子收回手中，將金刀狠狠插進了鬼獸的腦袋裡，『啊——』

她使勁轉動金刀，直到連自己都聽得見轉開頭骨的聲音，「回地獄去吧！」

俐落跳下鬼獸的身體，回到江雨晨身邊，將鞭子向上一拉讓金刀抽離鬼獸的天靈蓋時，此刻，鬼獸渾身已從體內燃火，淒厲地在慘叫中燒毀。

「走！」芙拉蜜絲拉過江雨晨的手，改站到她面前，大刀雖快不若鞭子一次能劈砍數個，她知道江雨晨著眼點在腳，但是伏身一個個砍腳未免太慢了！

鞭子一揮，不是笞臉就是身體，她只要掌控住力道，就能讓他們個個皮開肉綻。

『啊啊啊……闇行使果然都該死！闇行使啊！』帶傷的生靈踉蹌地向後，恐懼地哭泣，『不該留下他們的，我的孩子……我的家啊！』

「滾開！」芙拉蜜絲大喝，不停揮動著手上的鞭子，馬不停蹄地向收容所而去。

附近黑暗中潛藏著不少非人，比較有腦子的非人在旁觀望著，既然人家都說井水不犯河水了，也犯不著去自尋死路……尤其看那紅蓮之火啊，那個闇行使的靈力可不是普通的靈能者，而且她身上，彷彿還有不死族的刻印啊。

解決完生靈後，她們一路順暢地來到闇行使收容所，順利到讓女孩們有點狐疑，這充斥在都城裡的非人及魔物竟如此安分，唯一找她們麻煩的反而都是人類的靈體跟一些無腦子的鬼獸。

「芙拉蜜絲！」防衛廳門前兩個小隊員皺眉，「妳還真的來了！」

「我不想傷害你們，我是來帶真里大哥走的。」她已回復成原本的模樣，收起靈力就可以恢復原本的髮色眼睛，「開門讓我們進去，大家都不會受傷。」

「說得好像一副妳真能傷了我們一樣。」隊員不太喜歡她的口吻，他們手裡擎著的可是火槍。

「要試試嗎？」芙拉蜜絲全身緊繃，呈備戰狀態。

江雨晨見狀況不對，趕緊一步上前，「好了，大家和氣一點吧！我們只是想帶真里大哥走，不需要做無謂的犧牲吧？」

「說得這麼容易，堺真里現在是犯人，怎麼可能讓妳們說帶走就帶走？」其中一個隊員抱怨著，「再說真讓他逃了，我們要怎麼跟上面交代？」

「還交代？現在都已經這樣了，你們能捱過幾個白天？」芙拉蜜絲忍不住扯了嘴角，「這裡是黑剛大哥有良心，才保全這邊的結界，否則你們現在還能站在這裡站崗？」

「黑剛？」隊員B有點緊張，「妳是指那個闇行使的頭頭嗎？」

「你們有機會的話，還是投靠到大哥那邊去吧，這裡早晚是闇行使的天下……」江雨晨兩手一攤，「只要你們之前沒有對闇行使太壞的話，應該還有機會吧？總比跟著末日教會好。」

「誰要跟那個狗屁教會！」隊員立刻啐了聲，看來末日教會的風評還真不好！「我們有我們的職責，對闇行使並沒有太大意見，在這裡久了，自然知道他們承受的苦。」

芙拉蜜絲揚起微笑，「既然這樣，那讓我進去速戰速決吧！」

喀，小隊員雙雙擎起了槍，「但是凡事還得照規矩來，我們是防衛廳的人，不能做違法的事。」

呼……芙拉蜜絲輕輕吐了口氣，看來還是得來場硬仗嗎？微微往左後瞄向江雨晨，她始終收在腰後的手早夾著飛刀，能同時刺傷他們的手，卸下防衛廳隊員的裝備。

突然間，收容所的門開啟，但兩個隊員的準星依然瞄準著她們。

「把槍放下。」李憲賢的身影竟從裡面走出，「讓她們進來吧！」

「隊長！」兩個隊員驚愕地看向隊長。

「有事我負責！」李憲賢朝著她們兩個勾手，「快點進來，天快亮了。」

芙拉蜜絲反而有點猶豫，江雨晨也上前拉拉她，「會不會有陷阱？」

「不入虎穴，焉得虎子，總是得進去再說。」她拍拍江雨晨的手，「妳在外面等我吧！」

「說什麼！」江雨晨反手拉住她，「少把我甩開。」

芙拉蜜絲笑著，雨晨的眼裡摻雜著恐懼與堅定，她就是這樣堅韌的女孩，無論如何都有份柔軟的強悍支撐著她往前走。

李憲賢的門縫開得不大，她們快步閃身進入，一邊走芙拉蜜絲腦子裡都在轉著所有的出口，收容所她來過，中央挑高的口字形建築，每一層都用玻璃關著闇行使，讓他們像寵物般供人挑選，一樓是會面處，所以都有窗子，只是窗子似乎有鐵欄杆圍繞，要離開不是那麼容易。

而為了避免闇行使逃脫，各個牢房裡也沒有窗戶……仔細想來這收容所真是個異常不人性化的地方！

走進收容所裡，芙拉蜜絲倒是瞠目結舌，裡頭血跡斑斑，不少屍體堆放在以前的會客處，但是每間「牢房」都已經敞開，眾多闇行使自由在裡頭活動，或休息、或低語談話，還有食物擱在長桌上。

「這是……」她吃驚地望著這一切。

「我寧可把一切交給闇行使，也沒興趣跟末日教會為伍。」李憲賢倒是乾脆，「他們的人在醫治真里，跟我來，他在二樓！」

李憲賢大哥跟闇行使聯手了？江雨晨小嘴張得大大的，顯得不可思議，「我的天哪！那、那些屍體是……」

「多半是末日教會的，還有一些同袍……這種情況，人各有志，我只選擇自己想走的路。」

李憲賢說得輕巧，而他身上毫無生靈的孔雀綠痕跡，看來他所言不假。

走上鐵梯二樓，芙拉蜜絲立刻就看見了熟悉的面孔，是黑剛大哥的手下之一，「元松！」

「芙拉蜜絲！妳果然來了！」元松匆匆握住她的手，神情極為緊繃，「昨晚我們就帶著資源過來了，真里狀況不好，雖沒有生命危險，但是相當虛弱。」

江雨晨跟在身後，路過的幾間牢房裡都有著慘死的末日教徒，看得出來死狀甚慘，老實說，這樣不過是惡性循環，只是昨日末日教會這樣對待闇行使，今日闇行使回敬而已……這樣的殺戮是無解的。

為什麼五百年來，末日教會、人、靈能者的冤結解不開，也正是因為如此。

醫務室在每樓的角落末間，芙拉蜜絲跟江雨晨急忙進入，看見的是臉色蒼白的堺真里躺在床上，身上吊著兩管點滴，全身上下都裹著重重紗布，紗布上透著血，上身幾乎體無完膚。

「天哪！真里大哥！」江雨晨忍不住眼淚就迸了出來，衝到床邊，「這、這是怎麼回事？為什麼會傷成這樣？」

「末日教會下的手，除了那天在廣場上的公開處刑外，在裡面也不例外。」守在旁的都是防衛廳的人，「路西法老大只能保他的命，但是我們無法阻止刑求！」

「那個叫鐘朝暐的也很狠，原本是要由我們來鞭打上刑，但是他說我們會故意放水，所以這一切都是由末日教會的人親自動手！」李憲賢說得咬牙切齒，「我們就只能站在旁邊看，不讓他們有機會害死真里！」

芙拉蜜絲緊皺著眉到床邊，強忍住渾身竄出的憤怒，「謝謝你們……謝謝你們願意這樣照顧真里大哥！」

「一起長大的交情，這點小事算什麼！」李憲賢拍拍芙拉蜜絲的肩頭，「也真難為妳們了，這種情況還想到他！」

一起長大的交情啊……這句話聽在芙拉蜜絲與江雨晨耳裡，真是份外悲傷。

「再怎麼說他以前也是自治隊員，大家都是一體的……就算是闇行使，他也沒害過人。」李憲賢語重心長地望著她們，「他以前在鎮上聲望一直都很好的，不是嗎？」

「很好，非常好！大家都唯他馬首是瞻！」江雨晨低泣不已，「鎮長的地位甚至沒有自治隊隊長高啊！」

「是啊，其實……闇行使只是有靈力而已，我一直不懂為什麼大家不能和平共處，他們幫助大家，我們一起生活。」其他防衛廳小組成員很困惑地問，「為什麼非得搞到這種局面不可。」

「因為人性。」芙拉蜜絲挨著江雨晨坐下，緊握住堺真里的手，「大哥，你聽得見嗎？你能動嗎？」

李憲賢一驚，「動？真里現在是動不得的！他連肋骨都裂開了！」

「但是不動不行！」芙拉蜜絲緊握著堺真里的手，「我們沒有太多時間了！」

「什麼意思？」元松察覺出有異，「你們不必擔心末日教會的事，待在這裡，我們能保護你們的！」

「是啊，路西法大隊長待在防衛廳那邊制衡末日教會，廳長下午在混亂中死了，現在由路西法大隊長領頭！」李憲賢也希望她們能安心。

江雨晨搖搖頭，「你們不可能保護我們太久的，非人是個關卡，你們怎麼能保證惡魔不會攪和進來？上次區區一個疫魔就掀起多大的風波？末日教會的支援說不定很快就會到，事情只會更糟而已。」

「黑剛大哥會佔據教會是有原因的，那邊會成為一個重要的據點，所以我才說——想清楚的就快點投靠過去。」芙拉蜜絲嘆了口氣，「要得到和平的生活，還要再流更多的血才行。」

混戰尚未結束，誰有餘力照顧他們？

更別說，其中一場混戰，將發生在他們身上啊！

突然間，芙拉蜜絲緊握的手抽動了一下，連貼著堺真里的江雨晨都有感覺，兩個女孩趕緊探向躺著的男人。

睫毛如翅般顫動著，堺真里緩緩睜開了眼睛。

「大哥！真里大哥！」芙拉蜜絲簡直快哭了，「聽得見嗎！」

「大哥，我是雨晨！」

兩個女孩爭先恐後說話，堺真里只覺得耳鳴，嗡嗡叫得吵！他皺起眉，先是瞥了眼天花板，緩緩看向左右，腦裡有些混亂，像是在回憶著自己為什麼會躺在這兒？

「真里！眾鬼入城了！」李憲賢湊近他面前，「收容所現在由闇行使掌控，我們跟闇行使合作了。」

啊啊……這句話讓堺真里加速清醒，他緊皺起眉，嘗試著起身。

旁人一再阻止，他倒是堅持要坐起，李憲賢撐著他的背讓他半躺著，好看見坐在床邊的兩個女孩。

「芙拉……雨晨……」他氣若游絲，冷靜打量著她們，「要……要走了嗎？」

芙拉蜜絲屏住呼吸，肯定地點點頭。

「大哥這樣動不了的！」江雨晨回頭看著她，「一定要今天嗎？」

「別說了，該走就走。」堺真里出言打斷，「給我點時間恢復，至少讓我吃點東西吧！」

「沒問題。」芙拉蜜絲勉強笑著，「大哥不必擔心，我跟雨晨會帶著你走的。」

堺真里瞥了她們一眼，笑得無奈，他就怕變成累贅啊！

李憲賢及元松萬分不解，他們說要走？走去哪兒？堺真里幽幽地說要離開都城，果然遭到極大的反對。

剩下的事由堺真里去溝通，芙拉蜜絲默默退出病房，她跟江雨晨被元松帶到樓下，那邊有麵包跟熱食，可以讓她們休息並補充能量；再快也要等到天亮，讓堺真里能有時間恢復行動力。

「要離開了？」元松嚴肅地問，「我聽說了，妳們打算往哪兒走？」

芙拉蜜絲不吭聲，在江雨晨要出聲前，桌底下的腳踹了她一下。

「不說倒也不必防備我。」元松微笑著，「我聽黑剛說過，妳們只是過客，原本就要往別的地方去……唉，出了這兒，就是無界森林了。」

「我們也是從那邊來的，不礙事。」芙拉蜜絲敷衍地回答。

「是啊，妳是闇行使者，倒是不怕。」元松說得直白，忽然左顧右盼，「那個很詭異的男孩呢？」

詭異？芙拉蜜絲笑了起來，「他應該比較喜歡人家說他漂亮？」

「不不不，那個太可怕了，望著他總會令人不寒而慄，什麼都感受不到啊！」元松凝重地搖著頭，雞皮疙瘩明顯地竄起，「不是人不是鬼不是妖不是怪，我真說不出他是什麼！」

「我們有各自的事要處理，我們是來帶大哥離開的。」芙拉蜜絲只撂了這麼一句。

「堺真里，難。」元松斬釘截鐵，「他肋骨斷了三根，裂開兩根，連呼吸都痛，他要怎麼走？」

「大哥能走的。」芙拉蜜絲一雙眼熠熠有光，「我相信他。」

離開這裡，往北邊去，也是真里大哥的信念與期望啊！

不管多難，跟雨晨一人扛一邊，拖也要把大哥拖到北面去——朝暐，希望你不要在那裡！

如果你在，我絕不留情。

天才亮，李憲賢就開車載送芙拉蜜絲他們離開。

能動用到車子始料未及，芙拉蜜絲跟江雨晨簡直感激涕零，她們原本想著要走多久才能抵達北面而不被發現，結果李憲賢直接利用防衛廳的車子與身分，載他們前往北面。

車子分成兩台，一台載滿闇行使要去跟黑剛大哥會合，一方面也是為了調虎離山，另一台載送芙拉蜜絲等人，前往她想去的北面。

廂型車上的帆布外頭捆著繩子，裡頭坐著施打麻醉劑的堺真里，他不願因疼痛影響到己身的作戰，幾個防衛廳成員就在車子外頭，隻手勾著帆布上的繩子穩住重心，呈備戰狀態；芙拉蜜絲與江雨晨也潛伏在車子裡，手上的武器也是打算隨時應戰。

白天低階的惡靈會暫且避開，陽光會削弱他們的能力，有時弱到只需要一個低階的紅斗篷闇行使就能封印住他們。

只是北面還沒到，卻意外來了不速之客。

車子停下，車內的人都屏氣凝神，芙拉蜜絲悄悄地從縫裡往外看，卻看不見太多動靜。

「請讓開，小姐。」副駕駛座的人喊著。

「一下來了這麼多食物，這怎麼好意思呢？」

咦？芙拉蜜絲跟江雨晨頓時詫異地對看一眼——丹妮絲！

下一秒車身震盪，李憲賢的叫聲緊接著傳來，「怎麼——哇！不死族！！」

芙拉蜜絲二話不說立刻鑽出車外，看見丹妮絲竟巴在副駕駛座的窗口，咬住副駕駛的頸子大快朵頤！

「丹妮絲！」她不客氣地一鞭揮向她，大跳向上，直接跳上了車頂。

丹妮絲舌尖舔著唇上的血，還咂了咂嘴，彷彿那是難得的美味。

「妳在啊？」她一臉明知故問。

「妳在這裡做什麼？」芙拉蜜絲皺眉，忽地聽見不遠處的叫喊聲！「啊！另一車——」

「闇行使的血最好喝了，我們怎麼可能放過？」丹妮絲勾起妖嬈的笑容，「你們的血，能增進我們的能力啊！」

話還沒說完，車上防衛廳的隊員就衝著丹妮絲開槍，砰砰砰砰連聲槍響，子彈全打在丹妮絲身上，但她根本毫髮無傷，連一滴血都沒流出來！

但是她利眼一掃，張開血盆大口就撲了過去！

只是江雨晨更快，她從裡面鑽出，握著大刀擋在開槍的隊員面前，大刀就朝丹妮絲胸口刺去——啪！丹妮絲輕而易舉地捉握住刀片，左手瞬間扯住江雨晨的頭髮。

「啊！」被扯住頭髮的江雨晨向後仰，立刻被拉近到丹妮絲身前！

「吃了妳他不會有意見的！」她口中的他，是法海。

芙拉蜜絲立刻拉著車子旁的繩子，借力使力往上一翻身，撲向了對面的丹妮絲，「但是我會——」

左手的匕首直接往丹妮絲的眼睛刺入，可丹妮絲鬆開抓著大刀的手，輕蔑地用指尖抵住芙拉蜜絲的尖刀。

然後穿了過去。

「什麼——」丹妮絲花容失色，向後大跳遠離車子，卻一併將江雨晨也拽上了地！

芙拉蜜絲眼明手快地伸手拉住她，但後頭的防衛廳隊員更快地拉住她的手！

「芙拉蜜絲！」李憲賢在車子裡探出頭大喊。

「李大哥！你待在車裡別出來！」芙拉蜜絲把江雨晨扔給防衛廳隊員，立刻跳下車子迎向站在車前的丹妮絲。

她正不可思議地望著自己被刺穿的手，滲著綠色的血液，那繽紛亮麗的孔雀綠，她愛的顏色。

「妳怎麼可能傷到我！」她怒吼著。「妳只是個闇行使！」

「原因我懶得知道，我只要知道我能傷到妳就好了。」芙拉蜜絲緊握著鞭子，耳邊聽著不遠處的慘叫聲，「是彼得他們嗎？叫他們住手！」

「哼！」丹妮絲冷哼一聲，「妳的血一定可以使我們的力量增幅，難怪他要這麼護著妳——」

足不點地，丹妮絲立刻朝她撲了過來！

速度快到真的是眨眼不見，但是丹妮絲那變形的臉龐、尖牙與尖利甲，卻一吋都近不了芙拉蜜絲的身體！

硬生生停在她眼前十公分處，說什麼就是刺不下手！

芙拉蜜絲根本不明白為什麼，她只知道大難不死，丹妮絲就在眼前，所以她左手的匕首直接就朝她身上狠狠刺去。

「啊——」丹妮絲迅速向後，芙拉蜜絲也沒閒著，甩出右手的長鞭，金刀纏上丹妮絲的身體，一圈又一圈，終至金刀對準了她的咽喉！

啪，丹妮絲握住了那柄金刀，那血紅的眼依然不敢相信——不可能有這種事！芙拉蜜絲只是區區人類，就算是闇行使者也不可能傷及不死族！

「不要妨礙我們！不許傷害闇行使！」芙拉蜜絲厲聲吼著，「我沒妨礙妳，妳不要擋我的路！」

「妳只是人類！只是人類而已，怎麼可能傷害我！」丹妮絲陷入震驚中，「世界上只有我們——」

喝！丹妮絲突然頓住了，她瞠目結舌地看著芙拉蜜絲，莫非……

她身後瞬間移動出現了彼得跟其他不死族，看得李憲賢等人一陣冷汗，江雨晨緊抓著繩子不明白，為什麼丹妮絲好好的要來阻礙他們！

「丹妮絲，妳在做什麼？為什麼動她？」彼得又驚又急，心疼不已地攙住她，抽起金刀，「芙拉蜜絲！收鞭！」

「不許動我們！」她心知肚明，另一車闇行使只怕已經全體慘遭不測，看他們個個滿嘴鮮血便知一二。

「好。」彼得說著，鬆開丹妮絲身上的鞭子。

丹妮絲被傷成這樣，誰還敢輕舉妄動。

「呵……呵呵……」丹妮絲望著自己身上的傷，突然大笑起來，「果然是這樣，同族才能傷害同族啊……」

「我又沒打到妳的頭，語無倫次些什麼？」芙拉蜜絲不耐煩地收鞭在手，「身為闇行使已經很麻煩了，不必再幫我安個吸血鬼好嗎？」

「為什麼她能傷妳啊！」連其他吸血鬼都不可思議。

「妳以為法海是真的喜歡妳嗎？」丹妮絲突然指著她笑了起來，「妳少做夢了，幾千年以來他都沒愛過誰，他是什麼人妳搞不清楚嗎？他是Forêt，Forêt 就是森林，他就是那恐怖的無界森林！早在人間崩毀前就存在的人！他只是利用妳而已，等著妳自願為他犧牲，拿回他的牙！」

「丹妮絲！住口！」彼得緊掐著她的手臂，嚴肅地要她住口，伯爵的事，她不該任意開口，更不該讓芙拉蜜絲知道啊！

「牙……」其他吸血鬼嚇一跳，「她有伯爵的一部分？所以才有這個力量嗎？天哪！好……令人羨慕啊！」

氣氛瞬間變化，許多吸血鬼用一種詭異閃爍的眼神望著她，那目光載滿羨慕、嫉妒與貪婪……還有更多的渴望。

「我聽不懂也沒時間懂！快閃開啦！」芙拉蜜絲心急如焚，剛剛這麼大的陣仗，又是慘叫又是槍聲的，只怕要引末日教會出來了！

「丹妮絲！你們不是不瞭解法海的為人！」江雨晨突然在車上高喊，「再繼續阻攔下去有什麼後果，你們比誰都清楚！」

「我們沒有意思要跟芙拉蜜絲為敵！」其他吸血鬼慌張地搖頭，「只是聞到闇行使血的味道而已！」

「既然如此就可以滾了！」江雨晨難得氣勢逼人，隨手指了個方向，再拍拍車體，「李大哥！」

李憲賢根本一片混亂，那是吸血鬼啊，芙拉蜜絲連不死族都認識？而且都城裡什麼時候有這些吸血鬼的……糟糕，有吸血鬼存在，闇行使也拿他們沒轍啊！

彼得帶著丹妮絲迅速地閃開，讓車子前行，芙拉蜜絲退到一旁後，再抓著車子側邊繩子躍上。

「芙拉。」麻布縫裡冒出堺真里的手，「怎麼回事？」

「沒事了。」芙拉蜜絲抓著繩子，現在還不是解釋的時候。

沿路不少殘敗的生靈，哀鳴著也持續怒吼，攻擊力卻大不如前，或許是本體也正虛弱地躲在避難所裡吧。

李憲賢按照指示方向往前開，直到越來越荒僻，他開始覺得不對勁。

砰砰！芙拉蜜絲拍擊車子，希望他停下。

「李大哥，就送到這裡吧，你們快離開。」芙拉攀著染滿血的副駕駛窗子說著，「我們從這裡開始步行。」

堺真里已經到了車後方由芙拉蜜絲攙著下車，江雨晨趕緊來到他的左邊，一人一邊的扛起他；堺真里很想拒絕，但是他知道自己的身體狀況，真的到了必須依靠他人才能走得較快的地步。

「等等，你們要去哪裡？」李憲賢下車甩上門，「前面是北方結界啊！」

芙拉蜜絲只是微笑，「快走吧，等等被看到就不好了，快點回去。」

「北方結界是過不去的，妳們明明——」李憲賢還想說，被芙拉蜜絲伸手制止。

「我們都知道，我們有計劃的，我希望大家快點離開，接下來的路我們自己走。」她定定地望著李憲賢，「我說過戰爭還沒結束，顧好自己跟家人好嗎？要記住，站在闇行使那邊。」

李憲賢還想說些什麼，芙拉蜜絲卻不再多語，江雨晨往後瞄了他一眼，淡淡說了聲，「謝謝。」

兩個女孩比誰都堅毅，她們的眼神彷彿在告訴他，未來的路她們已經準備好了，誰都不必擔心。

「大哥？」其他隊員慌張憂心，「他們是要……」

「走吧！上車！」李憲賢嘆口氣，轉身拉開車門，「他們有他們的路，我們有我們的戰爭要打。」

聽著車聲往後離開，芙拉蜜絲反而放鬆了心情，堺真里吃力地往前走，麻醉劑已經生效，讓他呼吸步行都不會因為肋骨的傷而感到不適。

『闇行使！』

驀地有生靈從一旁的低處衝上來，芙拉蜜絲沒有猶豫地揮出鞭子，任金刀正中對方的額心。一句慘叫都來不及，那生靈化作一灘綠色的水。

她從來沒有想過，為了活下去，她必須變得這樣殘忍。

「芙拉。」堺真里深知她的內心掙扎。「妳知道這是必須的。」

「我知道。」她望著堺真里微笑，「別擔心我，這是必經的路，我比誰都清楚。」

他點點頭，看向左邊的江雨晨，女孩豆大的汗珠流著，心跳很快，但是手裡握著的刀未曾鬆懈過。

「我沒事的。」她眼尾瞟向堺真里，「有你們在，我就不怕。」

從這兒到北方結界的路不長，但是由於堺真里帶傷走得慢些，還有這兒荒涼多陰影，也潛伏了不少非人；幾個魍魎被江雨晨穿心，幾隻精怪遭芙拉蜜絲肢解、剩下的多是歇斯底里的生靈。

重新撐起堺真里，芙拉蜜絲回首望向一路的殘屍，真沒想到，一路追殺他們到最後的，不是惡鬼、不是魔物……

而是人類。

第十章

終於到了北面結界，路西法小隊的帳篷跟木框都還在，只是人員均已撤離，昨天的混戰逼得所有防衛廳隊員都回到區內去協助，這時也沒人有空會跑到北面結界來自殺了。

此處空無一人，芙拉蜜絲卻難掩失望，這是種複雜的情緒，再生氣，她還是希望法海能來……看這樣子，他已經打算捨棄她了嗎？

剛剛丹妮絲的話她不是沒聽進去，只是不想懂，她早知道法海對她有所企圖，至於她說的什麼牙，她的確不甚理解。

是什麼都無所謂，總之他們現在能在這裡，都是依賴法海得到的。

「然後呢？」江雨晨望著眼前的木框發呆，「我們還是穿不過去啊！」

眼前這條筆直的黃土路，兩旁高聳遮陽的森林步道，如此的近卻跨不過去，他們只要穿過木架，就會瞬間化為枯骨，四分五裂。

「我不知道，法海說過鑰匙應該會出現的！」芙拉蜜絲下意識低首，「鑰匙長什麼樣子？一把嗎？連門都沒有怎麼開啊！」

餘音未落，她們扛著的堺真里突然直起身子，向後望去。

咦？感覺到堺真里的警戒，芙拉蜜絲也跟著豎耳，聽見了足音紛沓！他們詫異回身，看見末日教會紫色長袍小跑步奔出，數十人自他們來的小徑湧入，一轉眼就包圍住他們，斷了去路。

整排紫色長袍列隊整齊，人人手持弓箭、數位舉槍，呈半圓弧形對著站在結界前的他們三人。

看樣子，他們埋伏在這裡已久了。

「等你們很久了。」聲音由後方傳來，紫色人群分開，走出了早該出現的人。

鐘朝暐也身著紫色長袍，臉上帶著傷，精神倒是奕奕，他右手也緊握著弓箭，背上的箭袋載滿箭矢，看來他今天是來作戰的。

「這麼認真，真是辛苦了！埋伏在這裡也不怕被吃了。」芙拉蜜絲轉過身，不吝惜地微笑。

「那些妖魔鬼怪不會往北面來，這結界連他們也怕。」鐘朝暐說得乾脆，「我原本也懷疑你們是否真的會傻得跑到這裡來，若不是有人通報，我還真不敢相信，你們會選擇這個通不過的結界。」

「通報？」江雨晨皺眉，「你派人監視我們？」

都什麼時候了，還有人有閒情監視他們？現在不是連自保都有問題了嗎？

只見鐘朝暐彈指，紫色人牆再度移動，後面走出了令人驚訝的瘦小身影。

「提耶？」江雨晨無法理解，「果真是你！你為什麼要這麼做！你是末日教會的人嗎？我們跟你沒有過節，芙拉甚至還幫你出過頭耶！」

芙拉蜜絲擰眉，她不該覺得意外，從昨天起她就在想，提耶跟蹤她、向末日教會報案，之前疫魔侵襲時，他事先來警告她們有人要到她們家搶劫糧食，表示他早知道她們走的是那條路。

從什麼時候開始，提耶就繞著她們轉呢？

「利用同儕嗎？」堺真里吃力地鬆開被架著的手，他還能站，「朝暐，你什麼時候學會這樣卑鄙的事了？」

「我？哈哈哈！太抬舉我了！」鐘朝暐搖了搖頭，「提耶，你自己說。」

只見提耶深吸口氣，毫無畏懼地上前，跟之前在學校的怯懦模樣根本相差十萬八千里，「跟末日教會無關，從你們進都城開始，我就是監視者。」

咦？監視者？這名詞太過陌生，連堺真里都不解。

「都城對於新進來的人原本就會監視，你們來路不明，莫名其妙就在這裡找親戚，居民除了守望相助外，還會有個特別的監視者。」提耶說得振振有詞，「越不起眼的人越渺小，才不會被人察覺存在。」

「什麼？所以你……你在學校那模樣是裝的嗎？」芙拉蜜絲開始覺得火大了，「我為了替你出頭還反而招人注目，還有你平常那——」

「芙拉蜜絲，妳本來就很引人注目啊！」提耶突然無辜地說，「但是我還是很謝謝妳幫我，可是我有我的職責，這件事路西法隊長都知道的。」

堺真里一陣腳軟，「路西法……那憲賢呢？李憲賢知道嗎？」

提耶搖搖頭，「只有指派人知道而已，這種事當然知情者越少越好！總之，從你們踏進都城後，就在我眼皮子底下了。」

江雨晨忽然一顫身子，身子微前傾，「難道，我們跟下水道的事……」

提耶面對著她們的神色突然有異，緊皺著的眉頭似乎顯示出江雨晨問了一個棘手的問題。

「我的工作就到此為止了。」下一秒，提耶沒有正面回答，而是把話題扔回鐘朝暐身上。「神父。」

鐘朝暐不在乎提耶究竟有沒有發現芙拉蜜絲跟下水道的闇行使們有聯繫，後方的教徒遞上紙卷，他雙眼始終凌厲地鎖著芙拉蜜絲，未曾有一秒移開，緩緩打開手上的紙卷。

「這是格殺令，來自於都城最高行政機關，北區的事件皆為闇行使所為，凡抵抗者格殺勿論，參與反叛、引鬼入城者，格殺勿論。」他朗聲唸著，「主謀芙拉蜜絲・艾爾頓，殺無赦。」

唰唰，每一個紫袍的末日教會教徒，一一舉起了弓與槍。

堺真里立刻下意識擋在芙拉蜜絲面前，江雨晨也緊握著大刀備戰，雖然她不知道該怎麼閃避這團團包圍的箭矢與子彈，但是、但是總不能束手就擒啊！

「居然把主謀推給芙拉蜜絲！」江雨晨氣急敗壞，「鐘朝暐，你還真是無所不用其極啊！」

「一切都是她來之後才開始的，這兒的人相安無事多久了，你們才來就出事！疫魔入侵、闇行使反叛、破壞結界封印，引鬼入城，大肆屠殺——」鐘朝暐直指著芙拉蜜絲，「跟在安林鎮時一樣，讓鎮上逐漸走向滅亡的就是她，芙拉蜜絲不只是闇行使，她一定也是天譴！」

芙拉蜜絲看著聲嘶力竭的少年，看著他吼到臉紅脖子粗，一雙曾經清澈的眼裡盈滿憤怒與恨意，曾經意氣風發、正義凜然的弓箭社社長，現在卻變成了劊子手。

她想到的是過去在學校操場鍛鍊時他的嗓音，他也是這樣教導學弟妹如何鍛鍊、如何使弓，永遠都站在前頭，只是目的與意義已經不同了。

他們從什麼時候就在一起的？有記憶以來，一邊是鐘朝暐，一邊是江雨晨，這是她的童年；在安林鎮時對付非人，每每出生入死、九死一生，照顧她的、幫助她的，也是他們兩個。

現在，他站在對面，發號施令，要她的命。

芙拉蜜絲輕輕抬手，壓下橫著手臂擋在他面前的堺真里，嘴角居然淺笑著，「別為我擋。」

「芙拉！」堺真里擰眉，她在幹嘛。

「你是真的很恨我啊，朝暐。」她泛出悲傷的笑容，「你被仇恨蒙蔽了理智，沒有去仔細思考。你不可能控制闇行使的，他們不會聽你們的命令，末日教會的人再多也沒用……他們會把你們送進惡鬼嘴裡的。」

只要闇行使不出手，法器總有用完的一刻，非人何其多？妖、魔、魍魎魑魅，鬼獸妖獸多得不可勝數，沒有靈力的人，就只能任其宰割！就算是末日教會也一樣，那些十字架、聖水，只擋得了低階惡鬼！

「末日教會有能力控制局面的！」鐘朝暐一雙眼深信不疑，「他們可以打擊天譴、除掉闇行使，也能控制他們——不聽話就是殺，不能讓其他人冒險！」

「如果真的有辦法，那麼吉米就不會謊稱我不是闇行使了！」芙拉蜜絲凝視著他，她不信朝暐不明白，「莊先生也不會寧願犧牲自己妻小的性命，這麼多人不會寧可死也要護著我！對他們而言，自由才是一切，你根本不懂！」

能自由地活著，誰又願意受人控制的只為苟活！

鐘朝暐冷冷地笑了起來，輕笑乃至於狂笑，笑得連其他教徒都有些疑惑，「呵呵呵，哈哈哈……我怎麼不懂？以前我也是站在妳那邊的啊，芙拉蜜絲！我不是傻子，在鎮上時我早知道妳是闇行使！妳一定具有靈力，否則以我們的資歷，怎麼可能一再的逃生？」

「天哪，朝暐……」江雨晨忍不住掩嘴，他的話勾起了過往並肩作戰的回憶。

「但是我每晚都無法入眠，我腦子裡都是我家人的慘叫聲！從未停歇！那淒厲的慘叫在告訴我，如果不殺了妳為他們報仇，我一輩子都不可能自由！」鐘朝暐痛徹心腑地怒吼，「我真的真的很喜歡妳，如果沒有那場大火，我還想跟妳共組家庭——但是妳殺了我全家！」

不顧他們淒絕的慘叫，不理睬他的苦苦哀求，酷刑般的燒死他最最親愛的家人……他當然知道自由的可貴，所以，唯有在把芙拉蜜絲的頭顱獻給家人時，他才能得到自由吧！

堺真里悲傷地看著那曾陽光的少年，悲慟與恨改變了一個人，如此輕而易舉，說什麼都已枉然，他與芙拉蜜絲之間的恨結終究難解。

鐘朝暐望著芙拉蜜絲、堺真里與江雨晨，看得出他心底的痛苦與掙扎，但他終究闔上眼，高舉了手接著放下！

槍聲響起，芙拉蜜絲嚇得震顫了身子，堺真里驀地推開芙拉蜜絲，藉著反作用力他也往旁邊的江雨晨身上倒去——照理說這樣的反應，說不定能讓芙拉閃過子彈！

但他們都多慮了，剛剛那齊發的子彈沒有一個逼近他們，他們周圍有層東西守著，像層透明的綠色薄膜，擋下了子彈。

被推倒的芙拉蜜絲趴在地上，看見自己左手上的鍊子竟閃耀著綠色光芒，碧綠透亮，一如某人的眼眸。

「開槍！開槍！」鐘朝暐氣急敗壞地嚷著，教徒們聽令繼續開著槍。

芙拉蜜絲再度下意識地伸手欲擋，而很明顯地法海送的手鍊的確在保護他們！不管槍聲幾響，就是沒有子彈近身。

「這……」她望著手鍊，她甚至不知道使用方法耶！

因為這鍊子不是每一次都會保護她啊！

踉蹌站起身，雙膝都被黃土碎石磨破，不過她早已習慣這樣的小傷，呆呆的伸直左手以為這樣可以護得大家周全，腰間冷不防被手勾住，她來不及反應就被緊緊圈著，落入某個永遠冰冷的懷抱中。

修長的少年站在她身邊，白金色的髮飄動，穿著難得一見的黑色斗篷，從容地抬起手，手指間竟夾著一顆子彈。

小小的吸血鬼也穿著外黑內紅的斗篷，跑過來協助攙扶堺真里，他只是輕輕一拉，就穩住了他的身子。

「法海……」江雨晨喜出望外，不知道為什麼，看見法海她覺得安心許多。

法海來了……芙拉蜜絲矛盾地試圖掙脫，法海不會管雨晨或真里大哥的死活的，他在跟不在是一樣的。

「妳看見我怎麼沒有很開心？」他歪著頭看向芙拉蜜絲，還有點失望。

「你來幹嘛？」她倒是不客氣，「昨晚我說得很清楚了，我——」

法海根本沒聽她說話，逕行向右看著鐘朝暐，他正緊擰著眉，看著根本不知道怎麼出現的他們！

「你們究竟是什麼？」他咬著牙問。

「你沒有知道的資格。」法海鬆開指頭，綠膜外頭所有的子彈均落地，手掌再輕輕一揮，所有持槍的人瞬間失去他們的槍枝，並筆直朝著法海的方向飛來，他攬著芙拉蜜絲優雅閃身，讓槍枝盡數飛進了身後的森林裡。

一觸及結界，槍枝立即四散腐朽成灰。

「總是該公平些。」他微笑，鬆開了芙拉蜜絲，「這是妳的戰爭，我不想保護江雨晨或是堺真里，所以只好也不保護妳了。」

語畢，那手鍊便不再閃爍綠色光澤。

芙拉蜜絲望著他，勾起微笑，「我自己來。」

話才說完，她突然蹬步上前，一、二、三個大跨步，右手出鞭，俐落有勁地狠甩上前排紫袍人牆——啪！

「哇啊！」這一甩鞭令人措手不及，不是鞭開了他們的衣服就是鞭開了臉！

江雨晨抓準時機，立刻也扔出飛刀，對準的全是他們的手！

堺真里取下背上的十字弓，上箭，望著手持刀或劍的末日教會，一次兩個的一一射殺。

小小的許仙回到法海身邊，拉住他的斗篷，主人交代他們只能觀戰，雖然許仙很是緊張，看看這場面，末日教會的人包圍住唯一的出口，芙拉根本無路可逃……鑰匙總該出現了吧！

面對著大量的持刀者，芙拉蜜絲謹慎地以鞭子拉開距離，鞭子毫不留情地鞭笞在末日教會的人身上，就是不讓他們近身；堺真里負責遠方掩護，但是受傷的他根本無法像平時那樣迅速。

江雨晨挨在芙拉蜜絲背後，她的飛刀快用完了，揮動大刀的技巧不若其他人純熟，迫使她戰戰兢兢，尤其……她體內湧起一股憤怒之情，她能感受到，一直跟著她的亡靈對末日教會那種排山倒海的恨意！

她其實很希望體內的亡靈此時此刻能夠出來遞補她……但是，如果真的讓亡者附身，亡靈不僅會大開殺戒，她也永遠無法面對自己的恐懼與懦弱！

江雨晨！妳振作一點！已經面對過這麼多危險磨難了，什麼惡鬼妖獸沒見過，不該再這麼怯懦，不能永遠希望別人代替妳上戰場！

這些日子來，不是在法海跟真里大哥的訓練下增長了許多嗎？不管是大刀、飛刀，連近身搏擊都突飛猛進，每天的瘀青與痠痛就是為了這一刻做準備的——求求妳不要出來！

她緊閉著雙眼，握著大刀的手在顫抖，心底湧出另一份情感，殺氣騰騰，一個身體兩個靈魂，她正在天人交戰！

「芙拉蜜絲！」法海在後面高喊，「妳再手下留情，死的一定會是你們！」

芙拉蜜絲的鞭子在地上甩出一記令人膽寒的聲響，與末日教會對峙著，她知道法海在說什麼，因為不管她如何使對方皮開肉綻，都沒有取對方的性命……

可是對方，招招要她的命啊！

從來沒有想過，從小鍛鍊到大，歷經如此多艱難險阻，最難應付的居然是人！最殘忍、追他們到最後，讓她夜難成眠的，也是人！

只有人類！

「滾開！」轟的一聲，她的身上開始著火。

喝！鐘朝暐立刻緊握住手上的弓，「大家小心！她會燒人！」

「為除天譴，我犧牲心甘情願！」有人放聲高喊著，聽起來如此慷慨激昂，舉著長槍就朝芙拉蜜絲刺來。

沒有時間猶豫了！江雨晨倏地睜開雙眼，壓制了欲取而代之的亡靈——請不要附身，她能辦到的！

芙拉蜜絲正忙著對付面前的人，無暇顧及身後，江雨晨即刻趨前以大刀擋下，但對方的力氣比她大多了……不行，冷靜思考，面對比自己強大的敵人——銀光闖進眼尾，江雨晨倉皇看去，另一個人竟從左手邊撲向了她！

就是現在！她一轉大刀，讓持長槍的人用力過猛朝著右邊踉蹌，而撲上來的人拿著彎刀，猛然就被持長槍者使勁撞上，頓時跌成了一團！

十字弓箭自江雨晨眼前飛過，正中彎刀者的咽喉。

「啊！」江雨晨倒抽一口氣，看著彎刀男人瞪大雙眼望著她。

「幫……幫兇……」那面容像是一種指控，帶著龐大的怒火，江雨晨看著那穿咽的箭，忍不住回首看向堺真里。

真里大哥也開始殺人了嗎？她……她下不了手！

才在掙扎，持長槍的人早已立穩重心，抓準她發呆的機會，長槍直接朝著江雨晨心窩刺入！

一柄金刀從旁疾速地刺入男子的側頸，芙拉蜜絲正巧半個回身，順著力道將手握的金刀全數刺入對方的頸子，一秒拔出時還不忘伸腳踢開他！

「不要遲疑。」她眼神對上她的，低語說著，同時壓著江雨晨的肩頭蹲低身子，閃過另一柄大刀。

殺人……江雨晨簡直不敢相信，他們真的開始刻意殺人了！為什麼！為什麼總是要逼迫他們！

她——一個教徒手轉著雙刀朝她射來，江雨晨直覺地跳起以大刀準確擋下，彎刀在她刀上轉著，一咬牙，她把彎刀拋了回去！

男子輕而易舉地接住自己的彎刀才想要再拋扔而出時，一支箭冷不防地射穿了他的眼窩！

「哇——」

男子掩著眼球哀鳴，再另一支箭準確地穿過喉頭。

堺真里默默地再上弓，他知道，雨晨無法下手殺人。

「使不上力的感覺如何？」一旁的法海還在說風涼話。

堺真里瞥了他一眼，卻笑了起來，「很欣慰，看看芙拉跟雨晨，短時間進步這麼多……已經是個戰士了啊！」

法海看向在人群中的身影，「是啊，有趣的是，她們是被人逼出來的，而不是被那各界的妖物啊……」

有趣？堺真里擎著十字弓再射了一箭，要他說，只會用可悲來形容吧。

從當自治隊長至今，最殘忍、最令人畏懼、最棘手，也令人膽寒的，自始至終都只有人類。

就像現在，整個區域裡塞滿了非人，但是在這裡阻礙他們、要殺他們的卻沒有一個是非人！

法海悠哉地站著，但眼神沒有錯過躲在紫色長袍後的鐘朝暐，他隱藏在後頭，現在正拉滿弓，對著奔跑的芙拉蜜絲。

斗篷下的小手緊緊拉著，主人沒有要出手嗎？還是他想乾脆就讓芙拉蜜絲死在這裡，他就可以拿到想要的東西了？

瞄準那在重重包圍下依然活躍的芙拉蜜絲，看著血花四濺，看著她俐落不再手軟的斬殺，他曾經最喜歡的模樣，曾經。

一切都只能是曾經了。

深吸了一口氣，屏住氣息，指尖的弓弦即將鬆開——突然一陣猛烈撞擊，他失去準頭，箭矢卻已經射了出去！

咻——箭不偏不倚射中某個背對他的教徒，鐘朝暐整個人卻被撞到在地。

「誰！」他立即旋身回首，看見的是已經又疾速逃走的身影。

究竟是誰！末日教會裡居然有叛徒！他立刻起身，追逐那身影而出！

「芙拉蜜絲！快穿過結界！」吶喊聲莫名其妙地闖進了戰場裡，「一旦穿過結界之後就會有接應者，就算是非人也不會傷害你們！」

什麼？身上染滿他人鮮血的芙拉蜜絲驚愕回首，剛砍下一個末日教會教徒手腕的江雨晨正氣喘吁吁地望著從眼前奔跑而去，直直衝向結界的瘦小身影。

「提耶？」她不可思議地喊著，這是怎麼回事！

提耶沒回頭，而是直接站在結界面前，「我是守護審核者，我用我的鮮血證明，芙拉蜜絲、江雨晨及堺真里有資格通過結界之門！」

審核？現在又是在說什麼！

提耶連一句再見都沒說，居然全力助跑，衝進了結界之中！

「不——」芙拉蜜絲狠狠幾個環形鞭開了敵人，跟著朝結界衝了過去，「提耶！住手！」

穿過木框的提耶在眨眼間炸開，結界裡頓時染滿鮮血，照理說該成為碎塊且極速腐朽的現象卻沒發生，取而代之的是「血輪」。

提耶的屍體消失無蹤，化為看不見的碎塊與血液，在那個結界中打轉，因為他的血，可以看出那結界與其他地方不同，結界是圓形的，紅血在裡面打轉著，像是個血之漩渦一般。

「鑰匙總算出現了！」法海喜出望外，倏地來到堺真里身邊，二話不說就把他往結界裡扔。

「法海！」芙拉蜜絲尖叫著，「你怎麼可以——」

她根本來不及阻止，看著堺真里狼狽痛苦地一路滾進結界裡，但是……毫髮無傷？

他趴伏在地上，驚愕地發現自己已經通過了血輪的範圍，但是他依然完好如初，沒有被空間扭曲，也沒有被疾速的時間追趕。

「他就是鑰匙，要用他的鮮血為你們打開結界。」法海凝視著她，「懂嗎？這才是監視者的工作，他要看你們有沒有資格！」

提耶是……是鑰匙！提耶居然是鑰匙，所以他才不是什麼監視者，他根本就是守護者嗎？

「江雨晨！」法海催促著，江雨晨戰戰兢兢地望著在裡頭的堺真里，也發現到血輪逐漸縮小。

他們必須在血輪消失前通過這裡！深吸一口氣，一咬牙她就衝了進去！

「站住！不許讓他們逃走！」鐘朝暐再次拉滿弓，朝著芙拉蜜絲射出，「主謀芙拉蜜絲．

艾爾頓，不能讓她逃離！」

面對飛來的箭矢，芙拉蜜絲一個S甩鞭將箭矢劈成兩段，她當然知道鐘朝暐的準確箭法，但是她的鞭子也不容小覷。

法海推著許仙進入，不忘低語交代，「要說什麼快點，血輪時間很短的。」

他們一走進血輪中，許仙跟法海頓時之間四分五裂，迸散開來，但是卻又很快地重組、再裂開、再重組、裂開——直到許仙滾了出來。

江雨晨憂心地趕到他身邊，蜷縮著的許仙終於漸漸恢復成一個人形，那可愛孩童樣的外表，只是臉色比之前更白了些。

法海從容走出，歷經兩次的分裂與重組，他看起來倒是從容自若，似乎沒有傷及他分毫。

血輪外，就剩下芙拉蜜絲了。

她看著鐘朝暐，「對不起！」他們之間的事，只能到此為止了。

「不不不！不許走——放箭！放箭！」鐘朝暐驚恐地大喊，所有持弓的末日教徒全數擎起弓箭，數箭齊發。

「啊！」江雨晨跳了起來，急欲衝出去，「不行——」

法海輕鬆地攔腰截住她，擋住她的衝動，「別擔心，鐘朝暐絕對不會傷害芙拉的！」

什麼？江雨晨吃驚地抬頭看向法海那依然俊美的容貌，他在說什麼啊，那是亂箭啊！

萬箭齊發，芙拉蜜絲沒有回頭的疾奔入內，一如法海所說，竟安然無恙地通過血輪，身上儘管斑駁狼狽，或許是剛剛混戰中的小傷、衣衫破裂劃傷，但是她的背上，竟沒有任何一支箭矢。

彎腰通過血輪的芙拉蜜絲回首，看見在結界的另一端，居然站著渾身插滿箭矢的鐘朝暐。

他宛如刺蝟，所有的箭都落在他身上。

「……朝暐？」芙拉不可思議的掩嘴，「鐘朝暐！」

為什麼為什麼為什麼！她忍不住跪上了地，望著站在血輪外的鐘朝暐，血輪現在已經縮小成一丁點，即使轉著，卻也容不得任何人再進入了。

他為什麼會衝出來為她擋箭！

「活該。」法海輕聲說道，帶著無盡嘲諷。

鐘朝暐瞠目望著她，終至頹然倒地，鮮血從他身上無數個孔洞溢出，也從他嘴角大量的流了出來。

「天哪，朝暐……你……你為什麼！」江雨晨忍不住哭了起來，如果要幫芙拉，也不必用這種方式啊！

血輪消失了，結界再度恢復成正常，鐘朝暐終於全然倒下，仰躺在地，雙眼依然看著芙拉蜜絲。

為什麼？他口中鮮血吐不停的喃喃問著自己，這是為什麼？他應該要芙拉蜜絲萬箭穿身而亡，他要提著她的頭顱去祭拜爸媽跟慘死的家人，他們還在安林鎮的墳堆上等著他啊！

為什麼身體就這樣衝出去了？

突然有無數紅色光點從鐘朝暐身上大量飄出，江雨晨看得瞠目結舌，那是……那是血月時對食願魔許願的象徵，難道——

鐘朝暐耳邊傳來一聲輕喃，令人動容的誠摯嗓音是他自己的聲音：『我希望可以永遠保護芙拉蜜絲。』

我希望永遠保護芙拉蜜絲……

啊啊，那是血月那晚，他對著血月許下的願望！呵……呵呵……哈哈哈！

「他在血月下許的願望，食願魔再沒用，終究還是惡魔。」法海勾著諷刺笑意，「當初他因為這個願望在大火時逃過一劫，家人慘死，現在也因為這個願望，替芙拉而死——這就是我從來不擔心鐘朝暐會傷害芙拉的原因。」

因為，他一定會為她而死的。

為她……芙拉蜜絲痛苦地閉上雙眼，淚水忍不住滑了下來，不值得啊！朝暐！這太不值得了！

她淚眼汪汪地看見生命從鐘朝暐死不瞑目的眼裡消失，但是她知道他有多恨，有多麼的不甘心！

他是真的恨她的啊！

「對不起對不起對不起！」芙拉蜜絲趴在地上，痛哭失聲，「欠你的，我只能下輩子還你了！」

淚水亦模糊了江雨晨的視線，她哭得心碎，過往快樂的時光一幕幕湧上，又一幕幕消散。

結界外的末日教徒，發狂地朝這兒不停地放箭，但箭只會在結界中被扭斷攪碎，他們已經安全了，任何人事物都穿越不了這道結界；堺真里至此鬆了口氣，鐘朝暐終究是走上了不歸路，如果他不那麼執著要殺芙拉，或許就不會走到這一步。

麻醉藥效正在退去，他開始感受到連呼吸都疼的痛楚。

「快去找！還有誰能解開這個結界！殺了主謀者啊！」末日教會的副手驚恐地吶喊著，「放走芙拉蜜絲，世界會崩壞的！」

哼，趴伏在地上的芙拉蜜絲睜開淚眼，還真是太抬舉她了。

忽地吶喊聲與腳步聲從外頭傳來，剛剛他們來的小路上湧進了一大堆防衛廳隊員，隊員們一衝進來就是通殺，殺得末日教會根本措手不及！

領隊的竟是路西法，他刀法快得令人瞠目結舌，一刀一個，還能直接腰斬一個人！

瞬間將人切成三塊，他舔著刀上的血，走到了結界前，用一種詭魅的眼神打量著他們。

「路西法大哥？」芙拉蜜絲嚥了口口水，為什麼她突然覺得那眼神好駭人？

「還不快走？」路西法微笑著，比平常多了份……邪惡？

「路西法？」堺真里想起身，撫著胸口吃力地站不起來！

江雨晨趕緊回身攙扶，他不可思議望著路西法，「這是怎麼回事？」

「末日教會就交給我們吧！」路西法淡淡地指向路的遠方，「快走吧！未來還有漫漫長路呢！」

芙拉蜜絲不知道該說些什麼，只能禮貌地行禮鞠躬，「謝謝……謝謝你，路西法大哥！」

路西法沒有回應她，而是看向法海，「欸，你可欠我一次，Forêt！」

只見法海揚起笑容，竟也朝他敬了個禮，「幫你創造一個人間地獄了還不夠嗎？」

什麼？芙拉蜜絲不解地望向法海，他們在說什麼？

「啊！大哥！」江雨晨突然驚恐叫著，因為路西法的身後有個末日教徒趁機從後劈砍而來。

怎知路西法只是轉動上半身，伸手一抓就活生生撕下該男子的人頭，緊接著滿意地對著斷口吸吮！

「哇！」江雨晨嚇得尖叫，「路西法大哥怎麼會……」

「有什麼好大驚小怪的？」法海旋身，斗篷飛揚，「他都叫路西法了，妳說呢？」

他都叫路西法？芙拉蜜絲瞪圓雙眼，緩緩地跟江雨晨對視，中間夾了一個受傷的堺真里，他的臉色比剛剛更慘白了——他是真正的路西法？

那個惡魔？那個地獄裡的路西法？天哪，他居然化身成人，還是北區防衛廳的隊長？

「怎麼會？惡魔早就在這裡了嗎？」堺真里失控地大吼著。

許仙踏著輕盈的腳步在前頭跳著，「惡魔早就在人心了呢！真里大哥！」

早存乎於……人心了？呵……呵呵……芙拉蜜絲不知是一時鬆懈或是難受，竟然雙腳一軟突地往下癱軟，法海趕緊扶住她，輕而易舉地攬到身邊。

「依著我吧！」法海溫柔地摟著她，「Du Xuan，幫忙。」

「噢！」許仙立刻往回跑了過來，小小的身子只是扶著堺真里的大腿，就能讓他不倒。

他們忽視後頭的廝殺慘叫，往無界森林裡走去，看著無盡頭的黃土道路，陽光漸漸被樹木遮掩，未來的路還很長……是啊，他們終於過了結界，但是要怎麼到舊日本，怎麼去到闇行使的國度都還是未知數。

「我好累……」她無力地靠上法海肩頭，身心俱疲，她實在不知道自己能不能再走下去。

鐘朝暐死前的模樣烙印在她腦海裡，揮之不去。

不知道什麼時候開始，他們失去了陽光，慘叫聲也聽不見了，他們與都城再無關係，惡魔、精怪、惡鬼、人類與闇行使的戰爭，只怕才剛剛開始。

江雨晨打開了手電筒，照亮昏黑的道路，突然前方出現白色的身影。

「有人。」她止步，吃力地再把肩頭上的手往上扛，因為堺真里連走動都有困難了。

芙拉蜜絲立刻進入備戰狀態，持著鞭子，目光灼灼地瞪著白色的瘦長身影。

看不見臉，但是從超過兩百公分的身高與身形看來，只怕不是人類，對方用斗篷遮去了一切，他們像跟一座三角形的高大物體說話。

來人走到他們面前，在距離約兩公尺處便停下，詭異的是，他朝他們行了禮。

這樣並沒有讓人鬆懈，江雨晨緊擰眉心，飛刀早就夾在指間預備，芙拉蜜絲算著距離，對方一有動作，她就要用金鞭圍出界線。

「歡迎，很久沒有人通過這裡了。」對方聲音低沉溫潤，「我是引路人，請隨我前往耶姬山。」

什麼？對方一開口就令人吃驚，彷彿早知道他們的來意！法海泛出微笑，直接看向了江雨晨。

「居然留了這樣一手啊……」他喃喃低語，只有許仙聽見。

「嗯？」他正打量著白色人影，看不出來是什麼生物。

「誰信你啊！不要擋路！」芙拉蜜絲上前一步，持鞭對著他吼，「我們這裡有闇行使，不想惹事！」

白色的人影靜默，這次轉向了法海。

「你們是鑰匙允許過來的人，我們族類跟結界設立者有過誓約，凡能通過這個結界的人，一律平安護送至耶姬山。」

「結界設立者啊……」法海趨前，一邊看向江雨晨，「妳居然設了這麼多關卡。」

「嗄？」江雨晨顯得有點心慌，法海在說什麼啊？

「你知道我們是什麼吧？如果想要試著傷害我們的話……」法海望向斗篷裡的黑暗，「不管你是什麼，我——」

「請不要誤會，這是約定。」白色人影再度行禮，「期限是無止境，只要我們族類存在於三界之中，就一定履行：平安地護送通過結界的人，前往耶姬山。」

江雨晨憂心忡忡地看向芙拉蜜絲，她不懂為什麼會突然有這樣的事。

「護送……你是指保證我們在無界森林裡毫髮無傷嗎？」芙拉蜜絲試探著問，「非人多會欺騙，憑什麼要我相信你們？」

「此去耶姬山凶險，雖然你們有不死族陪伴應該沒事，但是這是我職責所在。」白斗篷嘆了口氣，「提耶犧牲了生命，就是為了讓你們前往耶姬山，我守在這裡，就是為了護送你們。」

「提耶……你認識提耶？」芙拉蜜絲嚇了一跳，這不太可能啊，提耶不像闇行使啊！

「我看著他長大的，他是鑰匙，結界於他無礙，可以自由來去……」這聲調變得有點低沉沮喪，「我以前曾希望可以遇到通過結界者，親自帶他們去耶姬山，但是後來知道要以提耶的生命做交換後，我就一直祈禱千萬不要……」

說到這兒，話的尾音沒了，芙拉蜜絲立刻提高警覺，拜託不要把提耶的死推到他們頭上啊！

「你有職責，提耶也有，這是他的命數。」法海說得淡然。

「我明白。」他點點頭，「每個鑰匙都希望有機會能成為鑰匙，我知道提耶非常非常開心你們的到來，芙拉蜜絲、堺真里以及──」

頭微轉向江雨晨時，白斗篷沉默了，他明顯地倒抽一口氣，然後喃喃說著怎麼可能。

這讓江雨晨有點害怕，她喉頭緊窒地握著大刀，手心都開始冒汗了，「我、我怎麼了嗎？」

只見白斗篷深深一鞠躬，腰都快彎成九十度了。

「何其有幸，能帶你們前往耶姬山，我想提耶一定非常榮耀。」

什麼？江雨晨不安地縮著身子，為什麼那個非人要這樣對她？

芙拉蜜絲思忖了數秒，想起了在江雨晨體內的那個亡者，心裡起了疑惑。

「法海？」她向前問著。

「別擔心，沒事的。」他肯定地點著頭，代表可以相信這個奇異的族類。

「啊啊，受這麼重的傷，很難完成這段路啊！」白斗篷趨前，芙拉蜜絲立刻擋住了他的去向，「芙拉蜜絲，我只是要治癒堺真里而已。」

「可是——」連江雨晨都湊上前了。

「沒事的。」法海再說了一次，走過來將芙拉蜜絲拉走，「這裡是他們的地盤，既有約定，我們該相信那個約定。」

否則，連他都不知道闇行使國度究竟在哪兒呢。

芙拉蜜絲緊張地握住他的手，皺著眉質疑地看向他。「你會不會——」

「不會。」他沒等她問完，「我不會害他們的。」

她仍舊不放心，看著白斗篷來到堺真里面前，蹲下身子還是比他高出許多，死白的手伸出，倒是雙如正常人類的手；輕輕擱在堺真里的胸口，江雨晨站在一旁盯著白斗篷，就怕有個閃失。

「啊……」堺真里突然皺起眉，狀似痛苦。

「喂——」芙拉蜜絲欲往前，立刻被法海抱住。

「噓噓……給人家一點治療的時間，那是斷骨癒合！」他圈著她的身子，「不要這麼緊張，至少有我在。」

有你在……芙拉蜜絲皺著眉看向他，就是有你在，我才……我才……淚水再度湧出，法海輕撫著她的臉頰，冰冷的手貼上她發熱的臉龐，讓她倍感舒服。

「你讓人很煩躁！」她唸著，「我以為你真的要扔下我了，我……」

「妳知道那是不可能的。」他泛起笑容，將她的淚水一一抹去，「我可是等了妳五百年啊……」

等她？還是她身上的東西？

芙拉蜜絲沒問，她只是偎進他懷裡，她喜歡的是這個人、這個臂彎、這個懷抱，為了貪求這份幸福，她可以什麼都不問。

「呼！」身後傳來鬆一口氣的聲音，「天哪……都不痛了！」

「試著動動看，我應該已經將傷口修復了。」白斗篷起身順道朝堺真里伸出手。

他遲疑著，但還是搭了上去，站起身時活動筋骨，覺得自己不但傷勢復元，連能量都倍增……彷彿被輸入了力量一般。

「真里大哥都沒事了？」芙拉蜜絲亮著雙眸。

「沒事了。」堺真里肯定地頷首，「謝謝你，怎麼稱呼？」

「引路人。」他謙遜地說著，一邊退回原來的位置，「我想各位都歷經過一場戰役，現下休息是最重要的，前方不遠，約五公里路程是個可休憩的點，我們再走一會兒。」

芙拉蜜絲望著法海，他輕闔雙眼表示沒問題，緊握著她的手，彷彿再次強調：有我在啊。

「請帶路吧！」她說著，至此真的全然放鬆。

「好的！一路上我也會跟各位解釋耶姬山的一切，好讓各位較快融入那個屬於你們的國度。」引路人聲調總是謙虛，「苦日子要結束了，請再忍耐一下吧！」

法海圈著芙拉蜜絲的身子，讓她把力量偎在自己身上，她有點羞紅著臉的說自己還能走，只是有點累而已沒關係，婉拒了過度親暱的碰觸。

但是他們的手依然緊緊牽握著。

江雨晨不發一語，走在堺真里身邊，不停擦著淚水，沒有人打攪她的哭泣，她正為逝去的時光與鐘朝暐悼念。

芙拉蜜絲默默望著十指交扣的手，法海的左手腕上多了一串紫藤花腕飾，那是屬於丹妮絲的。

不需要說明她也知道，丹妮絲擅自攻擊她並說了不該說的話，法海不可能放過她。

他是 Forêt 啊，就是這無界森林的化身？這是什麼意思，丹妮絲的話在她腦中迴響著——他等了妳五百年，就是要妳親自獻出牙！

用力皺眉閉眼，神色變得難看。

「累的話我可以抱妳。」他認真地說著。

「不必啦！」她尷尬地咬著唇，越說越誇張了喔！

許仙好奇地跟在白斗篷身邊蹦蹦跳跳，很想知道對方的模樣，想探究對方的靈力，靈力高的話，還可以給主人當食物呢！

「我想請問一下，」芙拉蜜絲走了段路後，沉澱心情後才想發問，「你說的締約者，那個結界創立者究竟是誰？」

設下如此駭人的結界，為了阻止平凡人去舊日本，連闇行使都通過不了，除非「鑰匙」審核才能通過，這表示結界創立者根本在篩選人！

正因如此，闇行使國度才不是每個人都知曉啊！

白斗篷回首，法海幽幽地瞥向斜後方尚在哭泣的江雨晨，她抹著淚的右手腕上，那串手鍊依然叮噹作響。

「木花開耶姬。」

第十一章

所謂引路人的必要性，令芙拉蜜絲印象深刻！他不但護他們周全，讓他們在無界森林中暢行無阻，其他各種非人妖魔也都不敢近身造次，並且為他們簡單地說明關於耶姬山的事。

「闇行使國度」位在舊日本一座火山裡的小國，沒有引路人，根本無人能抵達。

傳說是五百年前，日本火山神女建立的，她帶領著被迫害的靈能者們，一路逃回她的發源處，在那兒安身立命，也正是如此，五百年前才會有靈能者一度銷聲匿跡的局面。

火山神女不僅先在各地設下特殊的結界，不管是誰都需要得到「鑰匙」審核，才能通過那結界；用命換取的資格，每個「鑰匙」都身負重任，沒有人希望自己的命白費，所以審核相當嚴格。

等到通過結界後，下一關便是引路人，雖說引路人是護送他們過去的，但是到逼近耶姬山時，他可以有最終選擇，決定這些人是否真的能進入——問題是引路人是非人族類啊，芙拉蜜絲研究過，可能是妖魔之屬，有多少人的心思能瞞得過他們？

儘管有人護衛，但在無界森林裡的旅程依然漫長，匆促逃亡的他們沒有準備太多乾糧，後來只能如以前一般獵捕森林裡的動物；這裡的動物異變得更嚴重，什麼能吃、什麼不能吃，都得由引路人教導。

原本引路人要張羅大家的食物，是芙拉蜜絲堅持想自己學習，引路人才放手的；她、堺真里與江雨晨輪流獵捕，運用自己的武器，為大家填飽肚子，也學習在無界森林中生活與奔跑。至於法海跟許仙，嗯……他們只要不吃大家就好了，愛吃什麼隨便他們挑。

歷經三個月，風塵僕僕，他們終於抵達了耶姬山，舊日本的所在。

徒手攀岩，爬上一座寸草不生的山壁，再走上一小段半身人寬的路，來到一個窄小的洞穴，至此，引路人正式跟他們告別，請他們往洞穴深處走便是。

他們進入岩洞，真的是初極狹窄僅能通一人，拐個彎後忽然出現燈光，那兒有另一個出口在等待他們，穿過之後，便是柳暗花明又一村！

驚喜地如同引路人所述，那是個延續五百年前，科技昌明到令他們不可思議的時代！

滴滴——滴滴滴滴——鬧鐘高分貝響了起來，芙拉蜜絲皺起眉厭煩地翻個身，伸長手往床頭櫃摸去，按掉了鬧鐘。

她這才起身，迷迷糊糊地坐在床上，這是極度柔軟的床，寬敞乾淨的房間，循環扇在地上轉著讓空氣流通，床頭櫃上的電子鐘顯示著九點零一分，她撫著依然暈眩的頭，發現自己也太能睡了吧？

掀被下床，身上穿著絲質睡衣，她這輩子還沒穿過這麼好質料的睡衣……不，這裡的一切都好得不像話。

拉開百葉窗便是一種叫氣密窗的東西，雙層玻璃材質，不但遇雨不會噴進來，聽說還防曬……防曬？天哪，他們以前誰在怕曬太陽啊？工作都來不及了啊！而且窗戶牆上完全不必刻寫什麼咒語，因為這兒百鬼不侵！

她推開窗戶，涼風便陣陣吹來。

窗外的小窗台上種滿了五彩斑斕的花朵，望著遠處，可以看見兩層樓的平房一棟棟散佈著，真難想像，自己有朝一日，會住在書上才有的奢華獨棟別墅裡。

柏油路又大又直，幾台車子駛過，放眼望去不乏高達十層樓的高樓大廈，車子、機車、腳踏車遍佈，所謂電視與電腦，這些在課本裡的東西，竟全部存在於現實，在這個闇行使的國度裡！

扁平的電話人手一支，電力永遠充足，屋子全是中央空調，她的浴室裡竟有按摩浴缸；夜晚五光十色，沒有宵禁，有的是她沒去過的電影院、KTV、到處都是綠樹公園、泳池健身房，噢，還有一種叫音樂廳的建築。

到達闇行使國度的第十五天，她依然眼花撩亂。

在這裡生活的人們何等幸福、何等富足啊！所謂天堂居然存在於人世間！

反觀她出生的地方，物資嚴重缺乏，整日與天爭命，相較之下，那豈不是另一處地獄嗎？

誰能想像得到，闇行使國度居然能延續五百年前的繁華存活至今！

「早，芙拉蜜絲！」一個高大的男人站在她的窗台下，「醒了嗎？身體有不舒服嗎？」

「啊！早……」她回過神，努力去記憶這個男人是誰。

「我是妳的引導者，彗星。」他微笑著，「等等我幫妳送早餐來，先梳洗一下吧，今天我們有很多事要做呢！」

「噢！不必吧！」她皺眉，「餐點的事讓許仙做吧？」

提到許仙，彗星臉色一凜，這裡的人對法海他們的身分很感冒，畢竟是吸血鬼，就怕他們會大開殺戒。

「我們希望妳按照營養師的比例進食，妳還在休養中別忘了。」彗星微微一笑，「許仙要做額外的甜點是沒問題，但正餐的話還是——」

「好了好了！」她揮揮手，真的很囉唆，「這裡規矩真多。」

她討厭太多規矩，這倒是不管哪都一樣，安林鎮是，都城是，這兒也是……這裡甚至更多。

關上窗，火速梳洗一番，打開櫃子挑選著早為她備妥的無數件衣服，她還是習慣T恤加上長褲，方便動作為先；走到客廳時，江雨晨跟堺真里正在做家事，一個擦地一個擦桌子，聊得正開心；不過許仙卻嘟著嘴坐在餐桌上，一雙眼瞪著彗星備好的早餐。

「天哪！我睡好晚！」她看著在打掃的他們，「應該要叫我起床一起幫忙的啊！」

「讓妳多睡一點！」江雨晨神采飛揚，「妳難得可以睡這麼熟呢！」

「是啊，妳還在恢復期，不急。」堺真里將畚箕裡的垃圾往垃圾桶倒去，看上去健康無虞。

「奇怪！真里大哥明明傷得比較重，為什麼我睡比較多啊？」她咕噥著，來到耶姬山後，感覺自己越來越虛了！

「因為放鬆。」彗星坐了下來，「走到這邊，妳歷經了太多，需要好好 Relax 是真的。」

她托著腮，沒好氣歪頭，「我好久沒鍛鍊了，覺得骨頭都要散了！敏銳度也減低！」

「隨時歡迎妳練習，後院很大啊，我們還有集中的訓練中心，健身房妳一定要試試，堺真里現在可迷上那兒了。」指指桌上的牛奶麥片及水果沙拉，「首先，先吃飽吧！」

「哼！」一旁的許仙立刻用鼻子哼氣。

「不是嫌你做的不好，當初進來前講好的嘛！」芙拉蜜絲趕緊握住許仙的手說著，「要遵守這裡的規矩嘛！他們只供正餐啊，點心怎麼辦？我們可是很想念許仙的甜點喔！」

「哼！」許仙跟孩子一樣，撇過了頭。

芙拉蜜絲無奈笑笑，他這樣賭氣也十來天了。

這裡的早餐每天都不同，有所謂的營養師為她身體專門搭配。

「我到現在都覺得像是在做夢一樣。」她看著這一屋子，「世界上居然有這樣的地方……」

「這就是闇行使的國度。」彗星自豪地說著，「所以一般人是進不來的，不是每個人類都有資格享受這樣的生活。」

因此，才有著審核與重重關卡嗎？

這裡生活的主要是闇行使，當然還有普通人類，那些不在意靈能者，而且真的對大家一視同仁的人；有點像黑剛大哥想打造的都城北區，那裡只容得下闇行使，以及能接納闇行使的人們。

想到都城她心頭就一緊，有惡魔降臨的地方，黑剛大哥他們還安好嗎？

「這裡的資源太豐富，科技也好發達……你知道我們出生的地方嗎？」芙拉蜜絲突然看向彗星，「我們安林鎮，連燈都捨不得點，全鎮只有兩台車子……要砍柴、打水，生活水準比這裡倒退至少一百年，而且完全沒有進步的機會。」

為了求生，沒有人有餘力去研究、去開發，每天都在生死關頭上的人，哪有閒暇去發明什麼呢？

「那是他們的選擇。」彗星打斷了她的話，「五百年前，他們做出選擇，捨棄了闇行使，自然也捨棄了這樣的生活。」

「我沒有選擇的餘地啊！我一出生就在安林鎮，一出生就面對著死亡威脅，在危機四伏的世界裡長大，在物資貧乏的世界裡生活，還要鍛鍊訓練以防隨時被非人吃掉——」

「五百年前的祖先做了選擇，他們選擇危機重重，與非人共生的生活！」彗星突然變得嚴厲，「是他們，把我們闇行使族群逼到絕路，是他們對我們趕盡殺絕，我們是逃到這裡來的！現在的這一切，都是我們祖先胼手胝足得來的！」

那些人類，沒有資格享有。

芙拉蜜絲看著激動的彗星，她懂！她明白，只是如果他們願意分享一點點出去……闇行使不必跟那些人一起生活，但是物資與科技或許可以共享啊！

「你知道嗎？我們總是在分類……」她對這件事真的厭了，「在鎮上時分、都城分，到你們這裡也分……」

「不是我們願意的，別忘了我們是受迫害的一群。」彗星性子稍緩地嘆口氣，「當初我們被逼著逃到這裡來，躲進山裡，才開始建立這些的……每個人都有選擇，五百年前的人界崩壞，造成了現在。」

「這裡的人種也很多，也是當年一起躲進來的嗎？」江雨晨抓到空檔發問。

「是的，五百年前神女帶領著闇行使一起逃亡，路上凡遇到受害的闇行使便救援，陣仗越來越龐大，直到回到聖山。」彗星提起神女，眼神充滿崇敬，「我們能有這一切，都是神女賜給我們的，結界、安穩，與世隔絕。」

「木花開耶姬？」芙拉蜜絲對這名字可熟了，「為什麼神女可以幫你們，卻不願讓世界恢復秩序呢？」

「因為木花開耶姬是個人，不是神。」

聲音冷不防地從後門傳來，大家嚇得回身，法海從花園邊的側門走進；芙拉蜜絲人都站起來了，堺真里跟江雨晨武器也都上手，彗星望著他們輕哂，果然是活在危險世界的人，警覺性非常高。

「人？」芙拉蜜絲狐疑，「只是個人，怎麼……」

「她是神女的靈魂轉世，只是因為那個神女想當普通人，所以力量未曾覺醒。」法海知之甚詳，「但是後來法則扭曲，人界崩塌，妖魔入侵，末日教會追殺闇行使，加上很多原因吧，迫使她靈魂覺醒，才有那個能力帶他們回到這裡——她的力量發源地。」

這裡？每個人都有些困惑，江雨晨倒是有些遲疑，「你是說……這座火山嗎？」

法海讚許地微笑，瞥向許仙，他立刻衝到冰箱前，準備主人想喝的酒。

「木花開耶姬，是火山神女，所以她才帶大家通過無界森林，回到她的歸屬地。」彗星點點頭，「那時你就存在了嗎？」

後面這句是問法海的，他並不想回答這個問題，只是別開眼神。

「難怪，如果她是這裡的人，力量將發揮到最大，也才能保護人啊……」芙拉蜜絲完全能理解，「接著你們就在這裡生根了。」

「是的。」彗星點頭。「所有一切都遵照木花開耶姬的指示與法令，任何人都不得違背。」

他們知道，才進來就得背一大堆法條了。

「那麼……我爸媽也待過這裡嗎？」芙拉蜜絲終於提出最想知道的問題。

彗星凝視著他，沉默數秒後才點點頭，「是的，至少妳父親是。」

「他是從小就生活在這裡，還是……」

「班奈．艾爾頓是費盡千辛萬苦，通過重重關卡才到達的，不過最後卻選擇離開。」

「為什麼？」堺真里比芙拉蜜絲還快發問，「闇行使國度根本像個傳說，人人知道，人人嚮往，要進來不容易……好不容易找到了，怎麼會想離開呢？」

「我也想知道。」芙拉蜜絲才不懂呢！「這裡真的這麼好，為什麼他們想離開呢？爸甚至得當木工替人蓋房子為生？我們過得多清苦啊！」

「這我就不清楚了。」彗星搖了搖頭，「我並沒有幸認識他。」

「那誰知道？」芙拉蜜絲想要一個答案。

一旁的許仙可忙了，踩在凳子上為法海斟滿一杯白葡萄酒，他執起高腳杯，姿態依然優雅迷人。

「問神女吧！」他悠哉悠哉地靠在廚房流理台邊，「她一定知道所有的事，畢竟要離開應該是向她報備的吧？」

彗星吃驚地看向法海，一臉你怎麼知道。

「放心，神女早知道妳會有疑問，今天就是安排各位去見她。」彗星交代著，「江雨晨、堺真里，再來是芙拉蜜絲。」

「等等……女神？那個木花開耶姬？」芙拉蜜絲覺得錯亂了，「五百年前那個？」

只見彗星劃滿微笑，點了點頭。

「怎麼可能？天哪！人怎可能活五百年！」江雨晨雙手掩嘴看向法海，「天，難道……她也是吸血鬼！」

是嗎？芙拉蜜絲詫異地回頭看向法海。

「才不是，誰要跟她同類？」法海明顯地不悅，「人要不死的方式多得很，好嗎？被惡鬼吃掉化為鬼獸也不會死啊！」

「這答案很爛，好嗎？」芙拉蜜絲沒好氣地瞪了他一眼。正首看向彗星，「好！我要見木花開耶姬，我有太多疑問要問她了。」

彗星默然地頷首，女神早就料到會有這樣的事，每個進來的人總有滿腹疑問，多數問題彗星就能解惑，但是這幾個人……卻格外的不同。

單就江雨晨來說，彗星多看了她一眼。

她對闇行使沒有惡意，也能包容一切，但就常理而言，她根本沒有資格進入闇行使國度——因為，她是另一群人。

但是她跟著芙拉蜜絲前來這裡，必然有其原因，祭司說不要動她，他們也就默默承受。

「那，江雨晨。」彗星客氣地喚著，「就請先跟我走吧！」

「咦？現在？」江雨晨嚇了一跳，手上的抹布還拿著呢。

「該走了，車子在外頭等了。」彗星看向堺真里，「您要一起來嗎？」

「好。」堺真里趕緊放下手邊的工作，看了芙拉蜜絲一眼，「芙拉，妳……」

「我晚點去，我來收拾善後。」她肯定地點著頭，「大家都先放著吧，你們先去，我——」

「我會帶她去的。」法海幽幽出聲，「我知道在哪裡。」

彗星蹙眉，對於法海，他總警戒著，厭惡大過於一切。

送江雨晨跟堺真里出門，他們顯得有點慌亂，畢竟突然被告知木花開耶姬還活著，而且還立刻要會面，這任誰都會不安的。

「怎麼？」肩膀突然被人摟住，「來這裡後妳一直心事重重。」

嗯？她認真抬首看向他，「是嗎？我是這樣？」

「就算在都城，妳也不會緊鎖眉心。」他動手將她眉間的紋路撐開，「這不像我的芙拉。」

你的芙拉……芙拉蜜絲覺得自己會因為謊言而融化，但是卻甘之如飴啊！她張開雙臂，主動環住了法海，依戀地偎上他的胸膛。

許仙早就悄悄地自動閃避，他也有小女朋友要照顧好嗎，哼！

「我覺得很不自在，這裡的一切太好了，好到不像真實。」她悶悶地說，「我想起我從小到大過的生活、世上絕大部分的人過的日子，就覺得……」

「嗯？」他看著遠方微笑，啜飲了冰涼的白酒。

「覺得人們為什麼這麼自私。」她嘆了口氣，「我不是在怪闇行使們，他們說的我都懂，五百年前的動亂造成了現在的一切，但是、但是他們或許可以分享一點……」

法海失聲而笑，捧起她的臉，「妳太傻了，妳覺得……好，就拿末日教會來說，接收了這樣的資源與科技，他們就會認同闇行使嗎？」

芙拉蜜絲搖搖頭。

「其他人接受了科技，發展出更尖端的武器後，會撤掉對闇行使的歧視？」

芙拉咬著唇，還是得搖頭。

「而他們或許擁有更強的力量後，就會打算斬草除根，將闇行使盡數解決？」

芙拉蜜絲倒抽一口氣，一雙大眼骨碌碌轉著，最後卻只能點頭。「天哪！」

連她都對人性沒有信心啊！

「別只用妳的角度思考，也要用他們的角度想想。」法海輕蔑一笑，「更重要的，是要用這裡主人的角度思考。」

這裡的……芙拉蜜絲昂首，「木花開耶姬？」

法海肯定地頷首，突然又將她的頭往懷裡揉，輕輕拍著她的肩頭，但一雙眼卻望著門外的遠方，那巍峨的火山。

那個女人，跟當初他遇到時不同了，如此決絕，將世界資源納為己用，而且要維持這樣一個國度的運作，她勢必付出了代價。

他們見面後，一定發生了什麼事。

連靈魂都能分裂而出，卡在手鍊上了？難得重逢，總是得要正式再見上一面才行。

芙拉蜜絲安心地勾住法海的手，指尖在他手掌上繞著繞著，在紫藤花的首飾上轉著。

「丹妮絲死了嗎？」她冷不防問了。

她知道這問題是禁忌，但看見手環就忍不住。

法海飲酒的動作稍停，沉下眼眸，「她動了妳。」

「嗯哼。」她沒反駁，其實丹妮絲是說了不該說的話吧！「法海，謝謝你。」

「嗯。」他淡然應著。

「無論如何，都謝謝你陪我到現在。」她再度抬起下巴，下巴抵著他的胸膛，「謝謝你對我維持這麼長久的耐性。」

法海綠色的眸子望進她眼底，輕彈了她臉頰，「別胡思亂想。」

她只是笑笑，是不是胡思亂想，法海比她更清楚。

他的牙，不是在她的體內嗎？

闇行使的國度紀律嚴明，其實遠勝他們過去生活的地方，但是只要守規矩，於生活並沒有什麼大礙；芙拉蜜絲與法海坐在車子裡，經過充滿歡樂的校園，連校舍都蓋得堅固美麗，木工上漆都精細得多。

這裡百分之六十的人都具有靈力，或大或小，百分之四十是普通人，不過相處上毫無障礙，最多就是人各有其天賦罷了；因為在強大的結界下，根本沒有非人會進入，他們沒有宵禁，人人安居樂業，自由自在。

鍛鍊依然存在，只是若說到實戰經驗，絕對沒有他們這些在危機下長大的人強。

整個國度最重要的心臟地帶，就在聖山上的神社裡，神社建築在火山側，有祭司、有巫覡，而傳說中的神女木花開耶姬就在裡頭。

「可能嗎？」她不安地問，「人可以活這麼久？」

「妳都見過路西法了，還有什麼不可能的？」法海摟著她，在重重鳥居下步行。

烏鴉滿佈鳥居上方，牠們彷彿是監視者，嘎嘎聲不止，每一隻都跟著他們移動，眼神未曾移開。

在這裡的人衣著倒不是想像的古時衣服，而是輕便的白色服裝，像是制服一般，衣服胸口都繡著同樣的花紋。

「那圖案沒見過，有什麼意義嗎？不像咒文啊！」她剛在路上攔了人問，他們說那是神女賜的圖案。

「那個啊……」法海回首看著一個剛經過他們身邊的人，勾起一抹笑，「在很久很久以前，是警徽。」

「警徽？」芙拉蜜絲認真思索這個名詞，「啊，就是舊時代的自治隊吧？」

法海點了點頭，很久很久以前啊……

進到神社前，便有人上前要求繳械，這的確讓芙拉蜜絲渾身不自在，身上沒有武器怎麼能安心？

「沒關係。」還是法海保證，她才勉為其難地把身上大大小小的武器都拿出來。

神社人員瞥了法海一眼，眼底有藏不住的好奇與恐懼，「神女說 Forêt 可以一同進入。」

芙拉蜜絲又鬆了口氣，回身再度緊握住法海的手。

法海淺笑，那女人也是聰明，畢竟他是攔不住的。

一踏入神社，感覺莊嚴肅穆，遠勝過去鎮上任何教堂跟佛堂更令人肅然起敬，芙拉蜜絲感受著那強烈的磁場，與其說是莊嚴，不如說是……她望著自己的手臂，寒毛直豎，這裡不祥啊！

奇怪，不是神女嗎？為什麼她會覺得不對勁？她邊想，邊停下了腳步。

「別擔心。」身後的法海附耳輕語，「這裡是安全的。」

「我在冒冷汗，而且你聞到了嗎？」她蹙眉低語。

腐敗的氣息夾雜在空氣中，終年燃燒的檀香像是刻意要遮去血腥味似的！

「聞到了，但是沒有危險。」法海輕撩她的髮絲到耳後，「別忘了，要用寬廣的視野，去看待任何可能發生的事。」

她微笑，「不能主觀，我明白。」

法海讚許般地笑著，與她在指示的神桌前等待。

他們站在一張巨大的神桌前，神桌上擺著鮮花水果等供品，上頭是階梯式的木桌，上面擺放密密麻麻的牌位，芙拉蜜絲熟悉這個，過去亞洲人都會對祖先或逝去的親人製造一個牌位用以緬懷，雖然後來這習俗因為人們死得太快太多、以及常在逃命而漸趨式微，但還是有人會擺放。

畢竟有時被非人攻擊，一口氣可能是整個村鎮死亡，有時屋毀人亡，後來大家都改以隨身紀念物緬懷，這般的特定形象牌位倒是少了。

「賀……」她眯起眼，試著辨別幾個國字。「那個怎麼唸啊？」

神桌兩旁都有小門，不安的氛圍就是從左邊那道門流瀉而出的，那只是個門框而已，沒有實體的門板，像是在岩壁上鑿出的方框，原石模樣，上方覆了深黑色的布。

沉重的步伐從門的那一頭傳來，芙拉蜜絲好奇張望，居然是江雨晨。

「雨晨！怎麼樣？」她趕緊上前問著。

江雨晨轉頭看向她，卻是滿臉淚痕，鼻子眼睛都哭腫了。

「怎麼回事啊！」芙拉蜜絲可急了，「妳怎麼哭成這樣！」

不問還好，這一問江雨晨鼻子一酸，又忍不住大哭，然後她掩著嘴搖搖頭，直接衝了出去！

「雨晨！」她急著想追出去，身後卻傳來彗星的聲音。

「讓她去吧，芙拉蜜絲。」

咦？她止步回身，彗星就站在那門邊，神情淡然。「喂！你們對她做了什麼啊！為什麼讓雨晨哭成這樣！」

回身朝彗星走去，她只差沒挽袖子了。

法海心裡不免嘆氣，經過這麼多事感覺像是成熟了點，但看來骨子裡的天性難改，不愧是「火之芙拉」啊！

「只是告訴她一些事實的真相，妳要給她時間讓她思考。」彗星側身，「換妳了。」

「我？」芙拉蜜絲瞪向石門的那端，「木花開耶姬在裡面嗎？」

彗星再度肯定地點頭，芙拉蜜絲還是滿腦子覺得不可能！五百年前的人，怎麼可能至今還活著？

附身？轉世？還是只是一個雕塑，任有心人假借其名義？

依然不安地瞥了一眼法海，他給予肯定的頷首，「妳進去吧，我在外面等妳。」

她深呼吸，明白裡面是她與「神女」的空間，法海不打擾，便表示其重要性。

緊握雙拳，挺直背脊，她穿過了那道門。

第十二章

石門本鑿於岩壁，所以走入後就是天然石穴，溫度並不如想像的高，但芙拉蜜絲可以感受到洞穴裡每一處都有能量在流動，牆壁隱約透著岩漿的豔橘光澤，所以不需照明，她也可以看清裡頭的路。

洞穴深且曲折，右轉、再右轉，雖有些蜿蜒但不致迷路，終於在穿過另一道拱門後，來到了一處極為寬廣的扇形空地；正前方有一大片對開白幕覆蓋，布的那頭光亮無比，透著一個女人地側坐於地的身影。

木花開耶姬？

她有些緊張，而且這間的血腥味特別濃厚，便下意識留意周遭，倒是沒看到什麼屍塊腐物的。

距離白布一公尺的地方，有張矮茶几，再來便是一樣的軟墊，依照舊日本風格，應該是採取跪坐姿態。

芙拉蜜絲遲疑地站在軟墊邊，腦子裡想的只有跪坐在此，有突發狀況時會影響行動力。

「請坐。」女人的聲音由裡發出。

芙拉蜜絲望著軟墊，再望向布幕，並沒有坐下，「妳是木花開耶姬？」

「是。」女人的聲音肯定有力地傳來，「終於見到妳了，芙拉蜜絲．艾爾頓……坐下吧，那沒牙的傢伙不是都說沒關係！」

唔……芙拉蜜絲皺起眉，這話要是給法海聽到了，他鐵定變臉。

不安地跪坐上軟墊，正面對著那女人的剪影。

「讓我看看妳……啊啊，長得真漂亮，雖然混了不少血，但還是殘留有他們的影子。」木花開耶姬的聲音很輕，「個性也有點像啊，我聽說妳以前被叫『火之芙拉』？」

「呃……」芙拉蜜絲有點尷尬，「真里大哥說的喔！那是以前不懂事，比較暴躁一點點而已！」

「正義感強烈的人，我剛好以前也認識一個。」她笑著說，「但是當一再的遭遇打擊與背叛後，妳會懂得收斂的。」

「我已經懂了。」芙拉蜜絲擱在膝上的雙手輕握，「我有問題想問您。」

「妳父母的事嗎？」木花開耶姬不等她問，早已了然於胸，「先讓妳知道一件事，凡是在這裡生活，但選擇離開者，終身不得再回到這裡。」

咦？芙拉蜜絲瞪圓雙眼，「不能再回來？這裡不是闇行使的國度嗎？」

「正是因為這個地方極其珍貴，誰也不能冒險讓背棄者回來……要離開就要有所覺悟，這兒不是任你開心來去自如之處，所以每個人的離開，都是做好覺悟的。」

「背棄者？這罪名好重啊！」

「捨棄了大家，離開專屬於闇行使的國度，怎能不叫背棄者？」木花開耶姬的口吻變得嚴厲，「班奈有他的信念，每個離開的人都一樣，會選擇離開，就是多少對這裡不認同。」

芙拉蜜絲忍不住挑眉，爸爸不認同這裡嗎？彗星說他當年也是費盡千辛萬苦才來到這裡的，但是——

「是因為……覺得不該只有你們過得很好嗎？」她說出自己的疑慮。「或許應該試著分享？」

明明見不到人，她卻彷彿聽見了木花開耶姬的笑聲。

「果然是父女，性子是一樣的。」她倒是笑得很開心，「正是，班奈當初就是這麼對我說的，只有闇行使在這兒過得如此舒適，享有各種資源，免除危難，感覺太自私了。」

「我也這麼覺得。」芙拉蜜絲聳了聳肩，「我知道以前我們都受到迫害，我也經歷過，至今末日教會仍追殺我，都城控制闇行使的手段更是令人髮指，可是……可是我就是沒辦法安心地享受這樣的生活。」

畢竟，還是有無辜的人啊！一想到自己過去十七年來，為了活下來如此艱苦奮鬥，這邊的人卻過得如五百年前，她就渾身不舒服。

「所以班奈跟我告別，他想要用自己的力量試著幫助其他人，希望能跟他們一起生活，甚至改變他們對闇行使的想法。」木花開耶姬的聲音略沉，「最後，班奈怎麼了？他是否得償所願了？」

芙拉蜜絲忍不住一顫，最後……爸媽最後怎麼了？

他們被想幫助、傾心相信的人……背棄了、槍決了！

她閉上雙眼，矛盾衝擊著她。

「被背棄了對吧？人類終歸會這樣的，與闇行使誓不兩立，歧視畏懼卻又依賴著我們，需要我們的靈力防護，卻又帶著鄙夷的眼神！我跟班奈說過，這事情是改變不了的。」木花開耶姬嘆了口氣，「或許再過幾千年會有轉機，但不是現在。」

「再過幾千年……如果大家真的能融合，消除歧異的話，說不定真的能像過去一樣和平共存。」芙拉蜜絲略微顫抖，「我想爸爸的想法是，從這邊做起，分享靈力，釋出善意——」

「都城的血腥還沒讓妳清醒嗎？」木花開耶姬硬生生打斷她的話，「黑剛如果沒有引眾鬼入城，他們能擺脫控制嗎？疫魔不興風作浪，他們至今還會被毒藥控制，家人也被軟禁。」

芙拉蜜絲喉頭緊窒，雙拳緊握。

「聽起來好像還得感謝疫魔似的。」她這是嘔氣話。

「我覺得是啊……」木花開耶姬竟然乾脆地回應，「路西法都能在裡面，妳覺得疫魔該是誰帶入的？」

咦！芙拉蜜絲忽地瞪大雙眼！對啊……她怎麼沒細想過這個問題！疫魔怎麼進入都城的，當然不是她帶進去的啊！

可路西法是防衛廳的隊長，又是貨真價實的墮天使！

天啊，當時引疫魔入城就是他幹的嗎？那場瘟疫的目的，就是為了讓闇行使們對毒藥產生抗體？

回想瘟疫發生時的情況，路西法大哥的確比誰都從容，而且之前她跟雨晨去探北面結界時，他說過朝暐刻意折磨真里大哥是為了讓她痛苦，但是路西法大哥不該知道朝暐與她的關係。

他也對雨晨呈現出強烈的信心，只怕是因為他知道雨晨身上有另一個亡靈存在。

「他唯恐天下不亂嗎？」她錯愕非常。

「惡魔之屬都是如此。」木花開耶姬笑聲裡帶著無奈與輕蔑，「如果要我說，末日教會的領導者，那五百年來最神秘的人，我也不會猜他是人。」

「什麼！」芙拉蜜絲緊張地身子趨前，「那是誰？」

「呵……我不知道，我只是覺得不單純罷了。」木花開耶姬無法給芙拉蜜絲想要的答案，「那些也不重要了，現在我們在這裡，過得很好。」

「我也討厭末日教會，我也恨那些迫害我的人，可是……」芙拉蜜絲欲言又止，是因為她不知道該怎麼形容心底的掙扎。

「妳是矛盾的，妳跟班奈一樣，心底期盼著世界更美好，但現實卻一再的打擊你們，偏偏希望永遠不滅啊……」木花開耶姬口音裡帶著惋惜，「過去你們的先人也抱持著這樣想法，下場比妳父親還慘。」

芙拉蜜絲明白木花開耶姬所言，事實上即使黑剛大哥掌握了都城，其他的普通人類也只會更加憎恨闇行使，都城其他各區會認為闇行使刻意召鬼入侵進行屠殺，末日教會又有文章可做……這一切都是個惡性循環，哪邊不放下，就沒有終止的一天。

而終止前，是否又是血流成河數百年？得利的又是誰？

「五百年前……在更早之前，大家能和平共處的原因是什麼？」她蹙著眉，為什麼以前大家就沒有這樣分類？

「關鍵在不信。」木花開耶姬幽幽地說著，「普通人對於靈能者是抱持著半信半疑的想法，靈能者並非常態，凡事講究科學，偶爾有靈能事件，當作鄉野趣談，信者恆信，一般人當茶餘飯後閒聊的話題。」

不信嗎……芙拉蜜絲詫異地思考著，也就是說，如果闇行使真正消失一段歲月，默默地融合進人類社會——不行啊，非人的威脅仍在，闇行使怎麼可能消失？

天啊，她彷彿聽見惡魔在訕笑，吸血鬼高舉盛滿鮮血的水晶杯在慶祝，還有咆哮得意的其他非人惡鬼們，背景是人類不絕於耳的慘叫聲，他們將在人類與闇行使的爭鬥中漁翁得利。

一陣長嘆，連芙拉蜜絲都不知道該怎麼看待未來。

良久，她突然再度抬首，看著那對開白幕略飄動，對開的縫隙中隱約可以看見女人烏黑的長髮。

「先人……是指萬應宮嗎？」她好奇問著，「關於我金刀上刻滿的咒文，上頭的篆體，還有爸留給我的書，對，法海說過，金刀跟雨晨的手鍊是同一家？」

「啊啊，刀子還在嗎？」木花開耶姬聽起來甚是欣慰，「班奈真是個保管東西的能手！真好！」

芙拉蜜絲看著始終不動的女人側影，不管嘆息或是輕哂，那個女人幾乎都沒有動過。

「所以那些是？」

「萬應宮是一座廟宇，妳的先人曾是裡面的人，我們一起逃亡、一起拯救人們，也一起遭到背叛……一個個至親好友都在我面前死去。」木花開耶姬的聲音變得很遠很輕，「那是他們當時的法器，注入了所有靈力，只給能駕馭它的人使用。」

甚至連班奈都無法運用自如，但他的女兒做到了。

「一起被背叛……」芙拉蜜絲嚥了口口水，「我的先人沒有到達這裡嗎？」

「沒有。」木花開耶姬的聲音沉落，「只有我一個人……只剩下我一個人。」

狀似平靜無波的語調裡，帶著大量的悲傷，芙拉蜜絲聽得出來，木花開耶姬的痛心都藏在心底深處，五百年。

「我……如果歷經過五百年前的事，或許會跟妳想法一樣吧？絕對恨著人類，只希望周全闇行使。」她頹喪地垂下雙肩，「我也遭受過背叛，也不得已殺過人，或許我經歷過的跟妳相比只是九牛一毛，但是我——」

「既然如此，那就閉嘴吧！」木花開耶姬再次打斷她的話，「沒有經歷過我所遭遇的事，妳沒有資格開口！更沒有資格對這一切做評斷！」

氣氛丕變，空中帶著怒意與殺氣，芙拉蜜絲戒備地瞪著前方的白色布幕，希望這殺氣騰騰不是針對她。

「爸當初也這樣跟妳爭辯過嗎？」她挑眉。

「正是，但是這裡是我的地盤，不滿意就是離開，永生不得再回來。」木花開耶姬說得決絕，「每一個離開的人都是類似的想法，而每個離開的人，都死在他們想幫助的人類手下。」

芙拉蜜絲有點膽寒，想起父母親在她眼前慘死的景況，她其實還是有恨……但是她燒了安林鎮，也沒什麼遺憾的了。

但活下的人類會恨她，曾喜歡她的朝暐深刻地恨著她，最後卻為她而死。

「天哪！」她難受極了，「這一切都教我難以承受，我沒辦法釐清……我甚至不知道自己是恨還是怨……」

「時間會告訴妳的。」木花開耶姬倒是從容，「妳剛歷經太多事，需要沉澱與思考，不急。」

木花開耶姬的聲音在剎那間變得溫柔，不知道為什麼……芙拉蜜絲的感覺竟舒坦很多，她的聲音似乎也帶有力量。「我還想問，不知道妳知不知道——」

「妳的弟妹們都很安全，幾乎都由闇行使照顧。」木花開耶姬再一次洞悉她想問的，「只是他們已經被闇行使收養了，所以這輩子將過著被人類厭惡或歧視的生活，代價是他們能開發靈力、學習自保，至於跟的闇行使是好是壞，就是命。」

芙拉蜜絲抬起頭，心頭大石卻放下，不管怎樣……活著就好，活著就好！

「會靈力沒什麼不好，寧可被歧視，也不能坐以待斃！」不要依賴他人，面對妖獸鬼怪時能獨當一面才是正確的。

洞裡突然變得靜默，木花開耶姬不再說話，芙拉蜜絲也沒再發問，殺氣已然消失，怒火也消散，彷彿兩個人都在沉思；芙拉蜜絲覺得心靜，知道弟妹們安好，知道爸媽離開這裡的理由，也知道了自己矛盾的想法並不孤單。

但是她也知道自己想得太過天真，爸媽辛苦一輩子，最終還是被殺了，再友好的鄰居好友，依然高喊驅逐出境！

「啊，都城！」腦海裡突然閃過黑剛大哥！

「他們會找到平衡點的。」木花開耶姬知無不言，「惡魔介入，其他非人不敢造次，路西法喜歡人類，他不會讓闇行使滅絕。」

「喜歡人類？」芙拉蜜絲皺眉，「喜歡玩弄人類吧？」

「那都無所謂。」木花開耶姬冷漠地應著，後面彷彿有句話沒說出：那不關我的事。

是，遠在這裡的她，也無法幫上任何忙，只能祈求那些闇行使們，能真正的得到自由，在都城北區立足。

「我還想知道最後一件事。」芙拉蜜絲突然正色，望著剪影。

「我是不是真的木花開耶姬？區區人類為什麼能活五百年？」

芙拉蜜絲倒抽一口氣，真的好厲害喔！心底深處覺得不愧是神女，什麼都猜得著。

「我為了創造這裡，犧牲了一切。」木花開耶姬語調平淡至極，「所以我將不惜一切代價，絕對不會讓人類有好日子過，絕對不可能將資源共享。」

唔……恨意從話語裡流出，芙拉蜜絲感受得清楚。

木花開耶姬是真切恨著那些迫害闇行使的人類！

「我相信妳不會洩密，所以或許妳可以掀開布幕與我見面。」

木花開耶姬給了特權，芙拉蜜絲驚愕地瞪著前方，這麼大方？

她嚥了口口水，這種機會太難得，放棄是白痴吧？站起身子，往身上抹去掌心裡的手汗，她戰戰兢兢地往前繞過茶几，手從對開白幕中間的縫伸入，欲掀開簾幕的手居然在發抖！

天哪，面對惡魔都沒有這樣的恐懼感，為什麼面對一個神女會害怕？

微微揭開，看見的卻是一尊……假人端坐在燈前！

「什麼？」芙拉蜜絲錯愕地看著那個斑駁的假人，她側身坐在地上，那烏黑長髮根本是假髮！這種她看過，是以前的服裝店的假人模特兒！「這是木花開耶姬？」

「很有趣吧。」驀地，聲音竟從前方一點鐘方向傳來。

喝！芙拉蜜絲跳了起來，緊張地揪住布幕，看向了斜前方那個……什麼東西！

木花開耶姬？

「何苦把自己搞成這樣？」

法海從容地信步走著，早已繞進了白色布幕裡，輕柔地將假人模特兒頭上的假髮戴好，剛剛芙拉驚嚇時把頭髮弄歪了呢！

再抬首朝裡頭看，有個倒吊在洞穴的身影，像個繭般被重重包裹著，如果仔細端詳，可以發現那其實是個人，如木乃伊般的屍體，全身只剩薄膜裹著骨頭，表皮帶著點濕滑黏液。背上有個腐爛的洞，看上去怵目驚心。

「唯有這樣我才能一直活著。」樣貌再駭人，聲音倒是沒有多少變化。

「我記憶中的妳，是個在夜色中發光的女人啊……手持貼滿符紙的西瓜刀，英姿颯爽。」法海走向了倒吊的人，「想要活著有很多方法，我可以幫妳，何必成為人家的食物？」

「牙已經不在我身上了，交換條件不成立。」她笑了起來，「更何況成為吸血鬼的話，我會失去神女的力量。」

提到牙，法海的臉色就不甚好看。

「妳只要願意多吸食一些人類的生命，至少可以回復以前那模樣，不必搞成這樣人不人鬼不鬼的。」法海口吻裡多了厭惡，「跟那族類訂這種契約多難熬！」

「變成這樣沒什麼不好，外表不過是個皮相。」她幽幽說著，「再漂亮，也不會有人看了。」

法海一頓，蹙起眉，「是這樣嗎？發生了什麼事讓妳願意使靈力覺醒，跟異族訂契約，還把自己變成這副模樣以創造闇行使國度？」

「犧牲太多人了！我的至親好友都為了守護那些人類而死，一點也不值得！」她痛苦中夾帶著憤怒，「他死了之後，我就發誓，一定要保具靈力的人走到最後，我們要過得比誰都好！一定要比迫害我們的人更好！」

原來如此，「那個人」死了啊……

法海蹲了下來，這樣好清楚地看看她的模樣。

「看不出來妳這麼痴情耶！」法海捧住那骷髏般枯槁的臉，「我還以為妳很大而化之的。」

「經歷過那一切，誰還能大而化之？」她望著他，眉眼彎笑，「你真是沒變，還是俊美得惹人厭。」

「多謝誇獎，好歹我是不死族。」他凝視著她，「言歸正傳，我要知道當初的詛咒，我的牙……該怎麼還我？」

她挑起一抹笑，帶著點嘲弄，「明知故問，Forêt，你是多古老強大的不死族，竟問我這種問題？」

「我怎麼知道妳運用血月將我的牙扔棄時，有沒有設下陷阱？若是有的話，我強取反而永世取不回——」

「你早知道沒有的。」黑色的瞳孔望著他，「看不清自己的心嗎？Forêt？」

法海擰眉，倏地鬆手，還刻意使勁轉動了倒吊的她，讓她在那邊轉呀轉，「多嘴！」

「呵呵……呵呵……」轉動著的木花開耶姬笑了起來，「森林也是會因為風吹動的啊，即使是無界森林也一樣呢！」

哼！法海不爽地旋身，疾步繞了出去，難得想幫她一把，至少讓她好過一點，誰知道就算過了五百年，依然這麼不討人喜歡！

無界森林，才不會因為任何東西而吹動！

「法海！」

一走出神社，他冷不防就被衝來的人緊緊抱住。

他一時失神，看著撲進懷裡的女孩，早已經淌滿淚水，芙拉蜜絲從來不是嚎啕大哭的類型。

「沒事了，我在這裡。」他忍不住輕柔撫著她的髮，「我只是進去一下下，見個故人。」

一旁的彗星還在那兒瞠目結舌，他根本沒看見 Forêt 進去，為什麼他會從裡面出來？

「拜託，不要丟下我！」她悶語呢喃，圈得他更緊。

「好。」他說著，「我們走吧，妳不想待在這裡對吧？」

芙拉蜜絲用力點頭，一點都不想！

法海趁機回頭問向彗星，「沒事了吧？我們先離開了。」

彗星依然深鎖眉心，點了點頭。

法海輕柔地拉開她圈著的雙臂，牽著芙拉蜜絲的手往外走，她低垂著頭不發一語，緊抿著唇，看上去受到的打擊不小。

「她傳遞了什麼情感給妳嗎？」法海問著。

芙拉蜜絲瞥了他一眼，無助地點點頭。

深切的痛苦與悲傷，看著自己的好友一個個死亡的痛，直到最深愛的那個人……如果木花開耶姬也像她當初一樣靈力失控，只怕這個世界都被她燒毀了。

「妳只要專注自己想要的就可以了，妳現在需要的只是時間。」法海與她在重重鳥居中漫步離開，「大家都需要時間去思考未來。」

法海仰首迎風，仔細聽啊……

江雨晨正在自己的房間裡哭泣，堺真里到了附近山頂遠眺沉思，或許誰都沒想到，來到夢寐以求的地方後，卻要面臨人生最重要的選擇。

而他……

望著芙拉蜜絲，視線再往下，聽見她血管裡血液的流動，看著她跳動的心臟，他那被拔掉的尖牙，就在那顆噗通噗通的心臟裡。

她天生具有靈力，沒錯，但因為他的牙，加乘了她的力量。

而只要取回他的牙，他就能回到過去的日子，恣意吸血，而不是依賴 Du Xuan 收集血再盛給他，像個沒用的吸血鬼。

「我不喜歡那些加害我的人，但是我也不喜歡這裡。」芙拉蜜絲突然停下腳步，幽幽望向遠方，「我不想變成驕傲的人，我厭惡那樣的歧視，也不想成為歧視的一員。」

法海看著她堅毅的側臉，只是握緊她的手。

「我不屬於這裡。」她轉過頭看向他，眉宇之間帶著悲傷，「但我也不屬於外面，我到底——」

「妳屬於妳自己。」法海帶著那似笑非笑的眼神，「妳是芙拉蜜絲・艾爾頓，對我來說只是這樣。」

她是芙拉蜜絲・艾爾頓。

她深吸了一口氣，是啊，她是艾爾頓的一員，不管先人發生了什麼事，她只要知道她是爸媽的孩子就對了。

「我不想放棄人類，也不想放棄闇行使……我還想找到弟妹他們。」她抿著唇，「可是離開這裡，我就再也回不來了。」

她心底知道，這裡有多麼舒適。

更知道，為了來到這裡，她犧牲的不止一個人的命！要讓闇行使找到這座耶姬山，至少要犧牲一個鑰匙的生命啊！這是用提耶的生命換來的！

但是真的來到這個和平安樂、再也不會有生命威脅之地，她卻只想離開。

爸爸也是這麼想的嗎？離開這裡代表著回到人間地獄，過著隨時要跟非人對戰的生活，可是為什麼他依然甘之如飴？

因為，那才像人生吧？

「如果妳想走，我會陪妳離開。」法海繼續前行，「我本來也不可能在這裡久留。」

「嗯……」芙拉蜜絲被他拉著，踏著泥上的石板離開了鳥居的範圍。

望向握著她的那隻冰冷的手，她略微遲疑。

「我身上有你要的東西，對吧？」她拽拽他的手，「你要怎麼拿？」

法海頓時止步，回首望了她，多嘴的丹妮絲，吸乾她真是明智。

「我知道你並不喜歡我，我無所謂的。」芙拉蜜絲咬著唇，「我只是想打個商量，人類的壽命跟吸血鬼比起來很短很短，你可以……再等一下下嗎？只要我喜歡你就好了，等個幾十年，等我死了之後？到時你再取回尖牙？」

法海面無表情，他總是如此，誰都難以探究他的心思。

不發一語，只是摟過了她。

尋尋覓覓五百年，他究竟在猶豫什麼？

尾聲

百花齊放的公園裡，有許多孩子正在玩耍，一個圓臉大眼的棕髮女孩開心地玩著沙，用碗裝了一堆沙給眼前的男孩，兩個人正在玩扮家家酒的遊戲。

「許仙，開飯了！」女孩笑著，許仙愉快地接過。

「朵莉好厲害喔！」許仙笑望著她，「真希望可以一直跟朵莉在一起。」

「我也是，好喜歡許仙！」孩子瞇起眼，說得真切。

許仙眼眸閃過一絲光芒，「真的嗎？妳願意永遠跟我在一起？」

「嗯！」女孩根本不懂什麼叫永遠，只是認真地點點頭。

永遠呢！許仙望向女孩白皙粉嫩的頸項，血液的香氣濃烈得迷人啊……

「那我帶妳去個地方好不好？」許仙站了起來，朝她伸出手。

「嗯！」女孩站起身，握住許仙的小手，要一起陪他去某個神秘地方。

才旋身，許仙就差點撞上冷不防出現在身後的人——啊！

他嚇得踉蹌，仰首一瞧，「主人！」

法海蹲下身子，皮笑肉不笑地把女孩跟許仙的手拉開，「朵莉，妳再去做一份大餐出來給許仙吃，好嗎？」

「不是要出去玩嗎？」朵莉困惑地問！

「先等等，我有事找許仙。」法海笑著，催促她轉身。

女孩天真地坐回沙坑，繼續製作她的滿漢全席，許仙則一臉大難臨頭的模樣，連頭都不敢抬。

「說過了，不許動這裡的人。」他低語，瞥著朵莉背影，「靈力很強大啊，難怪你受不了誘惑。」

「只要得到她，我就可以增加很多力量！」許仙認真地望著他，「主人，我們今天就要走了，就吃一個應該沒關係吧！」

法海望著許仙渴望發光的雙眼，再看向女孩，搖搖頭，「不行，別節外生枝！」

「可是離開這裡，就很難找到這樣強大的食物了！」許仙可急了，外頭很少有靈力高又安靜的的人可以食用啊！

「不許。」法海下了令，「不要增加芙拉蜜絲的麻煩，我們該走了。」

哼！許仙嘟起嘴，又是芙拉芙拉芙拉芙拉，主人什麼時候開始，什麼都是芙拉了！之前都說是為了牙，可是事情都結束這麼久了，來到這裡都三、四個月了，芙拉蜜絲還不是活得好好的！

咕噥著，他還是牽上法海的手，一眨眼他們就來到了當初進入耶姬山的洞口附近，不讓任何人察覺。

芙拉蜜絲早已整裝待發，堺真里也在一旁送行。

「我只能祝福妳了，芙拉。」堺真里非常不捨，「我原本以為可以跟妳一起在這裡，好好重新開始生活。」

「真里大哥，你很適合這裡，但我不適合。」她緊握著堺真里的雙手，「謝謝你一直以來的照顧！真的非常非常感謝！」

堺真里只是笑著搖頭，像疼妹妹般撫著她的頭，「別這樣，我一直把妳當妹妹，妳是大哥的女兒，我答應過他，一定要好好照顧妳的。」

「我離開後就不能再回來，今日一別，就是永別了。」她忍不住淚水，「我真希望你在這裡能過得幸福。」

「別哭，我現在過得很好，我在這裡擁有歸屬感，妳不必為我擔心——」他若有所指的瞥向法海，「我比較擔心的是妳啊！」

為什麼，芙拉蜜絲會選擇不死族呢？法海對她另有企圖，是明眼人都看得出來的啊！

「別擔心我啦，我會好好的，木花開耶姬說過，不管怎樣都是命。」她遠望著山城，「這裡是她犧牲一切換來的地方，如果可以，就協助她好好守護吧。」

堺真里頷首，他跟木花開耶姬見面時，她就提過了，未來想借重他的經驗與能力，除了加強這兒的人們鍛鍊體能外，還希望他能守護這兒。

她沒有資格評判神女，她當初只是失去親人，就氣憤到火燒安林鎮，而木花開耶姬卻是選擇犧牲自己，護更多闇行使周全，她與神女的差別，高下立見。

因此她更不能待在這裡，這令人安逸墮落的國度，她必須讓自己更好！神女說她有無限的潛能，比父親勝出幾百倍，說不定有朝一日，她可以幫助更多的人與闇行使和平相處、也或許可以幫助更多闇行使來到這裡。

更或許，她也可以跟神女一樣建立自己想要的國度，沒有爭端的共和。分享能力與資源，讓每個人可以更好，並免於恐懼。

這想法天真到可笑，但不去做，怎麼知道自己做不到？她才十七歲，還有很漫長的日子呢！

「雨晨呢？」芙拉蜜絲左顧右盼，「她也該來了吧？」

「她要去還個東西，到神社去了。」堺真里有些感嘆，「我沒想到雨晨也要走。」

芙拉蜜絲苦笑，「她有家人在外面啊！」

而且，雨晨說了，神女在第一次會面時便告訴她，她其實是不可能進入闇行使國度的！即使她沒有敵意，她也不具進入的資格。

關鍵，在於她父親給她的那串手鍊。

江雨晨將手鍊好整以暇放在布幕前的茶几上，還細心地用絨布鋪墊在其下。

「我洗乾淨了，她完好如新。」她對著簾後的女人側影說著，「我想，未來的日子我不需要她了。」

裡頭一時沒有聲響，良久才出聲，「她可以保護妳。」

「我不能一直被她保護，當時在通過血輪結界時，我就不希望她出面了……我想她已經知道我的覺悟了。」江雨晨溫柔地對著布幕笑著，「我那時真的非常害怕，是我有生以來最害怕的時候，可是我選擇了面對。我才能知道自己的極限在哪裡，我當然沒有芙拉厲害，沒有真里大哥強壯，但是我還是會努力，至少不再畏縮。」

「妳從來就不畏縮，妳是芙拉最溫柔的支柱。」木花開耶姬聲音異常柔和，「手鍊會挑人的。」

江雨晨不好意思地笑了起來，好像很久沒被這樣讚許，因而羞紅了臉。

「總之，謝謝您。」江雨晨恭恭敬敬地行禮鞠躬，感謝一路上那手鍊裡的亡靈對她的諸多照顧。

她重新直起身子，那笑容神情都已經變得溫柔但堅強，眼神也比之前更加果敢；因為女神明白地告訴她，她不屬於這裡，當然歡迎她在這裡住下來，但是她必須思考清楚，能來到這裡都是因為芙拉蜜絲，因為手鍊在尋找值得進來的靈能者。

而她，如果沒有芙拉蜜絲、沒有鍊子，會是怎樣的人生？

她消沉了好幾晚，連許仙做的馬卡龍、慕斯或是起司蛋糕都沒放在眼裡，到後來甚至連牛排她都食不下嚥，哭得聲音都啞了，不停質疑自己的存在與定位，也不想與芙拉蜜絲說上一句話！

然後某天，她突然醒了。

她不會形容那種茅塞頓開的感覺，那晚她窩在黑暗房間的角落裡，捧著那條銀鍊子心懷怨懟時，突然間腦海閃過了妹妹的笑容。

天！她還有家人啊！她在想什麼！

「如果沒有這條鍊子」這種假設都是空談，一路走來的黑暗痛苦才是真切的，她有家人在遠方等待她啊！她是為了陪芙拉蜜絲才走到這兒……也說不定並非全然她的本意，而是手鍊的引導。

不管如何，她的家人在大火中倖存，她該回到她的人生去！

瞬間的開朗，讓她破涕為笑，還記得那晚開門到冰箱翻東西吃，肚子可是餓得受不了，許仙咕噥唸了她一晚，一點都不像孩子般的囉唆，可是好可愛。

她要回到家人身邊，繼續她該過的生活，但是這段經歷已讓她截然不同，她知道，她已經不是過去的江雨晨了。

「請等等。」簾幕後傳來聲音。「方便的話，可以幫我把鍊子帶走嗎？」

「咦？」江雨晨回眸，「我說過，我不需要——」

「有別人需要。」木花開耶姬溫婉但不容反駁地說著，「妳回到城市或鄉鎮後，隨手扔棄就好，不必刻意送給誰或帶在身上，鍊子自己會找到下一個主人。」

「是……是嗎？」她有點錯愕，原來當初那條手鍊也是這樣輾轉落到爸爸手裡，再送給她的嗎？「可是那個亡者說過，她很想很想回來……」

「她不需要回來的。」木花開耶姬淡淡回應。「接下來的事就麻煩妳了。」

「那好吧！」江雨晨回身，再度拿起那串銀鍊。

銀鍊閃閃，這手鍊上有兩條鍊子，上頭有八個小鈴鐺，最大的墜子是朵櫻花，她一直到耶姬山，才第一次看見滿山谷的實體櫻花；江雨晨珍惜的撫摸著它，再重新戴回手腕上。

「我可以問嗎？」她握著手腕，「這上面……是誰？那個靈魂？」

「是我。」木花開耶姬毫不猶豫地回應，「我的一部分，正義、衝動、嫉惡如仇。」

她捨棄的那一部分。

哇，連靈魂都能拆解，江雨晨讚嘆不已，不愧是神女呢！可是……為什麼要把自己正義的那部分拆開呢？

江雨晨再度退後兩步，不想多問，又一個九十度行禮後，鄭重道別，旋身離開了洞穴。

彗星已在外頭等候，火速地送她前往與芙拉蜜絲會合。

白幕後的倒吊者旋轉著，透著對開白幕的縫隙，看著桌上那塊紫色絨布……上一次見到那條手鍊是什麼時候？四十年前嗎？還是嶄新依舊啊！

她闔上雙眼，泛起甜甜的笑，腦海中浮現的是「他」為她戴上的那一刻。

記憶為什麼不會風化呢？如果能忘掉，或許她就不會這麼痛苦了。

如果……晶瑩剔透的淚水滑落，滴答滴答……

「啊！」芙拉蜜絲伸長手，指尖接住了水珠，「下雨了。」

她們才一離開闇行使國度的進出洞穴，外頭居然是傾盆大雨，只得趕緊衝回山洞躲雨；不約而同往洞裡深處望去，剛剛明明是一條深黑通道，現在已經變成了真實的岩壁。

「守備真森嚴。」芙拉蜜絲其實是讚嘆的。

「為了保護大家啊！」江雨晨聳了聳肩，「我如果是神女，也會這樣做的。」

芙拉蜜絲望著江雨晨，兩個女孩沒有掉淚，只有更多的微笑與擁抱，她們都知道，就此一別，下次見面不知道是什麼時候。

「妳一個人真的可以嗎？」芙拉蜜絲擔心不已，她們的方向大相逕庭。

「可以的，神女有說那個白斗篷的引路人會送我回去……從東面，我不會回到都城。」她雙手捧起芙拉蜜絲的臉，「妳別擔心我，我都跟妳戰到現在了！」

「很難啊！」她眼尾瞄著那叮噹作響的手鍊，「還是留著她……」

「我不要，這樣我永遠都會依賴，而且妳不知道那種被奪據身體的感覺，很差勁！」江雨晨肯定地說著，「妳啊，不管去哪裡，有機會記得聯繫我！」

「會的！」她也捧住江雨晨的臉頰，「我一定會回去找妳。」

「說好了喔！」她伸出手，芙拉蜜絲也伸出小拇指，像孩子一樣的勾勾手。

然後，江雨晨看向了法海，這是芙拉蜜絲的選擇，她什麼都不能說。

「我會懷念你做的食物的，Du Xuan。」她看著洋娃娃般的男孩，依依不捨，「有生之年，我也希望還能看見你們。」

許仙亮了雙眼，開心地笑了起來，「我的名字耶！唸對了！」

「見到我們的話，妳的鎮可就不保了，這樣真的好嗎？」法海笑著調侃。

「噢，你們就不能純觀光嗎？」她嘟起嘴，往外探去，「好了，我要先走了！」

「咦？雨還這麼大！」芙拉蜜絲趕緊拉住她。「等會兒還得攀壁下去的。」

「道別越久越捨不得，我不想拖……妳知道我很愛哭的！」江雨晨正忍著不讓淚水掉下來。

「水之雨晨，我記得！」芙拉蜜絲也做了深呼吸，劃上滿滿祝福的微笑，「再見。」

「對，我們一定會再見的。」江雨晨語畢，頭也不回地奔了出去，在大雨中冒雨奔跑。

芙拉蜜絲憂心忡忡地從洞口望著往狹徑奔跑的她，隱約的白色斗篷身影不知何時已經跟在江雨晨身後，還回頭向她頷首示意。

她挪身入內，心裡掩不住的惆悵。

「別那張苦瓜臉，不好看。」法海說著，「我們也走吧，這場雨不知道要下到什麼時候，我不想等。」

「喂，永生的人還計較這麼一點時間？」她嚷著，「這是暴雨耶，很難前進的。」

法海二話不說，拉著她的手就拽出來，芙拉蜜絲「哎唷」一聲以手遮頭，卻發現一滴雨都沒落下。

咦咦？她抬頭看著，就他們兩個上空沒雨，滂沱大雨圍繞在他們身邊，就是不滴上他們的身子。

而許仙早已手舞足蹈地跑到前頭去，任雨水打得一身濕，鬈鬈金髮都貼在臉頰上了，但是他笑得超級開心，不停地踩水，有時這樣看著他，還真難想像他已經不是孩子了。

「他到底幾歲了啊！真是。」她笑著。

「六百二十七。」法海竟認真地回答她，「永遠像個孩子。」

這樣的答案反而讓芙拉蜜絲有點錯愕，以前法海從不透露他跟許仙的事啊……好奇地望著他，心底又開了朵小小的花。

「你等一下就會吃掉我嗎？」她突然天外飛來一筆，「我先說，我已經做好心理準備了。」

法海忽地瞇起眼，這麼豁達。

「我想知道，你的尖牙在我的……哪裡？」她其實有點緊張，但是想了幾百次，覺得有副牙齒在她體內實在太詭異了。

法海微笑，修長的手指直抵她心窩，「這裡。」

「咦咦！真的假的……我的心臟裡有你的牙？」天，那她不是該有心臟病嗎？還是？

「跟妳想的不一樣，它不影響妳的心臟功能，因為它本身就是妳的心臟。」法海知道她想錯方向，「妳的整顆心臟就是我尖牙的化身，所以要取回我的牙，就必須——」

「必須挖出我的心。」芙拉蜜絲嚥了口口水，她突然覺得有點緊張了。「這是……木花開耶姬下的咒嗎？」

「嗯哼。」他瞥向前方，許仙正在那邊揮手，不懂他們怎麼卡著不動。

「那我……上次的提議你覺得怎樣？」她不安地望著他，「我的生命對你來說很短，或許可能的話——」

法海沒等她說完，直接拉著她往前去，不見許仙在催了？

欸，她踉蹌地往前差點仆倒，整個人抱住他的臂膀止滑，再趕緊亦步亦趨地跟著走，左手掌心傳來冰冷，他到底在想什麼啊！

等等就吃了她的話，她其實沒有這麼不在意的……她還有很多想做的事……木花開耶姬為什麼這麼奇怪，為什麼要讓一副牙齒變成她的器官呢？

「其實沒有尖牙也已經五百年了，倒也不急於一時。」法海口吻輕鬆地說著，「如果，如果妳願意一輩子幫我處理食物的問題，或許我不需要這麼急著把尖牙拿回來。」

芙拉蜜絲一怔，「一輩子？」

法海揚起了微笑，在芙拉蜜絲呆愣之際，冷不防上前挑起她的下巴，輕含住她柔軟的唇。

咦？咦咦？芙拉蜜絲簡直僵住了，唇上的冰冷讓她傻眼，但法海熟練地吻著她，令芙拉蜜絲天旋地轉，不得不抓著他的衣服才能站得穩當。

迷醉的吻沒有太久，法海離開她的唇瓣，挑起一抹惡作劇的笑容。

芙拉蜜絲腦子跟漿糊一樣，雙眼迷濛地望著那碧綠眸子，等……等等！怎麼回事？剛剛法海說了什麼她還沒問清楚啊，怎麼可以用吻來搪塞呢？什麼叫一輩子——

不對！他剛剛吻了她！他第一次主動且正式地吻了她！

「主人，我們要往哪邊去！」電燈泡許仙旋身，長長的睫毛沾滿水珠，晶瑩剔透，真是可愛透頂。

「嗯，去法國吧！」法海遙望著遠方，「我想讓芙拉看看天譴被處決的地方！」

「噢，那邊是末日教會的聖地耶！」許仙質疑著。

「就是這樣才更要去看看啊！」他用力拉了拉她，「怎麼還在發呆，走了！」

她抿緊唇，皺起眉頭瞅著那過度漂亮的男孩。

她覺得她一定是瘋了，離開舒適享受的闇行使國度，走上跟父母一樣的路，還跟兩個吸血鬼在一起，甚至還依戀著其中一個，冒著隨時被吃掉的危險，現在還要前往末日教會的聖地。

「走就走！」她小跑步上前，「你去哪裡，我就跟著去哪裡！」

她真的是瘋了！但是一生瘋這麼一回，她覺得太值得了。

木花開耶姬，妳說得沒錯，人類的劣根性造就了這一切，他們卑鄙且不可信任，但是她想相信人類那僅存的一絲光輝，黑暗中唯一的光明，試著去尋找大家共存的路。

希望某一天，能證實給妳看。

The End

後記

漫長的時間過去，終於盼來學園的終章。

算一算妖異魔學園從開始寫到結束，歷經約三年的時間，總算為未來做了一個完整交代！這套書系跟我以往的風格不太相同，我知道有許多人不太能接受過度複雜、或是未來屬性的故事，但如果看到後面的人便會瞭解，這是想對過往所有的書系做一個完整交代。

其實我寫的每本書、每個系列都可以單獨閱讀，但如果想要全然完整的故事，順序應該是《小美系列》、《禁忌系列》、《異遊鬼簿第一部系列》、《異遊鬼簿第二部系列》及《異遊鬼簿第三部系列》，可能要全部順著看完，直到《妖異魔學園系列》畫上一個句點。

其實在異遊鬼簿第三部時，就已經提及了關於天譴說與末日說，末日說至今還是很多人在提，尤其久遠的一九九九年，當年可盛行了，多少人認為一九九九年是世界末日，後來「順延」，接下來不知道還要「順延」到什麼時候……不過綜觀現今世界，不管是天候或是人文，也的確進入一種大混亂時代，其實都是反撲。

萬物均有因果，現在發生的事，必定在過去種下了因。

本系列描寫的是遙遠的數百年後，末日後的世界，人類自我造成的結果，當初就一直很想把這部分寫進去，那種各界生物混住的時代，向來驕傲的人類還能怎麼生活？而骨子裡就存在歧視的人們，自末日開始與靈能者的爭鬥，也將永遠不止息。

好，我知道看完這本書的你，現在可能還處在一種「Whatttttt ?」的境界中，內心正吶喊著：好像少了哪一段？不！我不想知道那一段！喔天哪，五百年前究竟還發生了什麼事？為什麼後面會變成這樣！

我只能拍拍，請冷靜，畢竟《惡童書系列》也是在這個故事鏈中間的一環嘛——但是、但是，惡童書寫的是單純詭異的童話故事，我們不會扯到太多末日之事喔！

至於惡童書與妖異魔學園在五百年前的連結，想要再衍生一個系列很困難，如果未來有機會，或許額外出單本、或許以番外形式，再看看能否交代完整吧！

總之，這結局是預先就設想好的，原本我的五百年後就是這個模樣，芙拉的人生之路也是如此，當我在寫作時，靈魂與芙拉同在，也常想著，如果我生活在那個世界，我會怎麼辦？

我會恐懼闇行使嗎？我會輕視他們嗎？說不定會，因為洗腦教育是最可怕的，出生開始如果就被這樣教育，長大後又不懂得思考或是明辨是非的話，就真的會厭惡他們了！

那我如果是闇行使呢？具有可以助人的能力卻被當成洪水猛獸，一邊嫌棄我一邊又想要我幫忙，我要幫這些人嗎？

我的確是人性本惡派的，所以每次一想像現實生活中如果發生類似事情，總覺得一定會往壞的方向走啊！

但是，人的微妙之處就是在這裡，縱使本惡、貪婪自私，但在某些時刻還是會擁有光明面，甚至能到無私奉獻的地步，正因如此，才顯得格外可貴。

好啦！悲傷困難的五百年後結束了，慶幸我們還生活在一個比起來好很多的年代，至少夜能安寐，走在路上不會遇到可怕的非人，不會有被吃、被附身、被殺的危險，物資豐富，能安心地過日子啊XD。

謝謝大家對學園系列的支持，這麼多年，這麼多系列，這麼大一個圈，總算也是圓滿了。

至於新的系列呢，只能說敬請期待囉。

最後由衷感謝購買此書的您，購書是對作者最直接的支持，因為有您，我才能繼續寫下去，謝謝！

笭菁

妖異魔學園

DEVIL ACADEMY : THE SCHOOLHOUSES

等菁作品18

終曲

作者	等菁
封面繪圖	MOON
封面設計	克里斯
內頁編排	三石設計
總編輯	莊宜勳
主編	鍾靈
編輯	黃郁潔

出版者	春天出版國際文化有限公司
地址	台北市信義區信義路四段458號3樓
電話	02-7718-0898
傳真	02-7718-2388
E-mail	frank.spring@msa.hinet.net
網址	http://www.bookspring.com.tw
部落格	http://blog.pixnet.net/bookspring
郵政帳號	19705538
戶名	春天出版國際文化有限公司
法律顧問	蕭顯忠律師事務所
出版日期	二〇一六年四月初版
定價	240元

總經銷	楨德圖書事業有限公司
地址	新北市新店區寶興路45巷6弄6號5樓
電話	02-8919-3186
傳真	02-8914-5524

國家圖書館出版品預行編目資料

妖異魔學園. 6, 終曲 / 等菁作. -- 初版. -- 臺北市 : 春天出版國際, 2016.04
面 ; 公分
ISBN 978-986-5607-18-0(平裝)

857.7 105001967

ISBN 978-986-5607-18-0
Printed in Taiwan

苓菁作品

苓菁作品